知的生活を求めて

渡部昇一

講談社

まえがき

十年ほど前、「耳順《じじゅん》の思想」というような視点から、自分の人生六十年を振り返ってみようと思ったことがあった。しかし現役の教師として教職に忙しく、雑役にも追われ、その時機でないと悟って、数枚書き出しただけでやめにした。それから十年経って、今、古《こ》稀《き》を目の前にしている。

私自身の状況は十年前、否、二十年前とほとんど変わらないが、周辺はだいぶ変わった。昨年(平成十一年)だけでも、小学校以来の友人が二人も亡くなっている。数年前にはクリスマスをともにした人の中にも亡くなった人や死の病床に就《つ》いている人が数人ある。これからは、欠けていく人の数はますます増え、その中に自分もやがて入っていくであろう。こうなると、人間は懐古的にならざるをえない。

七十年の人生を振り返ってみると、子供のころはみな同じようだったのに、それぞれなんと別々の道をたどり、なんと違った人生を送ることになったのだろうか、と驚くのみである。人間をそれぞれ違った道に進ませるのは「運命」であると言ってよいかもしれない。しかし私には、幼いころ偶然自分の頭の中に「刷りこまれた《インプリント》」イメージによるものではないか、という思いが強い。

私は生来、偏食の激しい、したがって栄養不良の虚弱児であった。気取って言えば、蒲《ほ》柳《りゅう》の質であって、小学校では養護組という特別のクラスに入れられていた。頭脳の程度もせいぜい中くらいであった。

当時の小学校には「優等生」という制度があって、クラスの一〇パーセントくらいの児童に特別の免状が与えられたものだったが、私はこの優等生になったことがない。田舎の町の小学校で——それがたとえ旧藩校であった小学校であったにせよ——上位一割にも入らない程度の成績の、頭のぼんやりした子供であったという証拠である。

いや、考えてみると、一回だけ優等生になったことがある。六年生を卒業するときのことだった。それにしても、学業成績がよかったというより、たまたま旧制中学に入ったことが評価されたにすぎなかった。旧制中学は田舎町では確かにエリート校ではあったが、当時は第二次大戦中のこととて、入学にあたって筆記試験はなく、三日間の口頭試問しかなかった。筆記試験だったら、私は落ちていた可能性が高い。

つまり、私は、中学生時代の前半までは、体格劣等、頭脳中等の少年であった。クラスの半分くらいは私より成績がよかったのである。その少年が学問に志を立て、大人になり、この何十年かは教職にあって病気による休講を一度もせずにこられたのはなぜであろうか。私より頭も優れ、体も優れた大勢の人たちが、夭折《ようせつ》したり、学問と無関係の方向に進んだのはなぜか。いろいろ考えてみると、やはり「刷りこみ」のせい、別の言葉で言えばイメージのせいではないか、と思う。

旧制中学・新制高校の恩師、佐藤順太先生のご自宅に招かれ、私は生まれて初めて和漢洋の書籍が天井まである書斎に足を踏み入れた。そこで、ほんものの知識人である一人の老人に対面した。書斎のある知的生活——そんな言葉は知らなかったが——というのが、私の理想的ライフ・スタイルとして、このとき「刷りこまれ」、今まで続いてきたのである。もし、佐藤先生が理科の先生で実験室でお目にかかったのならば、私は間違いなく理科の道に進んだに違いない。

佐藤先生をお訪ねしたのは、私だけではない。しかし、ほかの生徒たちは、私のような「刷りこみ」を受けなかったようだ。すると、私の頭には、佐藤先生のライフ・スタイルを「刷りこみ」として受け入れる下地があったことになる。今になって考えてみると、それは父の秘められた願望であったに違いないと思う。

父はそういう言葉は知らなかったにせよ、「知的生活」の渇望者であった。しかし没落農家の出である父には、そういう生活はできなかった。それで、教養を当時の講談社文化に求めた。『キング』を創刊号から愛読し、余裕もない生活だったのに、私には『幼年倶楽部』、後には『少年倶楽部』を与え、姉には『少女倶楽部』を与えてくれたのである。『キング』は無思想雑誌だと言う人もあるが、日本独自の「心学」系統の雑誌であり、宗教も宗派などにこだわらず取り上げ（当時、キリスト教に好意を示した稀なる一般誌であった）、修養、あるいは自己改善、自己向上を基調にしたひじょうに楽しい記事で満ちていた。

皇室をはじめ、首相、大臣、軍人、学者、芸術家、教育家など、とにかく一流と言われた人はみな登場してくる。いいグラビアもあれば、笑話や漫画まである。それは、田舎の町から見れば、天上界の知的饗宴のようなものだった。こうして、当時の講談社の雑誌や本によって耕されていた私の頭に、佐藤先生の姿が理想のイメージとして入ったのだと思う。

弱い体を今日まで持たせるには、自分の肉体を材料とした実験と観察が必要であった。自分のためになったと思われる薬の名前など本書に挙げてみたが、これはあくまでも、私にとっての良薬だったということであり、体質の違う人には役に立たないかもしれない。ローマの諺《ことわざ》にも「nullum medicamentum est idem omnibus（いかなる薬も万人に等しからず)」というのがある。その点、お含みいただきたい。

このたび、「耳順の思想」ならぬ「古稀の思想」のようなものを書くことになったのは、ひとえに講談社の豊田利男氏のおすすめによるものである。肉体劣等、頭脳中等の男が、知的生活に憧れて何十年も求め続け、実行し続けてきたさまざまな試みをここに引き出してくださった豊田さんに心からお礼申し上げる次第である。また、原稿の整理・校正などをやってくださった澤田万里さんにも厚く感謝を申し上げる。

装幀には、世界的名声のあるティニ・ミウラさんから挿画をいただくことができ、望外の幸せであった。ティニさんの友情に感謝している次第である。

平成十二年一月

渡部昇一

知的生活を求めて…………目次

第二章　肉の食える哲学

第三章　目と書と身長

第四章 歯と語学

第五章 音痴からの出発

第六章
「ロの字」の家と陸沈の家

第七章 外国語習得と英語教育論

第八章 皮膚、腸、水

第九章 順ニ逆ッテ仙ニ入ル事

挿画　ケルスティン・ティニ・ミウラ
装幀　三村　淳

知的生活を求めて

第一章
倦柔人の時代

「知的生活」の基盤は肉体である

「インマヌエル・カントはベッドに入ると掛け蒲団を肩から背中のほうまでまわし、繭の中の蚕のようにくるまった。そして、私より健康な人間はいるだろうか、と独り言を言って眠りについた」

ハマトンは半世紀以上も版を重ね続けた名著『知的生活』の第一章を「肉体的基盤」と題した。カントの健康法もそこに述べてある。「知的生活」という本の第一章を肉体の健康についての考察と忠告から始めているところに、ハマトンの説くところが自分の体験と観察に忠実に基づいていることがわかる。

これは、イギリス人的現実主義の現われと見てもよいが、ハマトン自身が欠陥のある肉体的条件を克服しつつ、あれだけ大きな業績を残した経験を通じて、「知的生活の基礎は肉体だ」という確信を得たのである……。

カントが極めて虚弱な体質で、また身体に欠陥もあったことは知られている。そのカントが近世以降の最大の哲学者の一人であること、しかも主著の一つ『判断力批判』を出版したのは六十六歳という高齢——特に当時にあっては高齢——のときであったことも知られている。

極めつきの虚弱体質と高齢に及ぶまでの高い知的業績――この二つを並べてみると、そこにカントの養生法の重要さが浮かび上がってくる。こういうことにまず最初に注目して知的生活を説いたハマトンの堅実さは、彼の本を最初に読んだときから印象的であった。

いつの間にか私もハマトンが死んだ齢《よわい》を超えている。杜甫《とほ》の時代とは違って今では七十歳になっても少しも稀《まれ》ではない。とは言っても見廻すと、「戦場」に残っている同世代の者は寥々《りょうりょう》としているし、私より若い人でも亡くなった人もいる。最近、私が四十年前に最初に教壇に立ったときのクラス会に出てみると、そのクラスの約一割の者がすでに亡き数に入っている。平均寿命と個人は違うのだ。

それでまず、肉体的基礎について考えてみたい。

まず気がつくことは、子供のころや青年のころの健康は、長寿や中年以後の活動とあまり関係がないらしい、ということである。

旧制中学の同級生で、最初に死んだうちの一人は、相撲部《すもうぶ》の中心人物だったし、もう一人は喧嘩《けんか》がいちばん強いと言われた男であった。戦後になって、属していた柔道部がアメリカ軍の命令で廃止になった関係で私は相撲部に入っていたことがあるので、相撲部の男についてはよく覚えている。同じ齢であるのに、私がいくら押してもぴくとも動かなかった。その体力の差にはわれながら惨《みじ》めになるほどだった。その男が亡くなったと聞いてから、もう一世代も経っている。

もう一人の喧嘩の強かった同級生については、こんな話があった。学徒勤労動員で飛行場づくりに行ったクラスが二つあった。そこには他の旧制中学からも生徒たちが来ていた。日本の敗戦直前のころだから、多少とも気がすさんでいる。小さな喧嘩がある。日ごろ威張《いば》っていた生徒が他校の生徒に殴《なぐ》られて帽子を取られた。そのときに他校の生徒たちの中に一人で乗りこんでいってその帽子を取り戻してきたのである。

「あいつは本当に強いんだ」と私の同級生たちは敬意をこめて語っていた。その男の訃報を聞いてからも、やはり一世代も経つ。

私の教えた学生たちの中でもいちばん早く亡くなった一人は、空手をやっていた男であった。

彼らはいずれも事故や傷害沙汰で死んだのではない。病気で亡くなったのである。十代の後半や二十代、三十代で元気な者が、五十代、六十代になっても活躍できる保証はない。むしろ肉体的強さで目立った者の夭折《ようせつ》のほうが目につく感じがある。

アメリカでは、社会的出発点が低かった者ほど出世したときに自慢になるし、世間の評価も高いと言う。クリントンの人気の一因はそこにあると指摘する人もいる。それといくらか似ている感じがするのだが、幼少期に病弱だった人がかえって長寿だったり、長く人生の戦場に残るということがあるのではないか。高名な作家や評論家には、若いころ病弱だったり、特に肺結核、肺浸潤《はいしんじゅん》で休学したことのある人が目につくようだ。みんなが元気で学校や会社に行くときに、病室でひとり人生を考えたり、本を読んだりすることが、その後の知的活動の基盤になっているように見える。

軟弱人は、その弱さを知力を磨くことで補う

そこで私の小学校時代を振り返ってみると、かなりこの見方が当たっているように思われる。

当時、私の入った小学校は一学年四組で、甲乙丙丁《こうおつへいてい》とあった。そのうち甲組だけが養護組と言われて別扱いであった。この甲組に入るのは偏食による栄養不良児（私の場合）、虚弱児、知能のうんと低い子供、それに貧困によって弁当を学校に持ってこられない子供たちである。そして、小学三年生までは男女同室であった。

この甲組の生徒たちは、昼食時に養護担当の女性から、肝油を口の中に入れられる。各人が口を開けさせられ、その女性が口の中に一種のスポイトで肝油をチューと入れて飴玉を一つくれる。肝油は恐ろしくまずいから、飴玉をもらわないと〝ぺっ〟と吐き出す子供

がいるからだ。それに玄米乳という〝どろり〟としたポタージュみたいなものをコップに一杯もらう。そして、給食を受ける。給食は甲組の者だけで、乙組、丙組、丁組の者たちは弁当持参である。

偏食のため私はひどく痩《や》せていた。母の出た村の人は、いっさい肉を食べない。卵も食べない。ただ子供は卵だけはよいということで、卵は食べさせてもらった。魚は食べてよいのだが、私はそれが嫌いであった。稀《まれ》にちょっと食べるのは鯛《たい》や鱈《たら》の味噌漬けを焼いたものか、恐ろしく塩のきいた塩鮭《しおざけ》の焼いたものをほんの少しである。そのころ、鰯《いわし》の天ぷらを私が思いきって食べたら、家族が拍手してくれたのを覚えている。

例外的に私が無理やり食わされた動物性たんぱく質は蝮《まむし》である。あの毒蛇が体によいというので、父は田舎《いなか》の蝮取りに頼んで大量の蝮を買う。串に刺して囲炉裏《いろり》で焼いたもので蛇そのものだ。これをむしって粉にして食うのだが、うまいはずはない。しかし父は「これは薬だ。良い薬がうまいわけはない」と言って強制的に私に食わせたのである。食物の好き嫌いはあっても、薬と言われると口に入れることができたから、おかしなものである。私ほど毒蛇を食って育った子供は少ないと思う。

しかし食事においては、今でいう動物性たんぱく質の量が極端に少ない。だが、納豆とか、胡麻《ごま》味噌とか、小豆《あずき》とか、植物性のたんぱく質は摂取していた。そうでなければ育つわけがない。朝食の席について私が口に入れるものが何もないとき、母は五銭玉を出して「納豆を買って来なさい」と言って、私を近所の豆腐屋に走らせた。その一方、甘いものは食べ放題であった。饅頭《まんじゅう》でも皮を取って中の餡《あん》だけを食ったりしていたのだから、栄養不良にならざるをえない。

甲組の同級生というのはそういう子供たちが多かった。そのうちでも肉を口に入れることのできないのは私だけで、ごく稀に給食に肉汁が出されるのが怖ろしかった。食べないと立たされるのである。どうしても肉汁が口に入らないので、私は一人立たされた。貧困家庭の少年が「肉だ、肉だ」と言って躍り上がっているのを、私は不思議に思いながら見ていたことを覚えている。

それからざっと六十年経つ。そうした栄養不良の少年の中から、医者とか、医学部の先生とか、大銀行の支店長とか、ほかの健康組より、知的職業に就《つ》いた者がずっと多いように見える。さっき夭折《ようせつ》した中学時代の相撲部の同級生のことを述べたが、彼は小学校のときは確か丁組だったように思う。

当時の田舎町では、旧藩校の名門小学校からでも、旧制中学に進学した者は一割そこそこ、さらに戦後大学に進んだ者はその中の二割もいたかどうかであるから、人の口の端《は》に上る仕事をしている者はすぐわかる。それには養護組の者が多いのだ。貧困が理由で養護組に来ていた者たちには旧制中学に進んだ者はいないから、知的な職業に就いた者もいないし、また、実業界で大成功したという人も聞かない。

つまり、栄養不良児か虚弱児が知的職業に就いたことになる。

東洋でいちばん知的な人間の一人は老子であろうが、加藤常賢博士によれば、老子やその一派の人たちは、軟弱人または佝僂《くる》人《じん》、英語で言えばhumpback《ハンプバック》とかhunchback《ハンチバック》とか呼ばれる人たちで、佝僂病《リケッツ》、医学用語ではkyphosis《カイフォシス》（脊柱後彎）とかosteomalacia《オステオマラシア》（骨軟化症）にかかっている人たちのことだそうである。

社会保障制度などなかった古代において、軟弱人や佝僂人は知力を磨いたり、シャーマン的能力を育てたりすることでその弱さを補って生存しようとしたのであろう。つまりは生物における補償《コンペンセーション》の機制とでも言うべきものと考えられる。そう言えば、カントも佝僂人だったという。

なぜ、女子のほうが学業成績がよいのか

この甲組のことで記憶に残っているのは、父兄会の授業参観日でもないのに、ときどき授業参観に来る母親が二人いたことである。彼女たちは子供だった私の目には、立派な着物を着飾ったまぶしいような美しい婦人に見えた。私の母などは一度もそんな綺麗な着物

を着たことがなかったので、羨ましく思われた。この二人の母親は、小学校の養護組に入れなければならないほど虚弱な息子を、医者にしようと考えていたらしい。それに応えて、息子たちはそれぞれ立派な医者になった。二人の母親のうち一人は、特にきわだって美しく、女優さんみたいだったが、嘘か本当か、芸者上がりだという噂だった。そうだとするとよくわかる話である。そして、彼女の望みと努力は見事に果されたことになる。

やはり幼児のときの虚弱な体質は、かえって知的な方向への発達をうながす、と言えそうである。

しかし六十年前の虚弱な少年の虚弱さが、今の少年たちの虚弱さと同じかと言えば、どうも少し違うような気がする。当時は新生児や幼児の死亡率がうんと高く、小学生になるまでに相当の淘汰《とうた》をすでに経ていると思われるからだ。事実、私の兄も三歳ぐらいのときに赤痢か何かで死んでいるが、今だったら死ななくてもよかったろう。私も四、五歳のころに海に遊びに行って猛烈な疫痢《えきり》にかかり、手当てが遅れたために一時は医者に見放されたそうだ。そこから生き返ったのだから、兄よりは芯《しん》が強かったと言えるかもしれない。

事実、養護組から旧制中学に進んだ者たちは、すべてあの敗戦直前の劣悪な条件の下での学徒勤労動員を生き抜いている。今の子供たちなら無理なのではないかな、と思う。

だから、必ずしも今の虚弱児が知的職業で成功するとは言えないものの、少なくとも幼少のころの虚弱さは後の知的職業にとって、プラスになりこそすれマイナスにはならないと思う。「俺は体が弱いんだ」という子供のときの劣等感が、それを補うほうへの刺激になることがあるからである。

このごろの学校では、義務教育段階から大学に至るまで、女子の学業成績がよいと言う。私の入った旧制中学は佐藤鉄太郎（日露戦争で日本海海戦の第二艦隊参謀長）、石原莞爾《いしはらかんじ》（関東軍参謀で満洲国建国の実行者）、大川周明（戦前の右翼、A級戦犯）などなど、名だたる男たちを輩出した学校であるが、戦後は共学の高等学校になり、女子のほうが多くなったと、かつての同級生たちは嘆いているようだ。

どうして女子が多くなったかというと、入試が学科試験だからである。二十五歳以前の男女を学科試験だけで振り分ければ、女子が断然有利であろう。理由の第一は、女子のほうが早熟であることだ。男子より平均二歳ぐらい早熟と言われる。たとえば英語で未成年、思春期（adolescence《アドレッセンス》）というのは、男子は十四歳、女子は十二歳から成年まででり、合法的に結婚できるという意味での思春期（puberty《ピューバティ》）も、男子は十四歳、女子は十二歳からである。

知能指数は検査点数を年齢で割ったものだから、平均すれば女子がぐんと高くなるのは当然である。だから義務教育は女子の就学年を男子より二年、少なくとも一年早くするのがよいであろう。でないと男子が不当に知的劣等感を持たされ、これが「刷りこみ」になる怖れがある。

学業において女子が有利であるもう一つの理由は、肉体的には女子は弱者であるからである。老子たちの仲間を指して加藤博士が使った用語を用いれば、女子は男子に対して「軟体人」であり、「倦柔人《ぜんじゅうじん》」である。特に中学上級から高校にかけては肉体的に、ことに腕力においては普通の女子は男子にかなわないと自覚する。ここに老子的メンタリティが生ずる。勉強ならば男子に負けなくてもよい。

一方、普通の男子のほうは、「強くなりたい」という欲求が出る。柔道もやりたい、野球もやりたい、山にも登りたい。養護組出身の私でも、旧制中学では柔道部に入り、それが戦後廃止になると相撲部に入ったほどだ。「強くなりたい」というのはノーマルな男子の本能とも言えるもので、宮本武蔵や千葉周作や真田幸村や——戦時中は東郷元帥や乃木大将や——その他の英雄豪傑を憧れる。

近ごろプロレス志望の女子もいるが、それは一般的でない。男子は知的な仕事を志そうとしている人間でも、若いころは強くなりたいと思うものだ。女子という本来的倦柔人には、筆記試験だけでは当然かなわないことになる。

私は養護組出身の虚弱児だった

某大手新聞社の人と話していたら、やはりこの話題が出た。大手新聞社でも筆記試験ではあらかた現代倍柔人だけが上位を占めてしまうという。「夜討ち朝駈け」をもやらねばならない新聞社としては、筆記試験の成績がよい倍柔人だけでは具合が悪い。どうして雇用機会均等法に触れずに不公平に採用するかが問題であるらしかった。同じことはどこの出版社の人にも聞かされる。出版社を志願する人を筆記試験だけで見れば、あらかた女子になってしまうからだ。

そのうち司法試験も、教員試験も、公務員試験も、医師国家試験も、同じ方向に向かうであろう。裁判官も検事も弁護士も警察官僚も自衛官も、筆記試験だけでなれるなら、女子の世界となるだろう。事実、もうテレビでは女検事が男の警部補を指揮し、その警部補夫人は医大教授で監察医というのもある。頭を使っているのは女ばかりで、男は腕力の必要な下働きになった感じである。

末期の清朝では、西太后が実権を握り、その下で宦官《かんがん》（去勢された男で一種の倍柔人と見るべきであろう）が政治の実際を行い、その結果、大清国は日清戦争で敗れ、北清事変で敗れ、シナ大陸は列強に食い荒された。そんなことが思い出させられるこのごろである。

それと対照的なのは戦前の日本であった。

将来、何になるにも男はまず旧制中学に入らなければならない、という時代であった。もちろん学科試験もある（私のときは、口頭試問による学科試験で、算数まで試験官の前で解かされた）。それよりも何よりも体格検査、体力検査があった。養護組出身の私などにはこれが心配だった。

懸垂は十回、腕立て伏せは五十回できないと駄目だぞ、などと言われていた。私は毎日鴨居《かもい》にぶら下がって腕力を鍛えた。また重い物を担いで走る訓練もした。鉄棒は逆上《さかあ》がりができなければならない……などなどで、入試のための学科試験の勉強は特にやった覚えがないが、ひたすら腕力と体力を鍛えることを熱心にやった。

養護組出身の虚弱児――つまり倦柔児童――だったというひけ目があるから、とにかく自分の肉体を鍛えなければならないと思ったのである。おかげで高い鉄棒で逆上がりもできるようになったし、跳び箱を飛ぶことも、その上で空中回転することも、雨天体操場の端から端まで逆立ちして歩くこともできるようになった。別に学校で先生がそういう指導をしたわけではないが、中学校に入りたい一心で、自分で自分の肉体を改善しようとしたのである。目は強度の近眼で、これはどうしようもない。しかし、眼鏡をかけた矯正視力はまずまずだった。

ではほかの中学志望者はどうしていたか、と言えば、大部分の者は体力についてはことさら何もしていない。生まれつき体の素質がよくて、懸垂も逆上がりも跳び箱の上での空中回転も自然にできたようである。

旧制中学に進むのは何しろ男子クラスの一割足らずである。そういう連中の大部分は頭もよくて体もよかった。ただ例外もある。私と同じ養護組出身の男である。彼は大きな商店の長男であるが、体も弱く、学業も好きでなかった。学校に来るのが嫌で、若い番頭さんがおぶってくるのだが、その背中の上で泣きながら暴れて登校拒否しようとしているのを何度も見かけたことがある。

しかし、伝統ある大商店の跡取《あとと》りは地元の名門中学を出ておかなければならない。この倍柔坊やも旧制中学入試に直面した。学科試験は一人一人の面接だからどんなだったか他の者にはわからない。しかし体力試験はみんなの見えるところでやる。彼は私の少し前の順番で鉄棒をやることになった。踏み台に上る。鉄棒を握る。踏み台が取り去られる。逆上がりをしなければならない。それなのに例の倍柔坊やの腕は伸びきったままである。そして二、三秒ぶら下がったところで、彼はワーワーと派手に泣きだしたと思うと、数秒後にドスンと落ちた。しかし彼は旧制中学に合格した。

大商店の息子だから先生方への付け届けが利《き》いたのだろうという噂もあったが、「口惜《くや》し泣きした精神が試験官を感動させたのだ」という説もあった。私は自分の目の前で鉄棒にぶら下がりながら号泣する倍柔坊やの姿に妙に感動したことを覚えているので、試験官、つまり旧制中学の体操教師も感動して合格させたのだろうと思っている。時は昭和十八（一九四三）年三月、ソロモン海域にちらりと戦争の前途に対する黒雲が出た感じのころで、「撃ちてし止《や》まむ」の精神が何より尊重された時代であったのだ。

この倍柔坊やは大学に進学はしなかったと思うが、大商店の跡を継いでやっていると聞いている。夭折《ようせつ》もせず、戦後の長い期間、暖簾《のれん》を護ったとすれば立派なものである。子供のときに体が弱かった、などということは後の人生には大した関係がないことがわかる。

戦前の日本男子には迫力があった理由

ここでどうしても思い合わされるのは、子供のときから学業優等で身体強健だった人たちのことである。

戦時中の男の子の憧れは軍人であった。陸軍士官学校や海軍兵学校に入った青年が、いかに当時の少年たちの――そして少女たちの――憧憬《どうけい》の的《まと》であったかは今の若い人には想像つかないであろう。彼らは学業最優等であり、身体はもっとも強健で運動能力も抜群であった。それにひきかえ、旧制高校・帝大のコースは倍柔人でも入れた。山本五十六元帥の長男は海軍兵学校を身体検査で落ち、東大に行ったそうである。

軍隊で将校と兵士の差は、旗本と足軽の差にあたることはみんな知っていたから、少年たちは日本帝国の旗本、運がよければ大名(将官)になりたいと願っていた。旗本になる先輩たちを仰ぎ見る気持ちになったのも無理はない。そして、旗本コースの青年たちを女学生たちが憧憬《あこがれ》ることも知っていた。女学生に憧憬てもらえるなら死ぬのも怖れない、というような雰囲気だった。

私は目が悪くて惰柔人の体質だからあきらめていたが、学業優等・身体健全な同級生たちはまず旧制中学一、二年から幼年学校に入ることを目指した。幼年学校から士官学校に行くのが旗本コースの王道である。海軍もそれに相当するものをつくったが、コースが確立する前に戦争が終わった。そのため、海軍に行く人は海軍兵学校を目指すことになる。これは旧制中学四年以後の話になる。

ところで、幼年学校を目指す生徒たちには課外授業があったが、これは正規の授業が始まる一時間前からやっていた。当時の始業時間は早いのに、さらにそれより一時間も早いのだから大変だったろう。

私の小学校から幼年学校に入った同級生は、百五十人のうち二人、小長啓一と鎌倉節である。全県の新聞に写真入りで報道され、その母親も讃《たた》えられたものだ。そういう親孝行を私もやりたかったが、それはできない話だった。そういう同級生は文字どおり輝ける存在だった。だから、今でも私と同年輩で幼年学校にいた人には、なんとなく敬意を感じてしまう。石井《いしい》威望《たけもち》、加藤秀俊といった人たちである。

私の同級生で幼年学校に行った二人の中の一人は、二、三年前に亡くなっている。ところが幼年学校だけでなく、士官学校や兵学校や陸海軍の大学校を出た世代の中には、高齢になっても驚くほど元気な人が多い。去年も九十二歳だという元陸軍将校が演壇で話すのを聞く機会があったが、音吐《おんと》朗々《ろうろう》としており、姿勢もしゃんとしていて、六十代といっても少しもおかしくなかった。「なるほどこういう人たちが実戦の指揮官だったのだな」と妙に納得したところがあった。

私の血のつながらない伯父にも、陸軍将校で大陸で戦い、後に軍の学校の校長をしたり参謀本部員をした人がいた。この人も九十歳ぐらいまで姿勢はピンとし、頭脳は明晰で、月刊誌なども毎月愛読していた。この人が急に老衰の徴候を示したのは、九十二歳ごろに何十年も連れ添った賢夫人が亡くなってショックを受けてからだった。

軍の将校になった人は、学力においては帝国大学進学者に劣らず、体力においては体育専門学校（今の体育大学）進学者に劣らない青年たちだったことを実体験的に知っているのは、私の年ごろの者が最後であろう。仏文学者の故・河盛好蔵氏（文化勲章受章者）は、戦前は軍の学校で教えていたことがあった。その河盛氏が戦後になって、「あのように姿勢正しくすがすがしい青年たちを見ることがなくなった」という趣旨のことをどこかに書いておられるのを読んだことがある。私はそのとき、「さもありなん」と思った。こういう人たちは、老人になっても姿勢が正しいのが特徴のようである。

旧制中学での学業優等、体力抜群だった少年たちが、成年に至るまで訓練を受け続けたとすれば、老人になってもピーンとした姿勢になるであろう。特にこういう人たちの壮年期の迫力は想像できる。

戦後に読んだものの中に、「昭和になって軍人が勢力を得た一因は、最優秀な青年たちを長い年月かけて訓練したため、その迫力が他の分野の日本人を圧倒したからである」というのがあった。誰の文章か覚えていないが、そういう体験をした人が書いたものに違いない。戦前の日本人の男の迫力については、私と親しかったコリア人の男がこう語ったことがある。

「あのころの日本人の男の額《ひたい》のあたりは、何か光っているようで怖かったですよ」

そのせいか当時、コリアの青年で日本軍に憧れ、軍隊を志願する者が多かった。日本はコリアでは徴兵していなかったので、みんな志願して軍隊に入ったのである。昭和十三（一九三八）年にはコリア人志願兵の定員は四百人なのに、応募者は二千九百四十六名で、競争率七・四倍。大東亜戦争が勃発《ぼっぱつ》した翌年の昭和十七（一九四二）年には、コリア人の定員三千名に対して応募者二十五万一千五百九十四名、その倍率は八十四倍であった。東大法学部の倍率が二倍足らずのころに、である。

コリア人の青年たちはやはり「強さ」に憧れ、その実現方法として日本軍人になることを志望したのであろう。創氏改名もせず将官になっている黄中将のような例も刺激になったに違いない。

日本は三百万人もの身体健全な男たちが戦死して敗れた。もっとも学業優等、身体強健な青年たちも、孤島で、洋上で、空中で、密林の中で、また特攻隊として、戦死した。なんという惜しい日本男子たちを失ったことであろう。戦死した人たちの多くが、自分よりも知力でも体力でもはるかに優れている人たちだったことを、私は体験的に知っている。彼らを惜しむ気持ちは、年月が経っても衰えることはない。

考えれば、彼らの中の生き残りたちが頑張って戦後の復興がなされたと言える。日本の復興と高度経済成長は、世界史に残るほど大きな意味のある現象だと思う。その担《にな》い手《て》は彼らであった。

日本経済が元気がなくなった感じがするのは、彼らが責任ある第一線から引退し始めた時期とほぼ一致する。偕柔人の時代に入ったのだ。

第二章

肉の食える哲学

ボッシュ先生の哲学講義

漢の人から見ると、北狄《ほくてき》とか西戎《せいじゅう》とかいう周辺の匈奴《きょうど》と呼ばれた騎馬民族は、「皮革《ヒカク》ヲ衣《イ》トシ、畜肉《チクニク》ヲ食《クラ》ヒ、壮健《サウケン》ヲ貴《タフト》ビ老弱《ラウジャク》ヲ賤《イヤシ》ミ……」というような下級な人間に見えたらしい。古代シナ人の見方では、文化程度の高い人間というのは、絹や綿の着物を着て、米麦の食事をし、老人子供を大切にするとされていた。

東北の農村を背景にして育った私には、この感覚はよくわかる。着物は綿だったし（絹は稀《まれ》で戦時中はスフ、今でいうレーヨン）、畜肉はいっさい食べなかったし、老人は大切にされ、子供は可愛がられていた。おそらく中華の文明は農耕社会的であり、日本の農村社会にも通じるものがあったのであろう。

ペリー来航のころ、西洋文明は当時の日本人にとって、漢人が西戎北狄を見るのと似たところがあったと思われる。彼らは第一に、革の外套《がいとう》を着、獣肉を食らい、強いことを無闇に重んじて弱い者を賤《いやし》んでこれを植民地にし、奴隷にした。この「文明」に適応したのが明治以来の日本だったわけである。しかし、東北の田舎《いなか》で育った私には、まだ古代漢人のような感じ方が残っていた。

革のジャンパーや外套などはもとより無縁の存在であったが、問題は「獣肉」であった。養護組にいたときは、肉汁などが給食に出されはしまいかと思っていつもハラハラし、肉が出ないことを祈っていた。肉汁でも出されると、ずっとどんぶりを持ったまま立たされなければならない……。

この「肉が口に入らない」という感受性は、仏教的なものだったのかもしれない。生き物を殺すのが本当に嫌であった。ところが、魚釣は好きなのである。ただ夜になるともういけない。自分が釣った魚の親子兄弟が悲しんでいるかと思うと胸が痛むのだ。しかし夜が明ければ勇んで川にでも海にでも釣に行く。昼と夜ではまったく感じ方が違うのを自分でも変だと思っていたが、ずっとそういう状態であった。

特に、益虫や人間に害を与えない生き物を殺すのが嫌だった。当時の田んぼは蛙《かえる》だらけだったが、蛙を殺したことはなかったと思う。旧制中学の理科の時間に蛙の解剖をやらされたときは本当に嫌だった。当時、蛙を殺した唯一の体験である。トンボをとるのも嫌だった。にもかかわらず、空気銃の先端にトンボをとまらせ、発射するのは面白かった。トンボの頭は吹き飛び体だけが銃の先にとまったままになる。ずいぶん矛盾した感覚である。子供だから仕方がないとも言えるし、鯨《くじら》を食べるのに反対する人たちが牛肉を食べている、という矛盾に相通ずるのかもしれない。

私が肉を食うようになったのは、昭和二十四（一九四九）年に上智大学学生寮に入ってからである。もちろん当時は極端な食糧不足のころで、まともな肉などあるわけはなし、夕食にサツマイモが二、三本と福神漬けだけということもあった。だから肉らしい肉を食ったのは一年生のクリスマスの寮祭でスキ焼きを食ったときだと言ってよい。

そのころまでに私は、肉を食ってもよいという新しい人生観を持つに至っていた。人生観というと大袈裟《おおげさ》に聞こえるかもしれないが、この新たなる人生観は西洋哲学を学んだことによってつかんだものであることは確かである。当時の上智大学の哲学はネオ・トミズムというものだった。哲学の先生はフランツ・ボッシュというイエズス会神父で、アリストテレスの哲学によって、人間と他の被造物の違いを明確に説かれた。この神父さんの公教要理《カテキズム》も聞いたが、人間と他の動物とはまったく違うこと、全世界、全宇宙は人間が利用するために神によって与えられたものである、ということを徹底的に理解させてもらった。

この哲学的人生観を私自身にあてはめると、「肉を食ってもよい」ということになったのである。むしろ魚を食ってよいのに肉や卵を食べない母のほうが論理一貫していないように思われてきた。何より肉は食べればうまい。

ここでどうしてもボッシュ先生の哲学講義から受けた学恩に思いを致さざるをえない。ボッシュ先生が参考書としてすすめられたのは、エーリッヒ・ベッヘルの『哲学入門』

(*Einführung in die Philosophie*, Müünchen & Leipzig, 1926 豊川昇訳『哲学入門』(上)認識論、(下)形而上学、創元社「哲学叢書」、昭和二十三年)であった。

アリストテレスで肉が食えるようになった

ボッシュ先生はまず哲学でいう「認識論」というものがいかなるものであるかを説かれたが、その授業は緊張の連続であった。何しろ説明が一段落すると、すぐに先生から学生一人一人に質問されるのである。ぼんやりしていたら立たされたまま、ぎゅうぎゅうしぼられる。こんな哲学の授業を受けた学生はほかの大学にはいなかったと思う。ボッシュ先生は学生課長でもあり、学生の名前も背景もみんな覚えていた(当時の上智大学はまだ私塾のような規模で、全学合わせて数百人。今は約一万人で文字どおり隔世の感がある)。

その先生が、たとえば「おい青木」と指名して立たせ、「概念には真と偽の区別はあるかね」と聞かれる。先生は日本語がすこぶる達者であった。学生の名前が常に呼び捨てだったのは、ドイツのギムナジウム(九年制の中等教育機関)のやり方と同じだったのではないか。「ありません」と答えると「よし」と言われて、「では真とか偽とかはどういうときに言えるのかね。おい秋田」といった具合である。

先生は授業しながらも教室を見渡し、ぼんやりしているように見える学生を指名する。

だから、たいていは答えられない。先生はもじもじする学生を叱りつつ、また要点を説明し直し、また別の学生を指名して答えさせる。このようにして西洋哲学における近代認識論の基礎概念やその操作法の基本を徹底的に叩きこまれた。

それが終わると、近代認識論の立場から、プラトン、アリストテレスからデカルト、カント、さらにそれ以後の哲学者を批判していかれた。これはまことに知的で爽快な体験であった。私は数ある西洋哲学の認識論のうち、批判的実在論のみが信用できるという確信を持つに至った。他の認識論はどんなに精密にできていても、精神的に多少特別な人の言葉遊びみたいなものだと思うようになったのである。

ベッヘルが自然科学者であったこともあって、自然科学と哲学の関係も理解できたし、日常感覚への洞察を深めはしたが、それと矛盾はしなかった。この授業のプロセスでアリストテレスの話もあり、私は肉が食えるようになったのである。

哲学は人生観や世界観を築く土台になる、などと言われる。私の場合は、食生活が根本から変わることになったのだから、哲学の授業の影響力は直接的・肉体的だった。もっともボッシュ先生が授業で肉食に関係ある話をされたわけではない。アリストテレスの話を聞いていて、私は自分で「肉食はよい」と勝手に理解したのである。

それほど私の生活に響いた授業だから、私は実に熱心に聴講した。ベッヘルはミュンスター大学やミュンヘン大学で教え、学界の嘱望を集めた人だったが、四十代で亡くなった。正確には知らないがカトリック系の哲学者であったと考えてよいだろう。彼の形而上学は、あとで自分で読んでみたが、形而上学とはどういう考え方をするものかを教えてくれた。こんなわけでボッシュ先生の認識論の哲学講義は文字どおり私の身についた。

一年の終わり、ボッシュ先生が学生寮にやって来て、「哲学で満点なのは君一人だった」と言ってくださった。哲学入門の学期末試験の成績がよいからといって、別に私に哲学者の素質があるということにはならないが、あの厳しいボッシュ先生にただ一人満点をもらったということは、私に哲学への親近感を与えてくれた。

アリストテレス

「青年は褒《ほ》めるに限る」というのは教育者の常識だし、犬や猿の訓練にも通用することである。いずれにせよ、西洋哲学、特にドイツ哲学の約束事がよくわかったことは、後にヴィデルバントやカントを読む土台にもなったと思うし、思いがけずドイツ留学することになったとき――私は英文科の学生であったが――ドイツの大学によく溶けこむ助けになったと思う。

それにしても、大学の哲学をボッシュ先生のようにやられる先生はもういないだろうと思う。

私の息子の一人が哲学に興味があると言うので、ベッヘルの本を渡したが、間もなく返してよこした。旧制高校の学生なら食らいついたかもしれないが、今の若者には——特に哲学を専攻する者でもない者には——漢字制限以前の豊富な語彙《ごい》を駆使した哲学入門の翻訳書は読むに耐えないものに違いない。それはよくわかる。

ボッシュ先生のように哲学を教えてくれる人がどこかにいるなら、息子のみならず、英文科の学生にも、また哲学に関心のある知人にも聴講させたい。教える人によっては、哲学入門は決して退屈なものではない。まことに刺激的なものである。ソクラテスの弟子たちにとって哲学が刺激的であったように。

哲学的確信を実行するために、蛙を一匹殺した

ともあれこの世界観の変化によって私は意識的に動物に対する姿勢を変えた。理性、あるいは霊魂を持った人間と、他の動物とは根本的に異なった存在なのだ、という哲学的確信は実践において示さなければならない。

大学一年生の夏休みに田舎《いなか》に帰ったとき、これを実行しようと決心した。旧制中学二年

のときに解剖した以外に殺したことのない蛙《かえる》を殺すことである。夕方散歩に出れば蛙などはいくらでもいる。意識的にその一匹を踏み潰した。いい気分ではなかったし、それ以後も蛙を殺したことはない。しかし、哲学的確信を実行に移すという「踏み絵」ならぬ「踏み蛙」の儀式はこれですんだ。それは、誰も見ていない田舎の道端で誰にも知られず私が自分の新しい世界観に捧げた犠牲《いけにえ》だったのである。

なぜそんなに肉食や蛙にこだわったのであろうか。なぜアリストテレスがそんなに新鮮だったのだろうか。どうも大学に入るまでの私の育った環境では、人間と他の動物を峻別するという発想がなかったからだと思う。漠然と輪廻転生《りんねてんしょう》の考えの中に生きていたらしい。

お祭りの地獄の見世物小屋のおどろおどろとした地獄の看板を見ても、はじめは少しも怖くなかった。ところが、私が五、六歳だったころのあるとき、五歳上の姉が「嘘をついたり悪いことをすると、死んでから鬼に舌を抜かれたり、針の山に追い上げられたり、血の池に放りこまれたりするのよ」と説明して以来、その見世物小屋の前を通れないほど地獄が怖くなった。嘘をついたこともあるし、お菓子をくすねたこともある。しばらくの間、あの地獄絵図は頭から離れず、悪夢となって私を苦しめた。

一方、私の祖母の世代の老女たちの中には、その地獄の見世物小屋を見にいって、地獄に行っているかもしれない親類縁者のためにお賽銭《さいせん》を上げたりしている者もいた。

前世も来世もまだあると信じている人たちに、私は囲まれて育っていたのである。

人間と動物の差が判然としていなかった一例にこんなことがあった。敗戦間際になって、「犬を差し出せ」という命令が来たときのことである。

私の家にはチロというやや大型の犬がいた。子供のころその犬小屋に入りこんで寝たりすると、「臭い」と言って母からよく叱られたものである。その犬を殺させなければならない。チロは普通の通行人には絶対吠えなかったが、野犬捕獲者（当時の言い方では〝犬殺し〟）が家の前の道を通ると吠えるほど敏感に反応した。まさにそんな相手にチロを引き渡さなければならない。そういう嫌な役目は母が引き受けることになる。チロが殺される前の晩に、特別だからといってチロを座敷に入れたが、チロは落ち着かず、自分の犬小屋に戻ってしまった。

当日、母がチロを引き渡すとき、チロはこっちを振り向こうとしたが、ぐいぐい引っ張られていった、と言って母は落涙した。「チロは家の人がいるのにどうして助けてくれないのかと思ったんだろうね」と言い合ってみんな涙をこぼした。その晩は誰も食事に箸《はし》をつけなかった。チロとほとんど接触のなかった祖母だけが箸をつけて、みんなの顰蹙《ひんしゅく》を買った。

私の家では、春秋二度、巫女《みこ》に来てもらって死者の口寄せ《くちよ》をしてもらう習慣があった。私の家だけでなく、たいていの家でやっていたことである。巫女が仏壇の前でお祈りしているうちに神がかり状態《トランス》になる。そのとき、近縁の死者の死亡年月日を言うと、その死者の霊が巫女の口を通して語る。多くは家族の将来に対する警告である。「ここの主人に秋先に腹の病気が見える」とか、「怪我が見える」とか言う。また私の死んだ兄の場合は、「親に先立って申し訳ない」などと言った。それを聞いて母は涙を流す。こういうふうにして、一年に二度ぐらい死者に対し、生きている者に向かって語る機会を与えることは何よりの供養《くよう》になるとされていたのである。

警告されたように病気をしたり怪我をしたりすれば、「あの巫女はよく当たる」ということになるし、当たらなくても、「警告されたので注意したから悪い目に遭わずにすんだ」ということになる。私の家に来るのは盲目の巫女さんで、私の家の中の事情を知っているはずはないのによく当たる、と大人たちは言っていた。

それで昭和二十（一九四五）年秋の「神寄せ《かみよ》」（巫女を呼んで死者の霊に語らせること）のときには、この年の夏前に殺されたチロの霊を呼び出そうということになった。しかし、巫女がいくら呼び出そうとしてもチロの霊は出てこなかった。もちろんその巫女は、こちらが呼び出しを頼んで死亡年月日を教えた霊が犬の霊であることを知らない。しきりに呼び出そうとしているのだが出ないので、「この者は障《さわ》りがあって出られない」と言って呼び出すのを断念した。

あとで家族の者たちは、「チロは犬だから駄目だったんだ。人間に混ざって出てくることはできないんだね」などと話し合った。私はこのとき、動物は降霊の対象にならないらしいと知った。

無学の祖母の話とプラトンの対話篇

この情景はそれから四年後、大学でアリストテレスの講義を聞いたときにも憶い出された。人間の理性（霊魂）は不滅であり、死後も残りうるが、動物の理性は肉体と結びついており、肉体の消滅とともに消える――といった内容の講義だった。チロの霊の呼び出しに失敗したことと考え合わせ、アリストテレスは正しい、と納得しながら講義を筆記していた。チロの霊は人間の霊に遠慮したのではない。そもそも動物には、どんな利口な犬にさえ不滅の魂など存在しないのだ、とあのとき知っているべきだったと思った。

犬の霊を呼び出そうとみんなで考えたあたり、わが家の者たちは――といっても父は〝神寄せ〟には不熱心で、熱心だったのは祖母とか母とか姉たちとか、女たちだったが――動物の死後の霊の存在を信じていたことになる。私はこういう女たちに囲まれて育ったのである。「肉がどうしても口に入らない」というのも、そうした雰囲気が頭に滲《し》みこんでいたからに違いない。こういう世界との決別を意味するものが、私にとっては大学の哲学の講義だったのである。

アリストテレスで私は別人になった、という意識がいつまでも残った。その後も相当の哲学青年だったが、西洋でもアリストテレス以前と以後では違うのではないか、と感ずるようになった。それはプラトンの霊魂観から始まる。

私の祖母は若いころの農作業で目を傷つけ、盲目に近い状況だった。学校に行ったこともなく、したがって字も読めない。しかし当時の老女にしては珍しく知的好奇心があり、記憶力もよく、古い伝承をたくさん知っていた。幼年時代の私は、この祖母との〝対話〟でひじょうに多くの時間を過ごした。何しろテレビのない時代である。

祖母は私に向かって、「お前はおじいさんの生まれ替わりだ」とよく言った。物覚えがよいからだという。おじいさんというのは、私の祖父、つまり祖母の夫だった人であるが、私の生まれるずいぶん前に死んでいる。

明治の学制頒布のとき、田舎《いなか》の村には学校がなく、とりあえずお寺の和尚《おしよう》さんと私の祖父が教えることになったという。無学な者だらけの山村では、まがりなりにも漢字の読み書きができる珍しい人だったのだろう。その祖父に似ていると言われて嬉しくないことはないのだが、幼な心にも疑問が起こる。かくして半盲目の老女《ばばあ》と、学齢前の幼児との間に次のような会話が何度もかわされることになった。

「俺が祖父《じじい》の生まれ替わりなら、どうしてそのころのことを覚えていないのか」

「それは赤ん坊が生まれるとき、おぎゃあ、おぎゃあと三べん泣くと、前世のことは忘れることになっているからさ」

プラトン

「そんなら生まれたとき泣かなきゃよかったな」

「泣かない赤ん坊はすぐ死ぬのさ」

祖母もきっとこんな対話を自分の祖母とやったことがあったのではなかろうか。この無学の祖母《ばばあ》と未学の幼児との霊魂についての対話のレベルが、プラトンの対話篇のレベルと大して変わらないことに気がついたのは、私が初老になってからのことである。

たとえばプラトンの対話篇『パイドン』（『プラトン全集』第一巻、松永雄二訳、岩波書店）から、ところどころ引用してみよう。

「死んでいる者から生きている者が生じるということも、そして死者たちの魂が存在することも、本当なのである」(72D)

「してみると魂は、存在していたのだ、シミアス。この人間というもののうちに存在する以前にも、肉体から離れて、しかも知〔識〕をともないつつ、存在していたのだ」
(70C、傍点および〔　〕補足は渡部)

「すると、その知識を喪失する時というのは、いったい、他のどんな時になるのだろうか」

といった具合にソクラテスと弟子たちの会話は続く。ここには有名な想起説も関係してくる。プラトンの中でも『パイドン』は特に深奥《しんおう》な思想を示し、その後の西洋哲学史はこれに対する脚注みたいなものだ、という文章を読んだことがある。しかしどう考えても、結論は祖母《ばばあ》と学齢以前の私の対話の内容に収斂《しゅうれん》してしまうのである。

霊魂に関する日本の土俗的考え方とプラトン思想

つまりプラトンの思想のもっとも深奥な部分、つまり霊魂に関する考え方は、日本の東北の土俗の中にもきわめて素朴な形で伝承されていたことになる。祖母《ばばあ》がこんなことを本で読んだはずはない。第一、本は読めなかった。祖母が自分の祖母から幼いときに聞き、その曽祖母もその祖母から聞き……という具合にして伝えられたものであろう。死者の霊の不滅は神道《かんながらのみち》にもあったことは『古事記』や『日本書紀』の神代巻を覗《のぞ》いてみればわかる。そこに仏教を通じて輪廻《りんね》転生《てんしょう》も加わったりして、無学な者にもわかりやすい形で簡略化され、祖母の口から私に伝えられたと言える。

つまり、プラトンの思想は日本の古い土俗と異質でないことになる。

すると、私が大学の哲学の講義から受けた異質とも言える新鮮さはどこから来たのか。それはアリストテレスからだった、ということに改めて思い当たることになった。

ギリシャ哲学というと、プラトン(紀元前四二七〜三四七)、アリストテレス(紀元前三八四〜三二二)ということになる。二人ともアテネに住んで、生きていた年代も四十年近く重なっている。なんとなく同じアテネの同じ時代の哲学者にしてしまうが、少なくとも残された文献から見れば、プラトンとアリストテレスの考え方や思想の間には、大地溝帯《フォッサ・マグナ》のような大きな裂け目があるのではないか。プラトンは東洋思想にも、ひょっとしたら古代エジプト思想にも通ずるところがあるのに反し、アリストテレスはその後の西欧に通じているのではないかと考えるようになった。

こんな感じ方をしていることを、今は亡くなった田中美知太郎先生に、日本文化会議のシンポジウムの自由時間に開陳して、そういう見方が正しいと思われるかどうかお聞きしたことがあった。そのとき田中先生は、肯定もされず否定もされなかったので、私は否定されなかったことに満足して引き下がったことを覚えている。

それから何年かたって、オーエン・バーフィールドの本の中に同じようなことが書いてあるのを発見した。バーフィールドはルドルフ・シュタイナーの超物質的実在の存在を説いた著作の英国における祖述者である。彼はオカルト的教養のある人だったから、その立場から、プラトンに東方をも含めた古代性を感じ、アリストテレスに西欧中世を含めた近代性を感じ取ったのかもしれない。

ここに西洋の中世に対する通念とは違った見方が生じうると思う。中世と言えばエドワード・ギボンに倣《なら》って「暗黒時代」というレッテルを貼ることが珍しくない。しかし実際は、その反対だったのではないだろうか。中世の代表的な哲学はスコラ哲学であり、それは言うまでもなくアリストテレスの系統の哲学である。そこでは徹底的に人間の「理性」あるいは「論理」が重視されているのだ。

私はスコラ哲学の研究者ではないが、文法学の歴史の専門家として言わせてもらえば、理論的な文法学というのは中世スコラ哲学時代の産物である。ギリシャにもローマにも文法学はあったが、それは主として「用語法」を教えるものであった。言葉の勉強といったら「正しい用語法」を覚えるというのが常道であったのである。しかし、中世の精神は違うのである。日常の言語そのものの本質を理性の対象にするのだ。統語法《シンタックス》が文法の重要な分野になるのは中世なのである。

中世の理性に対する信頼の仕方というのは、世界の思想史の中でもユニークなものである。ふつうは「宗教」と言ったら信仰である。しかし中世の精神は、その宗教とか信仰をも「理性」あるいは「論理」の対象としてとことん考え抜かないと気がすまないのだ。言葉というものは正しく話せて、読めて、書ければよいのだが、中世の精神は、宗教に対するのと同じく、言葉に対してもその言葉の本質をもとことん「理性」あるいは「論理」で考え抜かないと気がすまないのである。

人はフランス革命の神は「理性」であったと言う。しかし中世の精神は神をも、信仰をも、言語をも、「理性」で解明できるぎりぎりのところまで解明しようとしたのである。その意味で、中世は人間の「理性」に取《と》り憑《つ》かれた時代であったとも言える。そうでなかったら、ゲルマン人やケルト人の森林の中に、パリやミュンヘンやケルンやミュンスターやプラハやオックスフォードのような町を開いて大学を建て、大聖堂《カセドラル》をつくりえたわけがない。

われわれがヨーロッパの伝統的な大学都市として知っているところは、すべて中世の

「暗黒時代」につくられたのだから、「暗黒」の意味の再定義をしなければならないと思う。この時代の哲学がスコラ哲学であり、その大成者が聖トマス・アクイナスであり、哲学の系統としてはアリストテレスである――荒っぽく言えばそうなる。

「それでは魔女裁判のようなものはどうした」という反論が出るかもしれないが、魔女裁判は通念とは反対に宗教改革が起こって中世が終わってから流行したものである、と言っておこう。さらにピューリタンの間でもっとも盛んであった、ということもつけ加えておいてよいかもしれない。

「肉が食えるか食えないか」が私の哲学的出発点

しかし中世に対しても反対運動が起こる。いろいろの面から中世が批判の対象となるが、そのひとつは反アリストテレス運動であり、「プラトンに帰れ」運動である。

近世初頭、反アリストテレス学者の代表と見なされるペトルス・ラムス（一五一五〜七二）が、パリ大学の修士試験のときに掲げたテーマは、「アリストテレスの述べたことはすべて虚偽である」というものであった。彼は口頭試問のときに教授たちに突っこまれると、教授たちの質問の論法がアリストテレスの論理学に基づいていることを指摘し、「私はまさにそれが間違っていると言うのです」という詭弁《きべん》を繰り返して切り抜けたという。

アリストテレスの権威を落とすことが、反中世運動の目標のひとつだったのである。

アリストテレス的中世哲学、つまりスコラ哲学から脱け出したいというのがルネサンス運動の一面であった。ルネサンスは、哲学的には、アリストテレスを捨ててプラトン崇拝をすることだと言うべきものである。十五世紀中ごろのフィレンツェに、メディチ家の援助の下、アカデミア・プラトニカがつくられたのを始めとして、その後、各地にできた学術研究機関にアカデミアの名前をつけたものが多いのは、そのころのプラトン熱を示すものである。

アカデミアがプラトンの学園の名前であったことは言うまでもない。これに反しアリストテレスの学園リュケイオンの名前は、プラトンのアカデミアのように一般的にならなかった。強いて言えば、フランスの国立中学校をリセ（lycée）と呼ぶことなどに残っているくらいのものである。

ルネサンスは別の側面から見れば、オカルト哲学の復活時代とも言える。ゲーテの『ファウスト』はこのころのシュトラスブルクあたりの雰囲気を伝えていると言われているが、ゲーテの関心がオカルト的なものに向いていたことは確かである。ルネサンスごろから多くなるオカルト結社の結成は直接的間接的にプラトンに対する憧れと関係があるように思える。

西洋哲学史めいた話になったのは、それが私の「肉体」と関係あったからにほかならない。「肉が食えるか食えないか」が私の哲学の出発点だったような気がする。この点から見ると、上智大学に入る前の私はプラトンに通ずる世界で育ったのであり、ボッシュ先生の講義はアリストテレス的思考の世界へ扉を開いてくれたものだった。私がその後ずっと、専門でもないのに哲学や神学に関心を持ち続けてきたのは、いずれも私の「肉体」に直接関係した思考だったからである。

食べてみれば肉はおいしい。しかし東京で肉を食う機会は滅多になかった。一年に二、三度、寮でスキ焼きパーティがあるぐらいだった。世の中にこんなうまいものがあるだろうか、と思われたのだが、自分でスキ焼きを食わせる店に行くお金はなかった。

休暇で家に帰れば、母は前のとおり、いっさい肉料理はやらない。ただ私が同窓会などで外で豚カツなどを食ってくる分にはかまわない。その点、私の従兄の場合は、外で豚カツを食って帰ってきて門のところまでくると、彼の母——私の母の姉、つまり私の伯母——には、家の中にいても「肉を食った者が屋敷に入った」と感ずる能力があったので、外出しても肉は食えなかった。

理論的に言えば、人間の肉体は主としてたんぱく質から成り立っているのだから、人間の肉体と似ているたんぱく質を摂取するのが合理的ということになる。米にもたんぱく質は入っているが、アミノ酸配列からいって、よほど大量に摂らなければ人間の肉体のたんぱく質は補えない。そのせいか昔は、米飯や餅を大食らいする人がいっぱいいた。「一升餅を食う」という人は当時の農村にはいくらでもいたが、今の都会の青年には一合餅、つまり一升餅の十分の一を食べることのできる者さえ少ないであろう。食欲旺盛な学生たちでも、正月の雑煮の餅は二切れぐらいだという。

私は今でも一回に六切れずつ、一日三回も食える。これは、少年時代の食習慣の名残である。若いころは正月の雑煮など一食に十切れ以上食べていた。今の若者は小さいころから肉などでたんぱく質を十分摂っているから、米飯や餅で摂る習慣が身につかないで育つのだろう。

たんぱく質の摂取と長寿との関係

たんぱく質と言えば、私の父は朝、昼、晩と三回とも何か魚を食べた（家庭では肉は出ない）。量は問題ではないが、とにかく一日三回魚を食べないではいられない人であった。母は「猫でもないのによく朝から生臭《なまぐさ》い物が口に入るものだ」などと言っていた。母も魚は食べたが、朝からということはない。そのせいか父は長寿であったが、母も、伯母も、従兄も、比較的若いうちに亡くなった。たんぱく質の摂取の仕方に関係あったのかなあ、と考えることもある。

そんなことから昔の人の伝記を読んだり、今の長寿者の話を聞いたりすると、たんぱく質の摂取の仕方が気になる。たとえば、日本で最初の女医で、皇室関係の患者も診たシーボルトの娘はきわめて長寿で、しかも高齢に至るまで活躍したが、彼女はひじょうに鰻《うなぎ》が好きだったと、吉村昭さんが書いておられた。最後の将軍徳川慶喜《とくがわよしのぶ》は豚を食することを好み、「豚を好む一橋殿《ひとつばしどの》」を略して「豚一《ぶたいち》」と綽名《あだな》された。たんぱく質を十分摂ったせいか喜寿を祝い得た。それに先立つ将軍たちが次々に夭折《ようせつ》しているのに較べると画期的な長命であった。彼の父の烈公徳川斉昭《とくがわなりあき》も当時としては長命だったが還暦を祝うにとどまっている。

「豚一」と綽名された徳川慶喜

同じたんぱく質でもアミノ酸の種類と量の比率が人間の肉体に似ているほうがよい、という説は説得力がある。植物性たんぱく質よりも牛肉のほうをうまいと感じるのはそのせいだと言う。そうすると、人肉がいちばんうまく、次いでチンパンジーなど霊長目の類人猿がうまいことになる。人肉を食べるわけにいかないが、大型のサルを食べるところが南米にあって、それを食べた日本人が「おいしかった」と言っていると、故・三石巌氏がどこかに書いておられた。

本当にうまい肉を食べたと記憶に鮮やかなのは、大学院に入って、アメリカ人学者の研究の手伝いをしていたときだった。同じ仕事をしていた一、二年先輩のS氏が、夏休み前に、「新宿に本当にうまい豚カツ屋があるんだ」と言って連れていっておごってくれた。「三金」という店だった。私は生まれて初めて分厚い豚カツを見た。その厚さは五センチもあるように思えたが、まさかそんなにあったはずはない。せいぜい二センチか二センチ五ミリぐらいであったろう。しかし、それまで肉と言えば二、三ミリぐらいの厚さのものしか食べたことがなかったから、文字どおり頬っぺたが落ちそうにおいしかった。

しかしその後しばらく、三金に出かけたことはなかった。しばしば食べたのは冷凍鯨《くじら》の刺身だった。四谷に大洋漁業の出店があって、ひどくスタイルのよい、いつも黒いセーターを着ている若い女性が鯨を切ってくれるのである。今は鯨は珍品だが、当時は安かった。冷凍鯨は溶けると生臭くてまずくなるから、買ってすぐ食べなければならない。凍っている鯨肉はさくさくしておいしかった。

その後、私はドイツに留学させていただいた。ミュンスター大学というウエストファーレン州の大聖堂《カセドラル》（ドイツ語でドームという）のある古い文化都市で、宗教戦争を終結させたかの有名なウエストファリア条約の締結地である。恩師のロゲンドルフ先生が、今はなくなった麻布のドイツ・レストランで送別の夕食をご馳走してくださったが、そのときこうおっしゃった。

「君の行くウエストファーレン州は世界でいちばんおいしい豚肉の産地です。アメリカの高級レストランのハムもそこから輸出されます」

ウエストファーレンの豚肉はまことにうまかった。特にルビー色をしたシンケン（豚の腿肉《ももにく》の燻製《くんせい》）の味は感激ものであった。ドイツでは牛肉よりも豚肉が断然うまいのである。

日本の国立大学の老教授が視察に来たとき、「少しもドイツ語が通じないので困っている。手伝ってくれ」と大学に頼まれて、二日ほどついてまわったことがあった。レストランに入ると、この老教授は必ず牛肉のステーキを注文した。当時（昭和三十一年＝一九五六年）の日本では、まだ牛肉のステーキは贅沢品《ぜいたくひん》で、日本のホテルのレストランで食べると安月給の四分の一ぐらいはすっ飛ぶ時代だったから、この老教授も官費でドイツを廻る間になるべく牛肉のステーキを食べるつもりらしかった。私もお相伴《しょうばん》したのだから有難いことではあったが、「豚肉ならもっとおいしい料理があるのに」と思った。

何度かメニューの中から豚肉料理をすすめてみたのだが、老教授はいつも「牛のステーキを」と言われた。「豚カツなら日本でも食えるが、ステーキはなかなか食えないからな」と老教授の胸中を察した覚えがある。

帰国するといろいろ縁談があった。私も二十九歳で安月給とはいえ定職があるのだから不思議はない。そのころ紹介されたある女性は、西田佐知子のような感じの人だった。二人で食事をすることになって私は、「うんとおいしい豚カツを食わせるところに行きましょう」と新宿の三金に案内した。五年前に先輩のS氏におごってもらった分厚い豚カツの味をまだ忘れていなかったのだ。ドイツで三年間も本場ウエストファーレンの豚肉を食べたあとでもはっきり覚えていたのだから、最初に食べたときのうまかった印象がいかに強烈であったかわかる。

ところが西田佐知子似のその女性は、こう言ったのである。

「まあこのお店、会社の人たちと来たことがあるワ。おいしいのよね」

私は心中愕然とした。この女性は、女子大を出た一流会社のOLなのだ。そのころの一流会社の給料と私立大学講師のそれとでは大差がある。その会社の豊富な交際費を使ったり、あるいは財布の厚い上役たちと食事する機会は多くあったに違いない。その意味では、この女性は私よりも「世の中」が広いのだ。そう思うと、なんだか索然《さくぜん》としてきたのである。あのうまかった三金の豚カツも、記憶の中にあったほどうまくは感じられなかった。

　今ごろの若い人たちは違った感じ方をするかもしれないが、昭和一ケタ生まれの日本男児の私にとって、自分の見合い相手の女性のほうが「世の中が広い」と感じたことは、一種の劣等感になったと言っていいだろう。豚カツのせいばかりではないが、この縁談は流れた。

　今でもカラオケで西田佐知子が「アカシアの雨がやむとき」を唄う画面が出ると、四十年前に見合いした女性のことを憶い出し、豚カツのことを憶い出し、心の中で苦笑する感じになる。

第三章

目と書と身長

小学生の私の視力は、〇・〇一だった

老いると「目《め》・歯《は》・魔羅《まら》」が駄目になると言われる。目のよかった人が老眼鏡を必要とするようになり、歯のよかった人が入れ歯になるということは、否応なしに老化の現実をその人に突きつけることになる。この点でも若いころにその点で欠陥のあった人間は、逆に本当の老齢になったときに心理的打撃を受けることが少ないということがあるような気がする。

小学校では私はひょろひょろに痩《や》せた少年で、例の養護組にいたわけであるが、身長は少し高いほうだった。小学校一年生の中ごろになると、学校の成績がさらに悪くなっていった。先生の言うことがよく理解できないのだ。習字——当時の小学校では重要な課目——はクラスで最低の部類に入った。

養護組には知能障害児もいたのだが、その子たちと同じぐらい字がなってない、と言われ、父はびっくりした。字を能《よ》くすることは渡部家自慢の伝統のはずだったからである。特に私の長姉は学校のみならず、地区の書道展でも金賞を取っていて、家にはそういう額がいくつもあった。私も物覚えのよい子ということになっていた。それなのに字は知能障害児並みというのだから、親には相当のショックだったようだ。

その原因らしいものがそのうちわかった。いつの間にか私はひどい近視になっていたのである。

なぜそうなったか。私の父も、叔父も、母も、伯母も、つまり直系、傍系の尊族に近眼は一人もいない。姉たちもそうではない。祖母の目が悪いのは外傷によるものだ。だから誰も私が黒板の字も見えず、先生の顔もろくに見えない状態にあることに気づかなかったのである。子供である私は、ぼんやり見える状態がふつうであると思っていたから、目が悪いという自覚はなかった。

たまたま身体検査で視力検査があって、私の視力は〇・〇一だと言う。オウム真理教の麻原彰晃という人は視力〇・〇三で特別な学校に行っていたというが、私の目は麻原よりも悪かったことになる。検査している保健の女教師も「ふざけないでちゃんと読みなさい」と言うのだが、視力テストの一番上にある大きな字も読めなかったのである。

そういうわけで、先生が黒板に書いて説明する字や数字も読めない状態が続き、いつの間にか教室では、先生の話を聞かないで、ぼんやりと座って空想に耽《ふけ》っている癖《くせ》がついていたらしい。今の〝崩壊した〟教室の子供なら歩きまわるかもしれないが、戦前の小学校の先生には権威があった。勝手に歩きまわることはできない。

どうして習字の成績が極端に悪かったかというと、習字のときに先生が「清書を出しなさい」と言ったのを聞いていなかったからだ。戦前は紙を大切にしたから、習字の時間には同じ紙に何度も書くのが常であった。それで私は紙いっぱいに何度も書いたものを提出することになったのである。思えば、小学一年生が清書でないものを出そうとしているのだから、先生が気づいて注意してくれてもよさそうなものだったが、そのまま受け取って、最低の点をつけたのである。ちなみに私は、学校ではどこでもよい師にめぐり会ったと感謝しているが、このときの女教師からはずっと憎まれていると感じていた。

今は亡き私の十歳上の長姉はこの女教師を憎むこと常ならず、その姓のほうでなく名を呼び捨てにしていたから、よっぽど睨《にら》まれていたのだろう。そのとばっちりが弟の私にも及んだと思えば、多少納得がいく。

結局、習字の点数が極悪になったことをきっかけに、黒板の字も見えず、先生の話も聞いてないことが親にわかったのだった。目が急に悪くなったのは、麻疹《はしか》が重かったせいではないかと言われたが、本当の原因は今も不明である。

結局、眼鏡をかけることになったのだが、クラスはもとより学年でも眼鏡をかけているのは私一人である。「四つ目」というのが私を罵《ののし》るときの悪童どもが使う綽名《あだな》になった。上級生になるにつれて眼鏡をかける子供もぽつぽつ出てきたが、長い間、私は唯一人の眼鏡をかけた子供であった。いじめられた記憶がないのは、当時はいじめそのものがあまりなかったことと、相撲などは弱いほうでなかったことが関係しているのだろう。

小学校で最初に書いた清書が最低点だったことが尾を引いて、私は習字の下手な子供になってしまった。今の心理学者ならうまく説明してくれると思うが、子供のときの最初の「刷りこみ」みたいなものはなかなか抜けないものなのである。「自分は習字は駄目だ」という観念が巣くってしまったらしい。

私の郷里は、殿様以下書道の達人ぞろいの藩だったし、私の入った小学校は旧藩校で、先生にも旧藩士の娘など少なくなかった。加えて旧藩士の家の子供たちはそろって字が上手だった。殿様が字が上手で書道熱心となれば、旧藩士の家で書道教育がひじょうに重んぜられたのは当然のことと思われる。

正月の「貼《は》り書《が》き」というのが私の小学校では大変重要な行事であった。正月に清書を書かせ、順番をつけ、ずらりと廊下に貼り出すのだ。いちばん上手な者からいちばん下手な者まで全員の書が貼り出される。私が小学校一年生のとき、二番目の姉は六年生であった。姉はまずまず恥ずかしくない順位であったが、私のほうはビリに近かった。父兄も見にくるし、貼り書きは地域社会の話題でもある。私は六年間、貼り書きではいつも恥ずかしい思いをしていた。

唐詩選画本　巻一　七言絶句（芙蓉先生画）

習い事を長く続ける秘訣

小学校の上級生になると、私は野村愛正の『三国志物語』に感激し、雑誌『キング』に折込みの『唐詩選』の抜萃に感銘し、漢文の独学を始めた。塚本哲三の『基礎漢文解釈法』から始め、漢和字典を引くことを覚えたから、漢字と漢文の知識では——今から見れば大したものでないが——相手になるのは先生だけである。

書道が漢学とは不可分のものらしいこともわかって、「字も上手くなりたい」と思うようになった。学校から帰るとすぐ墨を磨《す》って一時間ほど字を書くことを自分に課したのは、天晴《あっぱ》れな心懸《こころが》けというべきであった。しかし指導者なしでしていたから、思うようには上達しなかった。

その証拠がある。私の町内で小学校六年生は男女合わせて六、七人いた。その町内でも貼り書きがあり、町内会長の家の廊下に貼り出される。審査員は小学校の先生だった。ここでも私の清書は六年生の中で最下位だったのである。このとき、親たちも見にくる。常《つね》日《ひ》ごろ、字の上手なことを自慢している父は恥をかいたと思うのだが、そのときは意外に平静だった。必ずしも負け惜しみではない口調で私に言った。

「これからの世の中は、筆で字を書く時代でもないだろうからな」

書道自慢の父からこの言葉を聞いたとき、意外な思いをしたことを今でも印象深く覚えている。父の言ったことは、半年後の入学試験で証明されたからである。私の町内で旧制中学に合格した者は私一人、女子のほうでは旧制女学校に入れた者は一人もいなかった。私より習字の上手な者は進学に関しては全滅だった。父の言うことはたいてい当たらなかったが、これだけは当たったことになる。ついでに言うならば、小学校で習字が上手で「貼り書き」で上位を占めていた旧藩士の息子たちも、旧制中学の進学については全滅に近かったのである。

旧制中学でも書道や図画は必修である（当時は選択課目がなかった）。書道は松平穆堂《まつだいらぼくどう》先生、図画は地主悌助先生と、悪童どもにはもったいない立派な先生方だった。しかし、私は書道も図画も最低点組だった。もっとも図画の地主先生は私の絵の構図が面白いと言って、ときどき加筆してくださった。偉い画家がちょっと手を入れると見違えるようになるのには驚いたが、完成したときはまたどうしようもない絵になってしまうのだった。今にしてみれば、地主先生の手の入った絵はとっておくべきだったと思う。しかし、それは後で先生が大変有名になられたからの話で、当時はそんな偉い画家だとはわからなかったのである。

しかし字には未練が残った。私の姓の「渡部」という字はどうも恰好よく書けない。父の書いたものは座《すわ》りがよい。それでいつか字を本格的に習い直したいと思っていた。今からちょうど二十年前に、義父を通じて優秀な若い書家を紹介していただく機会に恵まれ、ほんの足代ほどの月謝で月三度、自宅に来ていただくことにした。それは今まで続いている。

習い始めて十年目ぐらいになって、ようやく「渡部」という字が父の書いたものぐらいになったと思った。練習時間がなく、先生に来ていただいている間にやるだけだから、大して上手になるはずはないが、二十年もやっていると、他人の字の上手下手はよくわかるようになる。書くほうは上達しているとは言えないが、先生は「線が澄んできている」と言ってくださるので、やってきた甲斐《かい》は十分あったと思っている。

天性不得意と思われる書道の練習がなぜ二十年間も続いているのか、その秘訣を述べてみよう。

まず第一に、先生の人柄がよく、書や道具の鑑定に秀《すぐ》れておられることである。お人柄のことはしばらくおくとして、書や道具の鑑定に秀れておられることが私のような年輩と趣味の者には重要なのである。

若いころは一冊十円の古本で買った岩波文庫本でも表紙の汚れたペンギン・ブックでも気にならないが、年をとってくると、版とか活字とか装幀などが気になってくる。それがわからないような人を「素人」と思うようにさえなる。

私の書道の先生は、若いときから——つまり今から二十年も前から——墨であれ、筆であれ、硯《すずり》であれ、印であれ、紙であれ、書道に関する物にくわしく、鑑定眼が秀れておられる。テレビの「開運！　なんでも鑑定団」に出てくる書や絵も、テレビを見ただけでたいてい真贋を当ててしまう。私も書物の形而下のことにはもっともうるさいほうだから、書道の形而下のことにも精通している先生を尊敬するのだ。字が上手なだけの人だったら、私がこんなに長く師事することはなかったに違いない。

もうひとつは、「習い事」の本質と自分の弱点を私がよく知っていたことである。

何かを習い始めるとき、人は昂揚した気分になって、稽古日が待ち遠しくなる。しかしそのうちマンネリになる。何しろ本業も忙しい。そして通うのをやめる。というのがお決まりのコースである。同僚でも一時、書道に熱心な人がいた。聞いてみると、通って習っているという。「そのうちやめるだろう」と思っていたら、一年半ぐらいでやめたようだ。本業の本を読んだり、論文を書いたり、外国に出張したりしていれば、必ず中断しなければならなくなる。そして中断はたいてい永断になるのである。

そうならないためには、先生に来ていただくに限る。しかも謝礼は必ず月謝にすることだ。都合が悪いときは休む。月に一度もやる機会がなくても、月謝はお払いする。人間はケチだから、回数で謝礼を払うことにすると、なんだかんだと言って、回数が減っていき、ついにゼロ回になって永断となるのがオチである。習い事は絶対に月謝でなければ続かない。

それに余技でやることは、都合が悪いときは無理しないで休むことだ。二回や三回続けて休んでもよい、と思うことだ。そうでもしなければ、本業外の習い事が二十年も続くわけがない。

禅の悟りでも「何がなんでも悟らねばならぬ」という決心自体が悟りの邪魔になると聞いたことがある。「始めた以上は決して休まないぞ」というと、かえって中断が永断になる可能性が高くなる。「都合の悪いときはいくら中断してもよいのだ」というぐらいに考え、中断しても月謝を払い続けていれば、間もなくもとに戻るものである。

私を臆病にした「眼鏡」のこと

目の悪いことから話は書道の話になったが、眼鏡が私に及ぼしたもう一つの影響は「臆病になった」ということである。「眼鏡を毀《こわ》したら大変だ」ということが、子供心に沁み通ったのだ。

強度の近眼鏡が、当時のわが家の家計にとって相当な負担だったことはわかっていた。ところが、昭和十六（一九四二）年、私が小学校六年生のとき自分の不注意で眼鏡を毀してしまったのである。父と眼鏡屋に行ったところ、Kという眼鏡屋は姉の役場の月給の半分ぐらいの金額と、米一斗《と》を要求した。日華事変も四年目、大東亜戦争勃発の数ヵ月前の話で、物資は徐々に不足し始め、物々交換が始まっていた。眼鏡の値段も高かったが、「その代金の他に米一斗ですな」と言ったときの眼鏡屋の顔がいかに憎々《にくにく》しく見えたことか。その眼鏡屋をKと書いたが名前は今だって覚えている。

田舎町《いなかまち》といえども都会だ。当然私の家は米の生産者でない。一斗の白米を得るためには、両親が田舎の親類に行って頭を下げたり、物をやったりしなければならない。「断じて眼鏡を毀してはならぬ」と私は胆《きも》に銘《めい》じた。

「身体髪膚《ハップ》、コレヲ父母ニ受ク。敢《アエ》テ毀傷《キショウ》セザルハ、孝ノ始メナリ……」という『孝経』

の文句はそのころも知っていたが、眼鏡を毀傷しないことが親孝行の出発点みたいになった。つまり私は臆病になったのである。だから相撲をとるにもまず眼鏡をはずして誰かに預けるか、安全なところに置くかした。なぐり合いの喧嘩はしないことにした。

困ったのは軍事教練である。何しろ戦時下の旧制中学生である。軍事教練や修練（主として肉体作業）は学科よりも比重が重い。たんぱく質不足で育った私は痩《や》せっぽちで腰が細く、銃剣の革帯《かわおび》のいちばん細いところにしても締まらない。銃剣を半分ずり落とした姿で三八式の銃を担《かつ》いで行進しても様《さま》にならない。兵隊ごっこは大好きで育ったのだが、銃剣のことを考えると、軍事教練の時間は憂鬱だった。そのうえに心の中は眼鏡が毀れるようなことが起こらないようにとビクビクしていた。したがって教練の点数ははなはだ悪かった。心の中は僑柔人そのものと言ってよかったと思う。

それでも弱虫とか臆病とか言って制裁を受けることがなかったのは、柔道部に入っていたからであろう。柔道には眼鏡は不要だし、たとえ弱いとはいえ柔道部員である以上、他の部の人間よりは柔道だけは強い。柔道は剣道や銃剣道と同じく必修だから、柔道部員でない者とも乱取《らんど》りをやることがあった。そのときは必ずぶん投げるから、弱虫とは思われないですんだのだと思う。しかし、眼鏡をかけているときは常に小心翼々《しょうしんよくよく》とした臆病者だった。

眼鏡で最後に苦労したのは、ドイツ留学中のことである。ハーヴェック君（彼は後にミュンスター大学の比較言語学教授になった）に招かれて彼のうちに何日か泊まりに行ったときのことである。風呂から上がったとき、眼鏡を踏みつけてしまったのだ。今は風呂に入るときも、シャワーを浴びたり、頭を洗うとき以外は眼鏡をかけているが、当時は湯船に入るときは眼鏡を取るのが癖だった。毎月の奨学金二百マルクから新しい眼鏡のフレームの代金を出すことがいかに辛《つら》かったことか。レンズが割れなかったことが不幸中の幸いと言うべきであった。これが眼鏡に苦しめられた最後の記憶である。

食生活が一変し、肉体と頭脳に異変が起こった

しかし目そのものには長い間苦しめられてきた。大学の寮に入っていたときに困ったのは、すぐに目が疲れて細かい字が読みにくくなることだった。鳥目ではなかったが、辞書など引いていると、目がしょぼしょぼした感じになってくるのである。これも今から考えると、たんに栄養の問題だったらしい。というのは、昭和三十（一九五五）年にドイツに留学し、次いでイギリスに留学している間に、そういう目の疲労に悩まされることがなくなったからである。

何しろドイツは乳製品と豚肉の国だった。朝にパン——プンバーニッケルという真っ黒

いパンや茶褐色の焼きたてのパン――に、こってりとバターを塗り、チーズを五ミリぐらいの厚さに切ったものや、シンケン（豚の腿肉《ももにく》の燻製《くんせい》）を重ねて食べることから一日が始まるのである。日本にいたときは夢にも見たことのない贅沢《ぜいたく》な食生活だった。

日本では外食券というものを持ってパン屋に行くと、「バターですか、ジャムですか」と聞かれる。「バター」と言うと、コッペパンにマーガリンをざっと塗ってくれるだけ、「ジャム」と言うとジャムをさっと薄く塗ってくれるだけで、十三円だった。それがドイツでは、パンには本物のバターを一、二ミリぐらい厚く塗り――私の感覚ではパンの上にバターを「置く」という感じだった――その上に厚いチーズなり、肉なりを置いて、さらに牛乳やヨーグルトを飲み、それからコーヒーである。

目の栄養になるものもその中にはうんと含まれていたのであろう。細かい字の本もよく読むことができた。

牛乳と言えば特別な憶い出がある。子供のころには、「夏に牛乳を飲むと冬に風邪を引かない」と言って、毎日牛乳を一本配達してもらっていた。これは昭和一ケタ時代の田舎では相当の贅沢であった。しかし敗戦直後の東京の学生寮では、牛乳はさらに贅沢品であった。ときに、寮生の何人かと連れ立って四谷の牛乳屋に牛乳を飲みに行った。

あるとき、私は風邪気味だった。その夕方、牛乳屋に友達と出かけて一本――みんな貧乏だから一本だけである——飲んで帰って翌日になったら、風邪《かざ》っ気《け》が治っていた。「牛乳には風邪を治す力があるのか。将来は毎日一本は牛乳が飲めるようになりたいものだ」とそのときに思ったことをよく覚えている。だから西ドイツの食生活の豊かさはまさに感激ものだったのである。

ドイツの学生生活における食生活の変化は、目にだけ現われたのではない。身長にまで及んだのである。

私はドイツで洋服をつくらせていない（奨学金だけの生活でそんな余裕はなかった）。洋服を洗濯に出したこともなければ、雨に降られてずぶ濡れになったこともない。だから洋服のサイズは変わらないはずだった。ところが滞在三年目に入ったころ、気がついてみると、日本から持ってきた洋服がすべてつんつるてんになっている。袖なども手首からだいぶ上まで出ているし、ズボンも踝《くるぶし》の上まで出るようになった。だいたい四、五センチ背も伸び、手足も伸びたと思われる。

「男は二十五歳の朝まで伸びる」と言い伝えられているが、私は満二十五歳になったばかりのときに留学して、食生活が一変した結果、二十七歳過ぎて急に背や手足が伸びたのだ。言い伝えにある二十五歳の朝からは、ちょうど二年ぐらいずれて急に伸びたことになる。二十五歳から栄養豊富な食生活に変わり、それが約二年間蓄積したときに、ドーンと身長が伸びた、というのが実感である。これは知的なことについても観察、体験ずみのことなので、自分では納得できたように思われた。幸田露伴の『努力論』でこんな話を読んだことがあったからである。

清朝の大学者閻百詩《えんひゃくし》は幼いときは愚鈍で吃音《きつおん》で多病、しかも生まれつきの素質はふつうの子供よりはるかに劣っていた。本を何百ぺん読んでも身につかない。その読書の声を聞くと母親はかわいそうでならず、「もうよしておくれ、よしておくれ」と言って勉強をやめさせることもあったという。ところが百詩が十五歳の冬の寒い夜のことである。いくら精を出して本を読んでも意味が通じないので、憤然として床《とこ》に就《つ》かず、筆も墨も凍るほどの寒さの中で灯火の下、身じろぎもせず読んだ本のことを考えていた。すると突然、心が急に開けて清朗な気持ちとなり、それ以後、明敏無比の大学者になったというのである。

閻百詩のような頴悟《えいご》異常というほどではないが、そうした例を私も何度か見てきた。たとえば某君は大学に入ったとき、接続詞の that と、関係代名詞の that の区別がどうしてもつかなかった。当時の上智大学にはそれでも入学できたのである。ところが、彼は学者になる気なのである。学校が終わって寮に帰ると、彼はほとんど全時間を机に向かって過ごした。しかし成績は上がらない。われわれも多少軽蔑的に「馬鹿のクソ勉強」と言っていた。ところが彼は、なんと四年それを続けて大学院に入ったのである。

私とは違う学科だったが、その学科の外人教授が、「こんなにできる学生が本学《ほんがく》に入ったことはまだない」と言うほどになった。何年か前の彼を知っていたわれわれは信じられない気持ちだったが、若いころなら、数年間それまでとまったく違った集中の仕方で勉強し続けると、何年目かに突然といってもよい変化をするものなのである。

英語は比較的若いころやっていたので次第にわかっていくことが多かったが、ドイツ語は大学に入ってからだから抵抗が大きかった。しかも言語的系統は英語と同じといっても、語彙《ごい》の共通なものが少ない。この点、言語的系統は違っていてもフランス語のほうは長い単語はたいてい英語と同じだから入りやすいとも言える。

「どうしたらドイツ語ができるようになるか」という勉強法の指針になったのは、関口存男《せきぐちつぎお》(「ぞんだん」と呼んでいた)の学習法だった。要は「ひたすらわからないのを我慢して読んでいると、あるときからパッと連なってわかってくる」ということだった。

閻百詩の話にも通ずるものがあるが、私も、私の友人も、この関口の言葉を頼りに勉強した時期があった。確かにある程度我慢を続けると、つまり勉強の蓄積ができると、急にわかりだす時点に到達することがあるようである。

こんな体験があったものだから、ドイツ留学の三年目になったころに急に身長が伸びたとき、二年間の栄養の蓄積がドーンと出たのだと、閻百詩の学問開眼《かいげん》に類比して理解したのである。医学的に正しい解釈になっているかどうかは知らない。たんにドイツに行く前の日本での食事が貧困過ぎたというだけの理由だったのかもしれない。ともかく私は、二十八歳のときに背がだいぶ高くなったのである。

目の老化を防ぐ方法を実践して

私の同級生の周囲を見渡しても、近眼は年とともに増えてきた。中学生になったころには、「四つ目」などと呼ぶ者はいなくなった。ただ私の場合、近視に強度の乱視が入りだしてしまった。とはいえこれも矯正が利《き》くから大して不自由にはならない。しかも戦後になると、眼鏡も「米一斗《と》」をつけずとも買えるようになった。小学校時代のように「眼鏡を毀《こわ》したら家族に大変な迷惑をかける」という強迫観念も薄れた。

中学生のころに、目の悪いことが私の人生コースに特に影響を及ぼしたことはと言えば、「軍人には絶対なれない」という諦観《ていかん》を初めから植えつけられたことであろう。小学生のころは、眼鏡をかけながらも淫《いん》するほど「兵隊ごっこ」や「戦争ごっこ」が好きな子供だったのに、また講談の武俠物《ぶきょうもの》や、平田晋策の軍事物を読むことに夢中な少年だったのに、中学生になるころには、自分は絶対に軍人になる肉体的資格を持っていないと悟るようになっていたのである。

維新のころなら刀一本持って戦《いくさ》に参加する可能性があったかもしれないが、昭和の御代《みよ》は、まず旧制中学から幼年学校か予備士官学校か海軍兵学校に行かねばならなくなってい た。私の目や体質では、百に一つの合格の可能性もないことがわかっていたのである。

もうひとつの心配は、学徒勤労動員のとき「眼鏡をなくしたり、毀したりしたら困るなア」というものだった。時節は眼鏡どころか生命を失う危険が迫っていた。小学生のころのように眼鏡について深刻に心配をした記憶はない。

近眼も乱視も年とともに度が進む、という感じであったが、不惑《ふわく》の年、つまり初老のころから度はあまり進まなくなった。ひとつにはそのころ、ある台湾人の書いた本を読んで、目の老化を防ぐ方法というのを実行し始めたからかもしれない。

その方法というのがすこぶる簡単で、毎朝、目を覚ましたときに、両手の指を左右の目の上に軽く当て（押してはいけない）、そのまま眼球を左右にぐるぐると廻すだけである。特に老眼などは目の筋肉の働きが悪くなることに由《よ》ると言われているから、この眼球の柔軟体操は合理的だと私には思われた。

目については私と反対に、家内ははじめ二・〇ぐらいの視力であった。ところが、もうだいぶ前から老眼鏡を必要とし、ときとして大きな虫眼鏡、つまり拡大鏡を用いて新聞など読んでいる。私はオックスフォード英語辞典のような細字のものをいつも引いているわけだが、老眼鏡の必要はまだない。これは眼球の柔軟体操のおかげだと思って、あるとき知り合いのお医者さんにそのことを話したら、「そんなことと老眼は関係ないと思いますがね」と言われた。しかしこのお医者さんも今は老眼鏡のお世話になっているようだから、目の柔軟体操というのも効果があるのではないかと思っている。

私は夜眠りにつく前、床の中で本を読むことがよくある。そのまま眠ってしまうと、次の朝に目が渋《しぶ》い感じがする。眠りに落ちる直前に、少し意志の力を奮い起こして、目の柔軟体操を左右十回ずつといわないまでも、五回ずつでもやると、翌朝の目の具合が少しよいような気がしている。

第四章

歯と語学

前歯と英語の発音との関係

「目」の次はと言えば、「歯」ということになるが、これには終生悩まされ続け、今なお悩まされている。父も母も、私の記憶にあるころには一本の歯もなかったし、姉も早くから入れ歯だったから、父系も母系もそろって歯性《はしよう》の悪い家だったということになる。しかし、田舎で農業を続けた叔父も、父系の従兄姉《いとこ》たちも、母系の従兄姉たちも、みんな歯がよい。すると、私の父と母は突然変異的に歯が悪かったのか、それとも町に出てきたため後天的に悪くなったのか、それはわからない。

私が物心ついたころ、父にはすでに歯は一本もなく、したがって歯の苦労はなくなっていた。母は依然として悩まされ続けていた。他のことでは医者にかかったことのない母が――母が医者にかかった最初は胃癌の手術で、その後、半年ぐらいで亡くなったから、それが医者との最初で最後のお付き合いになった――歯医者だけには厄介《やつかい》になっていた。あるとき、顎が腫れて入れ歯も入らなくなった。顎を手術してもらったら、「黒い血がどっと出た」という。

子供のころから大学卒業まで、私は絶えず歯痛に苦しめられていた感じがする。ジージーと歯を削《けず》られながら、歯医者の椅子の上で「俺は人生の何時間を、こんなことをして過ごさなければならないのか」と何度考えたことだろうか——そして今もそう考えさせられているところである。当時は虫歯には金か銀かをかぶせるのが常であった。田舎では金歯をしていることを自慢する人もあったぐらいの時代である。私はさすがに金を入れる気にならず、銀だった。奥歯も前歯も何本かが「銀かぶり」になった。その前歯の銀かぶりに大事件が起こった。

大学に入って一ヵ月目ぐらいのころに、学生寮の食事に出された大根漬けを嚙んだら、ボキリと小さな音がして上顎の前歯が二本折れたのである。虫歯で歯自体は空洞化していたのに、銀冠をかぶせただけだったので、ひどくもろい状態になっていたのだ。何しろ外人に直接英語を習うことを目的の一つに入った大学で、上顎《じょうがく》の前歯を二本なくしたのである。日本語をしゃべってもスースーするのに、舌先を嚙まなければならない音のある英語をうまく発音できるわけがない。私はろくに英語の発音ができない英文科の学生として、夏休みまでの約二ヵ月間、惨めな思いをした。

老いた父母に学費や寮費のほかに東京の歯科医療費を送ってもらう勇気はなかった。夏休みに帰ったときに、郷里の歯科で治療してもらったのだが、理屈から考えれば、東京でも郷里でも治療費はそんなに違ったとは思われない。しかし、送金してもらうことに罪悪感に似た「後ろめたさ」を感じていたのである。

英語の発音も書道と同じである。最初の出だしが悪かった。まことに悪い「刷りこみ」であった。それが一生ついてまわることになる。

英文科ではトマス・ライエル教授（ダーウィンやウォーレスに影響を与えたチャールズ・ライエル卿の孫という、ケンブリッジ大学出の英文学者）の英詩の時間が、毎週四時間あった。毎週、英語の有名な詩や、シェイクスピアの名文句などを暗記させ、それを次の授業のときまでに暗誦することを命じた。一人一人学生を立たせて暗記できたかどうかを確かめるというやり方であった。

昭和二十四（一九四九）年の日本では、外人教師のいる大学は稀《まれ》であり、ライエル先生のような立派な先生に訓練を受けることは特権的に恵まれたことであった。英文科出身者でも英詩を暗記している人は比較的少ないのであるが、われわれは有名な詩を否応なしに覚えさせられた。これは英文科の人間としては恒久的知的財産を与えられたことでもあり、今でも深く感謝している。

しかし前歯の中でもいちばん目立つ二本、つまり門歯二本が欠如していた一学期は、ライエル先生の授業は嫌で仕方がなかった。もちろんスースー発音するのだから、先生のほうだって「しょうもない奴」と思われたかもしれない。歯が治った二学期にも、最初のころは、「嫌だな」と思ったその「刷りこみ」――この言葉も概念もそのころは知らなかったが――が、ライエル先生の授業に大きなマイナスとして働いて、あとあとまで損したと思う。

先生の授業の価値については学年の終わるころには十分理解したが、発音などというものは肉体的なことだから、「刷りこみ」の影響はその後も永く続く。書道で字の形態を身につけるのは肉体的なことである。それについてマイナスの「刷りこみ」を受けた小学校一年生のころの影響を克服するために、五十歳近くになってから、準本格的に書道を二十年以上やったが、それでもまだ十分ではないのとよく似ている。

一度に七本の歯を抜いたとき

そのうち虫歯だけでなく、歯槽膿漏《しそうのうろう》（歯周病）にもなったらしい。上顎部に小さい白い膿疱らしいものが出てくる。指で圧《お》せばつぶれる。うがいをするとよくなるのだが、翌日になると、また丸い白い小さい玉が出ているといった具合である。痛くもなんともないから放っておいた。

ところが三月に大学院を出た年の秋にドイツに留学して、思いのほか大事であることがわかった。ドイツの学生寮は学生が十数人だけのパウリヌムという小さなコレーグ（英語ではカレッジ）だったが、医学生も何人かいたので、何かの折に顎の膿疱の話をしたら、

「それは心臓に悪い」と口をそろえて言うのである。当時、歯槽膿漏が心臓に悪いというのは、ドイツでは常識だったらしい。

どうした経緯かは忘れたが、このことがミュンスターのロータリー・クラブ会長夫人の耳に入った。この老婦人は、幼な友達が神父になって上智大学に来ているというので、日本人、特に上智大学からの留学生に特別の関心を持ってくれたのである。そして、すぐに「歯の治療を受けなさい」という話になり、コレーグのすぐ近くの歯医者さんに行くことになった。

何日の何時に来てください、ということだったが、学校か何かの都合で十分ぐらい遅れた。待合室に入ると、後から来た人がどんどん私の前にやってもらっている。そのときは「人種差別かな」と思ったのだがそうではなく、予約制だったからだった。

日本にはまだそのころは予約制の歯医者はなく、「明日九時ごろ」と言われて九時ごろに行くと、診《み》てもらうのは結局十一時ごろになるのが常だった。だいたいが先着順だから、時間指定などあってないようなものだったのだ。それなのに、今から約五十年前のドイツではすでに、auf die Minute《アウフ・デ・ミヌーテ》（一分違《たが》えず）に予約時間どおりに治療する歯科医がふつうになっていたのである。

時間が正確なのは鉄道と学校ばかりの日本で育った私には、歯科医で時間の無駄をしないですむというのがすこぶる新鮮であった。また医院が清潔で、待合室の立派なのにも感心した（今では日本にもそういうところはある）。

その歯科医は私の口を開けさせた途端に、「Schlechte Zähne!《シュレヒテ・ツエーネ》（悪い歯だなあ）」と感嘆の言葉を洩らした。レントゲンを撮ってみると、上顎下顎合わせて七本の歯の根に膿《うみ》が溜《た》まっているという。この歯科医もどのドイツ人も言うがごとく、「心臓に悪いから抜かなければならない」と言う。「ただ七本いっしょに抜くと貧血を起こす人もいる。それでもよいですか」と訊く。私は「よい」と答えた。

そして七本いっきょに抜いてもらったわけだが、少しも痛くなかった。大学に入ったばかりのころに読んだ谷崎潤一郎の『細雪』の中で、ドイツの薬がよく効《き》いて痛みがすぐとまった話を読んだ記憶があったが、「なるほどドイツの注射はよく効くもんだ」と感心した。それまでの日本の歯科医では、痛いのを我慢するのが当然だったからである。

「大丈夫ですか」と私に訊きながら、ドイツ人歯科医は次から次へと七本抜いていった。そして七本目を抜き終わると、ほっとした風情で、私にもう一度「大丈夫ですか」と訊いた。私はまったく痛みを感じなかったので「大丈夫です」と答えた。歯科医は傍《かたわ》らの看護婦を見て、「運がよかったな」と言った。私にしてみれば何も痛くなかったのだから、本当に大丈夫だったのだが、貧血やら何やら、抜歯では問題を起こす患者がいるらしい。いわんや七本一度に抜歯したのだから、その歯科医も緊張していたに違いない。

反っ歯気味の歯とゲルマン型の歯

「明日また来なさい」と言われて翌日に行くと、上下の入れ歯ができていたのには驚いた。当時の日本なら、入れ歯ができるまでに下手をすると二、三ヵ月かかることもあったからだ。

私が学生のころ、独文学の教授がほとんど丸一学期マスクをしていたことがあった。独文科の学生に「あの先生は肺病にでもなったのかな」と言うと、「いや、あれは歯ですよ。歯を抜いたらなかなか入れ歯がうまく入らなくてああしておられるのです」ということだった。それがドイツでは翌日に入れ歯が入る。私にとってはただただ驚異であった。

もっとも最初にもらった入れ歯ではちゃんと嚙めない。はずれない程度にゆるくつくってあるからだ。歯を抜いた痕の傷が治るにつれて、もう少しぴったりしたのに替えていく。三回目で本当の入れ歯をもらった。私はこのやり方に、「先進国はこうあるべきだ」とひどく感心したのである。前歯を上下七本いっしょに抜いても、マスクなどして歩く必要はなかったのである。翌日には、ぴったりでなくても、他人にはちゃんとした歯に見えるのだから、問題はない。

これほど私を感心させた歯科医も、ドイツの水準から見ると医療技術はさほど高くないようだった。というのも、それから二年も経たないうちにまた歯が悪くなって、大学の歯科で見てもらったところ、そこで先の入れ歯が不評だったからである。

そのころは故ハルトマン教授のご好意で、先生の比較言語学・一般言語学科の副手のような地位を与えていただいていたので、同じ大学の医学部での治療はタダだった。私の担当はインドから留学している歯科医だった。遠慮深そうな目と、黒い指が記憶に残っている。歯科の教授が回診に来て私の入れ歯を見た。側《そば》に立っている助教授か助手らしい医者たちに、「ひどい入れ歯だなァ」ということを専門用語を交えながらしゃべっている。そして最後に、「われわれの兄弟《ブリューダー》（歯科医の仲間のことらしい）も、生活させてやらないといかんからね」と言っていた。

とにかく大学病院で新しい入れ歯をもらった。これはぴったりしてまことに具合がよかった。その後に行われた博士口述試験二時間をなんとか凌《しの》ぎ得《え》たのもこの入れ歯のおかげであると思う。私は元来は英文科の人間でドイツ語会話など日本の大学でやったことは皆無である。ドイツ語会話がうまいはずはない。それなのでちょっと小意地の悪い教授も混ざった口頭試問で、ドイツ語にケチをつけられなかった最大の理由の一つは、この入れ歯のおかげであると思うのである。

私の生まれつきの前歯は反っ歯《そっぱ》気味である。われわれに音声学を教えてくださった千葉勉先生は、戦前の文部省イギリス留学生で、東北ご出身というのに日本人離れした高い鼻の立派なお顔立ちで、英語も日本人離れして見事だった。この老大家は、「日本人の顔から直さないと英語は綺麗に発音できません」などと宣《のたも》うておられたのである。「そんならアメリカの二世、三世はどうなんだ」と心の中で思ってみても、現に反っ歯気味で拙劣《せつれつ》な英語の発音しかできない自分を省《かえり》みては恐れ入って拝聴するより仕方がなかった。

近ごろはまったくと言ってよいほど見かけなくなったが、当時の日本人には反っ歯が多かった。確かに英語の歯裏摩擦音《デンタル・フリカテイヴ》〔θ〕とか〔ð〕の音）などは反っ歯では発音しにくい。そのせいか外国人が好意を持たずに日本人を漫画に描くときは、反っ歯を強調するのが常である。

たとえば、日本の首相が〝芸者の指三本〟問題を起こしたとき、アメリカにいた知人たちは、眼鏡をかけた日本人の反っ歯が強調された漫画が新聞に出るので、戦時中の反日的漫画を思い出させられてきわめて不愉快だ、と言っていた。そういう意味で私も千葉勉先生の言われるように、「英語に向かない顔をした日本人」だったのである。

しかしドイツの歯科医は別に頼みもしなかったのに、反っ歯でない立派な義歯をつくってくれたのである。

この義歯をつけて私はドイツからイギリスに留学した。当時（昭和三十三年＝一九五八年）はイギリスに行く日本人も少なく、英語の上手な人も少なかったせいもあって、私の英語は何度か褒められた。オックスフォードではイエズス会の学者神父たちや諸外国から来る学者たちと三度の食事をいっしょにしていたので、英会話のほうも多少の進歩はしたのだろう。日本で英語を話して褒められたことなど皆無だったのだから。これは反っ歯気味の歯が、ゲルマン型の義歯になったことに依るところが大きかったに違いない。

外国語をやるなら虫歯になるな

ところがこの義歯が約十年後に毀《こわ》れたのである。しかもアメリカで、である。そのころ私はアメリカの大学で教えていた。帰国する少し前に歯を洗うとき、洗面台に落として奥のほうの歯を欠いてしまったのである。前歯でないからさし当たって話すには困らなかったが、すこぶる気に入っていた義歯を欠いたことは残念でならなかった。このドイツ製の義歯は、アメリカにおいても私のために大いに役立ってくれていたのである。

昭和四十年代前半（一九六〇年代後半）のアメリカの大学には、世界各国から学者がうじゃうじゃ集まっているという感じだった。特に目についたのは、東欧圏から逃げて来た人たちである。私がいた大学にもそういう人たちが数多くいて、英語の訛《なま》りがひどかった。ある学生は落第したとき、大学に抗議した。

「自分が取った講義の中には外国から来た教員が担当するものが多く、英語で理解しにくいところが多々あった。私の成績が悪かった責任の大半は教員の英語にある。これは大学の責任であるから、私の落第は不当である」

という趣旨のものだった。いかにもアメリカらしいと思ったが、この学生がどういう処遇を受けたか記憶にない。

しかし私の英語がわからないという学生はいなかったし、どこでも人気があったと多少自惚《うぬぼ》れている。事実、一年契約で行ったのであるが、「希望するなら残ってもよい」というお誘いもあったのだ。それもこのドイツ製の義歯に負うところが大きいという自覚があった。それを帰国の少し前に自分の不注意によって毀してしまうとは……。

日本に帰ってからさっそく新しいのをつくってもらったが、今から三十年ほど前の日本で、しっくりした入れ歯はできなかった。歯だけなら我慢できる。しかしあの義歯とともに顎と舌に覚えこませていたドイツ語と英語の発音もすべて失われたのである。新しい入れ歯、それもよく合わない入れ歯を入れたあとでは、日本語の話し方でさえ少し変になる。日本語の環境にいれば、ほどなく適応できるに違いない。しかし英語やドイツ語を話す環境が周囲にないとなれば、おかしな発音のまま、さらに悪くなるのは当然である。

アメリカから帰ってから一年後に、アメリカで教えた女子学生の一人が上智大学に一年間の留学のためにやって来た。歓迎会のパーティが大学であって彼女と話したら、ときどき単語が通じないのである。通じなかった単語をていねいに一、二度繰り返すと、やっとわかってもらえる。こんなことが何度かあったあと、彼女は私に言った。

「英語の発音が悪くなりましたね」と。

この「悪くなった」と言ったとき、彼女が deteriorated《ディテリオレイテッド》 という単語を使ったことを、いまだに鮮明に記憶している。一年前までは、一つの単語を何度も聞き返されるということなどなかったのだ。明らかに一年の間に私の英語の発音は劣化《ディテリオレイト》したのである。理由はピーンときた。「あの義歯をなくしたからだ」と。日本でつくってもらった義歯の発音では、彼女に通じにくかったのである。

発音は口の中の発音器官が条件反射的に覚えこむものである。発音器官の中でも舌と歯と唇は主役である。その歯と口蓋《こうがい》がすっかり変わって、しかも英語を話す環境に住んでいなかったため、正しい発音を再習得できないでいたのだ。私の英語の発音のどこが劣化したかというと、なんとなく角《かど》が丸くなってつるつるして、アメリカ人の耳にひっかからなくなった感じなのである。

ドイツ語でも英語でも、日本語から見ると不自然なほど子音をカッキリ発音しなければならない。日本語としては不自然な発音法を舌や歯や唇に覚えこまさなければならないのだ。それは高度の運動競技の習得にも匹敵する徹底した肉体的訓練なのである。その主役の一つの歯と口蓋がすっかり変われば、当然、舌も唇もその動き方が変わってくる。発音する私は、記憶している音を出しているつもりなのだが、歯をはじめとする発音器官はもとのように動いてはいない、ということらしい。

その後、私はイギリスに一年住むことになった。このときは民事裁判に何ヵ月もかかわり合って弁護士ともしょっちゅう打ち合わせをしていたし、古本屋に日参して本の話をしたり、教授の家に招かれたり、子供の学校の先生たちと連絡したり、英語を使う環境にあった。イギリスに行く前日にできあがった新しい日本製の義歯も、英語の発音を覚えこんでくれたはずである。しかし帰国後、またもやこの義歯を毀してしまったのである。

あとは同じ話の繰り返しになる。しかも私の年齢も高くなっているから、義歯の発音再教育はますます難しくなっていく。

このような痛切な体験から、私は学生たちに、「外国語をやるなら虫歯になるな。一生同じ歯を使えるようにしろ」と忠告することにしている。私のように歯の悪い人間はこのごろの若者には少ないから、そんな心配はあまりないのかもしれないが、義歯を替えることは語学習得にとって大敵である。

幼いときからの砂糖の摂り過ぎは大敵

考えてみると、私の歯が悪かった大きな原因の一つは、幼いときからの砂糖の摂り過ぎによるものと思われる。

まず母は外で働かなければならなかったことが多く――このことを母はいかに嫌っていたことか――母乳のないときは甘酒で育てられたのである。粉ミルクなど当時の田舎《いなか》にはなかった。少なくとも私の家では知られていなかった。それに、兄が死んで姉二人しかおらず、母も初老に近く、子供はもうできないと諦《あきら》めかかったところに、男の子、つまり末っ子であり長男でもある私が生まれたのだから、家中の溺愛《できあい》に近い待遇を受けた。当時の家族制度の上では長男は特別な存在なのである。しかも私の家は一族の本家筋であるから、長男の重みはさらに大きい。つまり甘やかされて育ったのである。

子供を「甘やかす」という言葉は、私の場合、「甘い物をふんだんに与える」ということであった。甘酒で育った私は当然甘い物が好きだった。私が子供のころ、餡《あん》入りの小型の饅頭《まんじゆう》、今の温泉饅頭みたいな大きさの饅頭が一銭だった。

一銭銅貨のことを「ジョンモン銭」と言っていたが、これは「十文《じゆうもん》」が訛《なま》ったものである。祖母には十文の鐚銭《びたせん》が明治政府によって一銭銅貨に切り替えられた記憶があったのだろうが、「一銭」のことを「ジョンモン」と言うのは私の家だけの用語ではなく、私の遊び仲間もそう言っていたから、昭和一ケタの時代に東北の小都市では一銭は十文だったのである。二銭銅貨は「ニンジョ」と言っていた。これは「二十《ニジュウ》(文)」の訛ったものである。古い言い方はそこまでで、五銭銅貨以上は、五銭《ごせん》、十銭《じっせん》、五十銭《ごじっせん》と言っていた。また五厘《ごりん》銅貨(これはひどく小さい銅貨だった)二枚を持って行けば饅頭屋ではジョンモンとして、饅頭一個くれたものである。

私は祖母からジョンモンをもらうと饅頭屋に走っていって、餡だけもらったものだった。もっともこれは朝早くでないといけない。朝、饅頭屋の人たちが、餡をころもに包んで蒸《ふか》し始める前でないと餡だけを売ってくれないのである。その時間に遅れないように、祖母にジョンモン銭をねだって朝早く饅頭屋に駆けつける。饅頭屋はおまけとして、少し大きめの餡玉《あんたま》をくれるのだった。

朝早く行けなかったときは、ふつうの饅頭を買う。犬のチロがついてきて饅頭の皮のお相伴《しょうばん》にあずかることになる。餡玉を食べたあと、歯を磨くなどということはしないから、虫歯になるのは当然の報《むく》いと言うべきものだった。

もう一つ甘い物で忘れ難いのは、「小豆菓子《あずきがし》」である。私の記憶にある父は、すでに一本も自分の歯を残していなかった。父も四十前に歯をすっかりなくしていたことになる。

それと関係あるのだろうが、父も無類の甘い物好きであった。そして自分がいつも座る場所――横座《よこざ》と言っていた――の側《そば》の戸棚の中の四角い缶の中に、いっぱい「小豆菓子」が入っていた。

「小豆菓子」というのは小豆の粉と砂糖を固めてつくった一種の落雁《らくがん》である。梅の花の形をしていた。砂糖の固まりみたいなものだから、ひじょうに甘く、しかも口の中で小豆の粉が溶け出すからまことに味がよい。それを私が狙《ねら》わないわけはない。ポケットに四、五個入れておいて、遊びながらときどき口に入れるのである。たまに遊び友達にもやる。駄菓子屋にはない上菓子の部類に入るから、近所の子供たちにとってはふつう手にすることのできない貴重品だ。猿や犬にきび団子《だんご》をやる桃太郎の気分になれた。

またときとして二個も三個も続けざまに食べることがある。そうすると鼻に汗が出たものだった。小学校で先生に、「甘い物を食べると汗が出るのはなぜですか」と訊いたら、先生は怪訝《けげん》な顔をし、「私は出ませんよ」と私の質問を一蹴《いっしゅう》した。辛い物や、塩っ辛い物を少し多く食べれば汗が出るのはふつうとされているようだが、甘い物で汗が出るという話はその後も聞いたことがないので、私の虚弱体質のせいだったのかもしれない。

鼻に汗が出るほど小豆菓子を食っていた子供の歯が虫歯だらけになったのも、これまた当然であろう。

虫歯の数と学業成績は反比例するか

大学一年の夏休みに帰省したとき、私の中学・高校の英語の恩師佐藤順太先生のお宅で、「大学に入ると早々に前歯を二本折って困りました」という話をした。すると先生はすぐに、「歯の悪いのは砂糖を食べ過ぎたからだろうよ」とおっしゃった。今では誰でも知っていることだが、そのころの私はまだ砂糖の摂り過ぎと虫歯の関係を知らなかった。もちろん私の父母も祖母もそれを知らず、私が甘いものを食べるのをとめずに「甘やかした」のである。佐藤先生は、「砂糖が歯に悪いことは、お菓子屋で歯のよい者がいないのを見れば明らかだ」と断定された。

佐藤先生は格物致知《かくぶつちち》の精神の塊《かたまり》みたいな方であったから、カルシウムとかなんとかが話題になる前に、お菓子屋と虫歯の関係を観察しておられたのである。今のお菓子屋さんはそんなことはなかろうが、昔はカルシウムと砂糖の関係に無知で、お菓子をつくる際に味見を繰り返しているうちに虫歯になったのだろう。しかしその因果関係を恩師はとっくに把握しておられた。その観察眼の鋭さに感銘を受けた。佐藤先生は何事につけても観察して納得しておられるふうであった。私に知的な開眼《かいげん》があったとすれば、このようなことについて、無数に観察と洞察の実例を教えていただいたからである。

歯で苦労した私は、自分の子供たちにはそんな苦労はさせたくないと思っていた。結婚して間もないころだったと思うが、雑誌か新聞で、四人か五人かの子供全員を東大に入学させ卒業させた母親の記事を読んだ。「東大に入ることだけが人生の成功というわけじゃないよ」という声も聞こえるが、入試の最難関を、何人もの子供全員、突破させた母親というのは偉い。しかもその記事で感銘したことは、この母親の談話であった。

「私は特に何をしたわけではありません。ただ、一本も虫歯をつくらせないようにしただけです」

この母親は明治生まれであった。しかし、子供に虫歯をつくらせない食事をさせることの重要さを知っていたのだ。砂糖類はあまり与えず、小魚などを十分摂れるように料理したのだろうか。私はこの記事を家内にも読ませた。家内は当時、特に歯は悪くなかったが、やはり「子供に虫歯をつくらせない母親になろう」と決心したのではなかろうか。

このころには、カルシウムの大切さについては常識になっていた。驚いたことに、家内は妊娠すると、味噌汁のダシに使った煮干《にぼ》しを食べ始めたのである。ダシの出がらしであるからうまいはずはないのであるが、小魚にはカルシウムが豊富だということを何かで読んだのであろう。味噌汁なら毎日つくるものだから、否応なしに小魚を丸ごと毎日食べることになった。それは生まれてくる子供の歯と骨のためだったのである。

そのせいか、私の子供は三人とも歯並びがよく——つまり反っ歯ではなく——私のように虫歯に苦しめられ、義歯で苦しめられることもなく育った。大学もみんな希望のところに入って卒業している。母親の功績というべきであろう。

家内の歯は結婚したころはふつうだったが、結婚十年目ごろから急に悪くなった。悪くなった原因は最初にかかった歯科医が悪かったからだと思っている。今はどうか知らないが——私は虫歯も何も歯そのものがなくなってしまっているので、最近の虫歯治療のことはわからない——昭和四十年代（一九六〇年代後半）ごろの日本の歯科医は、虫歯というと、ひたすら削《けず》りに削ったものである。ほんのちょっと虫歯が現われると、削りまくって歯を細くしてしまった。だからすぐ駄目になる。

この例にもれず、家内の歯は、誇張して言えば、次から次へと削り消された、という感じになり、ついに入れ歯となった。それがうまくいかないのである。

人にすすめられて医科の大学病院に行った。担当したのは修業中のインターンか学生で、やっぱり削りまくられてひどくなった。そこの助教授が責任を感じて自分が直接担当して義歯をつくってくれた。これはさすがによい出来だったようで、他の歯科医に行くと「どこでつくってもらったんですか」と聞かれたぐらいだったという。しかし上顎の義歯としては重すぎたのである（当時、インプラントはまだ日本には導入されていない）。それでせっかくの出来のいい義歯も、それを支えていた歯が抜けたため駄目になってしまった。

そのころ私は、一人でアメリカに客員教授として出かけることになった。家内の上顎の義歯が困った状態にあったことは知っていたが、一年ぶりでアメリカからヨーロッパをまわって帰国して、空港——当時は羽田空港——に出迎えた家内に会って驚いた。上顎にはまだ義歯が入っていないのだ！　一年間、歯科大学を含めていろいろな歯科医をまわって、ついに満足な義歯をつくれるところに出会わなかったのである。

今なら高くついてもアメリカかヨーロッパの先進国に行ったほうが早いであろう。しかし、昭和四十年代の日本ではそういう渡航はできなかったのである。

その後も、私と家内の日本における義歯受難は続く。日本の歯科のレベルはまだ先進国並みではない、というのが私の実感である。ようやくここ三、四年前から、アメリカ帰りの歯科医のいるところにたどり着き、ほっとしている。私もその歯科医にインプラントを入れてもらったら、奥歯で物がちゃんと嚙めるようになった。私は三十年間近く、奥歯でピーナッツなどしっかり嚙めなかったことに改めて気がついた。

私が比較的瘦せていたのは、一つには入れ歯のせいだったのではないかと思う。奥歯で物を嚙めるようになってから急に太ったような気がする。他の理由もあるかもしれないが、食べる量はあまり変わらないのに、奥歯での咀嚼《そしゃく》がきちんとできるようになったために、栄養摂取もよくなったのではないか——などと考えている。

奥歯の噛み合わせがよくなり、食物の消化吸収がよくなっているなら、食べる量を減らすべきだ、という結論になるが、減食を習慣化するのは、私にとってははなはだ難しいことで、下腹は相変わらず出たままである。

第五章
音痴からの出発

日本の音しか知らなかった祖母の耳

耳の善し悪しにはざっと三種あると思う。ひとつは、生理的な聴覚の問題である。難聴とか、ぜんぜん耳が聞こえない人までいろいろある。私の父は年とともに聴力が落ちたし、祖母も難聴であった。

難聴気味の人を私の郷里の方言では「ガンポ」という。父も祖母もガンポであった。晩年の父と何年か生活をともにした家内は、父と私の会話は怒鳴り合いみたいに聞こえると言っていた。テーブルを隔てただけでも、相当大声を出さなければならなかったからだ。父は自分が難聴だからどうしても声が大きくなる。しかも純粋の方言で怒鳴り合っているみたいなものだから、標準語しか知らない家内には、最初のころは父子《おやこ》で何を話しているのかさっぱりわからず、外国語を聞くようだったという。

しかし日本語には変わりないので、間もなく全部聞き取れるようになった。最初はまったく聞き取れなくてもそのうち全部わかるようになるということは、方言と標準語の違いの背後には音韻法則が働いているということであろう。しばらく慣れると、気づかないうちにそこに働いている音韻法則が身について、全部聞き取れるようになるのだと思う。

祖父は知らないが、祖母、父と考えると、私は年をとるとガンポになる血統と言えるが、七十歳を目の前にした今のところ、まだこれというガンポの徴候はない。母方の人たちは、伯母しか知らないが、母も伯母もガンポにならなかった。母の系統はガンポでなくガン（癌）でみんな死んでいる。私の耳は母の血統のせいかもしれないし、老人性の難聴（ガンポ）には何か栄養とかビタミンとかが関係しているのかもしれない。

生理的な聴力はまず問題ないとして、「音楽的な耳」となるとまったくいけない。私の家は父が新し好きのおかげで、町内ではいちばんはやくラジオが入り、電蓄が入ったが、私の音楽的な耳に関しては、いっこうに貢献したようには思えない。祖母は目が悪いうえに暇だったので、一日中ラジオに耳を寄せて聞いていたが、ラジオ（当時はＪＯＡＫと言っていたように記憶する）が西洋音楽、特にオーケストラの演奏を流し始めると、「西洋のガジャガジャ」と言ってラジオから離れた。日本の音しか知らなかった祖母の耳には、ベートーベンも、モーツァルトも、ガジャガジャした雑音にしか聞こえなかったのである。

西洋の器楽演奏を音象徴《サウンド・シンボリズム》で表現すると、それは「ガジャガジャ」なのであった。西洋の声楽、特にソプラノやアルトの唄が出てくると、祖母は「西洋のサケビ（叫び）」と言って敬遠した。父や母が西洋音楽を「ガジャガジャ」だとか、「サケビ」とか言ったのを直接耳にした覚えはないが、まったく聞こうとしなかったことは確かである。

父の親類も、母の親類も、非音楽的だった。日華事変が始まったころ、親類の青年に召集令状が来て、親類の者たちが壮行会を開いた。普段食べないご馳走を出し、酒を飲むだけの集まりである。誰かが軍歌でも唄おう、と言い出したが、誰も唄えない。せめて国歌の「君が代」でもということになったが、「君が代」さえ唄える大人は一人もいなかった。

つまり、私の親類——すべて農村で育った——で私の父母の年齢以上の人々は、「唱歌」というものを唄った経験が皆無なのである。子供のころに遊びに行った家で、私の遊び友達の母親がいっしょに「旅順開城《りよじゆん》　約成《やくな》りて……」という乃木大将とロシアの将軍ステッセルの水師営《すいしえい》の会見の歌を唄うのを聞いてひどく羨ましく思ったことがある。私の遊び友達の母親は、私の母より十歳ぐらい年下だったと思うが、小学校を卒業していたと思われる。私の母は「おしん」以上の——否、以下と言うべきか——憐《あわ》れな状態で育ったために、学校どころではなかったのである。

母は幼いときに両親を失い、親類の農家に預けられ、義務教育もろくに受けていなかった。唱歌を唄う世界とは無縁だったのである。ただその母が、幼児のときにみんなと唄ったという一種の童唄《わらべうた》を、たった一度だけ何かの折に口ずさんだことがあった。「セー、セー、セーノカミ（障《さい》の神《かみ》）ノ勧進《カンジン》……」で始まるかなり長いもので、ユーモラスなものだったと記憶する。「障の神」あるいは「塞《さい》の神《かみ》」は道祖神《どうそじん》のことである。この歌を唄って、障の神のお祭りの日に近所をまわって歩くと、あられや餅をもらえたのだそうだ。アメリカのハロウィーンと似た習慣と言えよう。

幼い母が、幼い伯母と手をつないで、近所の子供たちといっしょに、「障の神の勧進」の歌を唄いながら村の家々をまわっていた情景を考えると、胸が熱くなる。間もなく両親の相次ぐ死のため、母と伯母はそれぞれ違った親類の農家に預けられることになった。無邪気で楽しかった幼年時代は中断され、永遠に消えたのだ。

しかし母の口からこの「障の神の勧進」の歌を聞いたのはそのとき一回きりだった。その歌詞には古い日本の農村では許されていた卑猥《ひわい》な言葉がちりばめられていることに、はっと気づいたからであろう。地方の小都市とはいえ、「町」で生活する人にとっては、特に子供の耳に入れるには不適当だと考えたのであろう。子供の私は面白い歌だと思ったが、母が二度と口にしようとしない理由も幼な心にもなんとなく推察できた。その後も唄ってくれとねだったことはない。

今ならば、歌詞を書き留めておいたであろうに、惜しいことをした。今の若い日本人たちにはまったくわからなくなってしまった道祖神のお祭りが、母の子供のころの東北の農村では、子供たちが雛祭りよりも楽しみにして待つ年中行事だったのである。道祖神がどのように理解されていたかも、あの長い歌詞にはこめられていたように思うのだが。

母が東京土産に買ってきた三枚のレコード

大人たちはまったく唄えなかったとはいえ、音曲《おんぎょく》に無関心だったわけではない。ただ洋楽と無縁だっただけである。父はわざわざ大工に頼んでレコードを入れる箪笥《たんす》みたいなものをつくらせた。レコードのことは音盤《おんばん》と言っていたので、私は今でも口癖で「音盤」と言ったり、プレーヤーのことを「蓄音機」と言って家内や子供たちに嗤《わら》われている。当時の田舎町で、電蓄や音盤専用の箪笥のある家は稀《まれ》だったと思うし、町内では一軒もなかった。父が持っていたレコードは浪曲や落語、流行歌、軍歌、童謡と広範囲にわたっていた。

家計の苦しいときにレコードを買って帰ってきた父が、母に遠慮して見つからぬように入口のところに置き、あとでレコード入れに移しているのを見たことがある。生活が困っているのに不要不急の贅沢品《ぜいたくひん》——当時の庶民生活ではまさに贅沢品——を買ってくるという不経済をすることに母は常に反対だったようである。しかし音盤は着実に増えていったのだから、買うのを止めることはできなかったことになる。何しろ「亭主の好きな赤烏帽《あかえぼ》子《し》」という「いろは歌留多《ガルタ》」が通用していた時代である。

その母が東京に旅行した。そのお土産の中になんとレコードが二、三枚あったのである。いつも父がレコードを買うのに反対する立場だったが、本当は家計が許せばいくらでも買ってもらいたい気があったのではないか。母のお土産にレコードがあったということは家族や親類の間でも面白がられた。母はレコードのことは何もわからないので、レコード屋に行って、「今、いちばん流行《はや》っているのを二、三枚くれ」と言ったらしい。その中の一枚は「日の丸行進曲」で、もう一枚は「南京陥落の歌」（題不詳）であった。この二枚のレコードから判断すると、母の東京行きは昭和十三（一九三八）年の春か初夏のころであったようである。

「日の丸行進曲」は今でも知っている人が少なくない。「唱歌を唄う会」という小さな会で、不定期に集まって唄うことがある。たまたま「日の丸行進曲」が出たら、私より若い社長さんも歌詞を覚えていてちゃんと唄えた。ところが「南京陥落の歌」は分厚い軍歌集でも見つけることができなかった。正確な題も不詳で、作詞者も作曲者も歌手も私は知らない。しかし母のお土産ということで何度も聞いているので、今でも唄うことができる。その歌詞の第一番は、「南京ついに陥落す　萬歳《ばんざい》の聲《こえ》どよもして　とどろけ凱歌《がいか》　日の丸の　旗打ち振りて　いざ祝え　わが一億の同胞《はらから》よ」というのであった。

いつもはレコードを買うのに反対だった母がレコードをお土産に買ってきたというので、父はレコードを買っても文句を言われないと思ったのか、さっそくおおっぴらに何枚も近所の店から買ってきた。母が苦笑していたことを憶えている。

テレビのない時代、しかも入試の準備を考えなくてもよい時代の子供たちには、あり余るほどの時間があった。私はよくレコードを聞いた。そして、寿々木米若《すずきよねわか》の「佐渡情話」や、天中軒雲月の「火の車お万」や、広沢虎造の「清水次郎長伝」森の石松のくだりの最初の部分などは、いつの間にか暗記していた。三遊亭金馬の落語やエンタツ・アチャコの漫才なども、東京や大阪という遠い都会地の文化を伝えてくれるものとして聞いていたのだと思う。

歌謡曲となると、さらに私の知らない世界を垣間《かいま》見せてくれるようで、胸ときめかせるものがあった。なかでも、題は覚えていないが二葉あき子の「瞳《ひとみ》輝く青春の空の彼方の雲白く　誰か呼ぶように招くように　胸の血が鳴る胸が鳴る」という歌は、小学校一、二年生だったころの私の胸を震えさせた。その気持ちがなんとなく後ろめたかったので、家に誰もいないときに、一人で何度も聞いた。「恋を恋する」というが、当時の私に特定の恋人などいたわけはないのだが、「誰か呼ぶように招くように」胸がどきどきしたのである。

もちろん二葉あき子の顔を見る機会などあるわけはない。その顔を初めて見たのは敗戦後である。と言っても映画の中でであった。「七つの顔」に始まる探偵物のシリーズ映画(「多羅尾伴内《たらおばんない》」シリーズ)があったが、その第一作の中に二葉あき子が登場して「夜のタンゴ」を唄ったのである。

　そのとき私は中学四年生ぐらいだったと思うが、呆然としてその美しさに見とれ、甘美な曲に聴《き》き惚《ほ》れた。戦後は映画鑑賞が中学でも解禁になっていたのである。この映画には二度行った。そして、「夜のタンゴ」を覚えたいと思った。幸いにも同級生で後に映画の助監督になった男がいて、私に歌詞を教えてくれ、何度か唄ってメロディーまで覚えさせてくれた。ところが、この「夜のタンゴ」は今のカラオケにはないようである。あれだけ流行していたのに。

少年の私に、芸者・音丸の唄は文化そのものだった

　当時、日本の知識階級の家庭には、通俗な流行歌などは入らなかったのかもしれない。しかし少年の私にとっては、二葉あき子、李香蘭《りこうらん》、青葉笙子、渡辺はま子、美《み》ち奴《やっこ》、音丸、勝太郎、豆千代などという名前は、知識階級にとっての西洋の名ソプラノ歌手のごとく、文化そのものであった。男性歌手でも上原敏、林伊佐緒《はやしいさお》、東海林太郎《しょうじたろう》、小野巡《おのめぐる》、霧島昇、松平晃、伊藤久男、ディック・ミネなどは、今の若者にとってのパヴァロッティかドミンゴかカレーラスみたいに、高い文化として感じられた。河村順子の登場する児童物は、空想するより仕方のなかった東京の富裕階級の匂《にお》いをかがせてくれた。

　今はテレビが各国各階級の生活の仕方を覗《のぞ》かせてくれるが、テレビはなく、映画館に子

供が行くこともなかった時代の話である。すべては空想の世界であり、憧憬《どうけい》であった。

振り返って見ると、小学校に上がるか上がらないかの子供にも、大人の情緒はわかるものである。詩や和歌ならまだそこまで理解できなかったかもしれないが、歌謡曲の音楽がつくと理解できたのである。「下田夜曲」の歌詞だけ読むということは学齢前の少年にはほとんどあり得ないことだし、読んでもピンとこないはずだ。しかし芸者・音丸の唄うのを聞いて、当時六、七歳の私は三番まで暗記し――今も暗記している――その情緒をほぼ正確に理解した。当時の理解度が、古稀《こき》を前にした今と大して変わらなかったことは、六十年以上もその歌詞を三番まで覚え続けていたことでもわかる。

私の少年時代は、音楽といっても「音曲《おんぎょく》」系統のものだけだったと言えよう。大陸渡来の雅楽は別として、日本の「音」に関する芸術はみな歌詞あっての音楽だった。謡曲でも言葉のない謡曲はない。言葉のない浪曲がないのと同じである。浄瑠璃《じょうるり》、常磐津《ときわず》、長唄、端唄《はうた》、小唄《こうた》、都々逸《どどいつ》と、なんでも歌詞が中心で、それに曲がつく。曲だけ独立して聴くということはまずない。

歌謡曲になると曲の善し悪しにもウェイトがかかるが、なんといっても歌詞である。つまり西洋音楽の交響楽だとか、ヴァイオリン協奏曲とかのように、歌詞抜きで音そのものを聴くという体験は私から完全に欠落していたのである。純粋音楽は私にとっても、祖母の場合と同様、「西洋のガジャガジャ」にすぎなかった。ともかく歌謡曲の歌詞や浪曲の文句を知っていることにかけては、私は小学校ではだんトツだったと思う。もっとも学校で子供が音丸の歌謡曲を唄うなどということは考えられないから較べようはない。

それにひきかえ、唱歌となるとまるで下手だった。小学五、六年生のころ、学芸会でクラス全体で唱歌を唄うことになった。私は声は大きいが音程が狂っていたとみえて、「お前は口だけ動かしていろ」と指導の先生に言われた。ここでも私は、「俺は音痴で音楽は駄目なんだ」という「刷りこみ」をされた。したがって、旧制中学でも音楽は最低点を取り続けることになった。

落第しなかったのは、当時の中学には私同様の音痴がたくさんいたから、どんな音痴ぶりを発揮しても落第する気遣いはなかったのである。戦前の日本の子供と戦後の日本の子供との大きな違いの一つは、音感が身についているかどうかにあるのではないかと思う。

小学校への通り道に白い塀の家があった。「ここの家の人はヴァイオリンがうまいという話だぜ」というような話を通学途中で話したことを覚えている。諏訪という表札がかかっていたから、後で考えると諏訪根自子《すわねじこ》の生家か親類だったのだろう。しかし私にはまったく無縁の世界であった。同級生の中には「洋楽」を多少知っている者もいた。こういう連中は努力せずして小学校の唱歌や中学の音楽の点数がよくて、多くの音痴の同級生に差をつけた。

歌謡曲と言えば、二番目の姉から受けた影響もあげなければならない。父がレコードを買っていたのは日華事変のころまでで、第二次大戦に突入してからはそれどころではなかった。テイチク、コロムビア、ポリドール、キングといったレコード会社もなくなったらしく（日本語の会社名に改称）、レコードそのものがなくなったのである。

日本の伝統的音曲は、歌詞の情緒が重要

戦後は、母がレコードをお米に換えた。戦後は農家の天国時代であり、わずかの闇米《やみごめ》で、それまで憧《あこが》れていた都会の贅沢品《ぜいたくひん》を、着物でもレコードでもなんでも手に入れることができたのである。逆に言えば、都会の人たちは生きるためになんでも闇米と交換したのであった。

わが家でもレコードを聞くことはなくなったが、戦後の昭和二十年代、世は歌謡曲の全盛期であった。姉は流行歌をよく覚えていて、朝から晩まで唄っているという感じだった。そのころ流行していた西条八十の「娘と小鳥」の歌詞そっくりだった。そのおかげで昭和二十四（一九四九）年ごろまでの有名な歌謡曲の多くを覚えるともなく覚えてしまった。またこの姉は社交ダンスをやってワルツで地方競技会の一等をとったし（その相手と

結婚した)、日本舞踊も習い始めた。「奴《やっこ》さん」「春雨」「深川」などが耳に残っている。

ところが「深川」など踊れる芸者は今では赤坂でも二組ぐらい、深川にはいないかもしれないという。本職の芸者の大部分が、約半世紀前には素人《しろうと》の娘が習い事の初歩で踊ったものを踊れなくなったという。鑑賞してくれる素養のあるお客や旦那がいなくなったのだ。今の座敷に出入りする人たちは、伝統音曲と踊りを理解せず、なんとかシャブシャブのほうがいいという輩《やから》ばかりになってしまったらしい。

日本の伝統的音曲は小唄でも端唄でもその歌詞の情緒が重要なのだから、ある種の教養がいる。そんな教養はほとんど消えていると言ってよいのだろう。

もう一つ、私が小学校のころの歌には、「支那の夜」とか「蘇州夜曲」とか、大陸の地名のついたものが多かった。日本軍がそこを占領していたということもあるだろうが、異国情緒に憧れるという気持ちが強かったことも否定できないと思う。

萩原朔太郎は「ふらんすへ行きたしと思へども　ふらんすはあまりに遠し……」と言った。それは高踏的《こうとうてき》な知識階級の憧れである。しかし多くの日本の農村の青年や、工場で働く青年にとって、上海とか蘇州という地名は、知識階級の人にとってパリとかロンドンという地名が憧憬心を呼び起こさせたように、ロマンティックで胸をときめかせるものがある地名だったような気がする。

李香蘭の凄《すさ》まじい人気は、おそらく当時の知識階級や上流階級にはピンとこなかったかもしれないが、当時の日本の庶民にとって、李香蘭には戦後のダニエル・ダリューかドリス・デイのように夢をそそる要素があったのだ。戦後のアメリカやフランスに相当するものが、あるいは代用品が、戦前の日本の庶民にとっては大陸だったのである。上海は国際都市のイメージが強く、姑娘《クーニャン》という単語は、庶民の耳には萩原朔太郎の耳にパリジェンヌという音の響《ひび》きが引き起こしたと同じようなロマンティックな要素があったように思われてならない。

大学の寮に入って私は初めて西洋音楽に触れた。それはいずれも寮で同室だった者と関係がある。最初に同室だった男は大阪の料亭の息子だった。彼の父は亡くなり、家は焼け、母一人息子一人の家庭の出身で、将来の希望は「芸者の出入りする料亭の主人になること」だと言っていた。寮の彼の部屋には三味線《しゃみせん》がかかっていて、それに合わせてラ・クンパルシータを上手に唄った。二葉あき子の「夜のタンゴ」(これも原曲はどこかの国のものらしい)に感激してから四年目に、外国のメロディー、しかも代表的なアルゼンチン・タンゴを聴いたことになる。あの胸を震えさせられる感動は、私にとって二葉あき子以来のものであった。私は彼に折にふれてはラ・クンパルシータをねだった。

何よりも歌詞が——もちろん日本語訳である——怪しい魅力を持っていた。「艶《あで》なる仮

面の人　瞳は……」で始まるのだが、それがなんの意味かわからないまま、不思議な魅力に取《と》り憑《つ》かれた。それには、私が知らない広い遠い世界の存在を感じさせる何物かがあったのである。

ラ・クンパルシータの魅力に取り憑かれたころと、私の読書趣味が広がった時期は一致したようである。

それまでの私の読書と言えば、学校の授業の本を別とすると、ひと口に言って戦前の講談社文化、つまり大日本雄辯会講談社のものだけと言ってもよいぐらいであった。講談社の絵本、『幼年倶楽部《くらぶ》』『少年倶楽部』『キング』『講談倶楽部』『富士』『少年講談全集』『落語全集』『修養全集』、『佐々木邦全集』、吉川英治の『三国志』や『太閤記』などなどを繰り返して読んで育ってきたのである。倫理観もそれと一致していた。

その私が大学に入ってしばらくしたら、谷崎潤一郎を読めるようになったのである。怪しいときめきを感ずるようにもなった。それまでは谷崎とか芥川など、早熟の文学青年たちが――田舎の中学生にもそういう友人はいた――賛美する小説は、貸してもらって読み始めても、心の中で拒絶するものがあって数ページで投げ出していたのにである。

たぶんラ・クンパルシータと谷崎潤一郎とはなんの関係もないのだろう。ただ私にとっては、同じ時期に胸を震わせた「新しい世界」だったのである。それはおそらく私の心理的な成熟が、それまでの世界を踏み越えさせた、ということだったのかもしれない。

西洋音楽がわかることが上流階級の証明だった時代

ラ・クンパルシータの男は大学二年に進級し損《そこ》ねて（当時の上智大学には落第があった）退学し、大阪に帰った。それから三十年ぐらい経って、大阪の大きなホテルで講演することになったとき、コーヒーを運んでくれた年輩のボーイがいた。彼のほうから「おわかりになりませんか」と声をかけられた。わからないでいると、彼は自己紹介した。ラ・クンパルシータの男だった。その後、昔語りなどしたいと思っているがいまだに会えないでいる。芸者の出入りする料亭の主人にはなれなかったんだな、と思った。小説家なら短編にできるテーマかもしれない。

この男は社会については私よりすべての点で早熟であった。寄席が好きで、落語もうまく、寮祭の人気者だった。この男を私がひとつ感心させたことがある。落語家の評価についてである。私は子供のころ、いろいろな落語をレコードで聞いていて、三遊亭金馬が断然うまいと思っていたから、金馬を褒めた。ところが、その男は関西出身のせいもあってか金馬を知らなかったのである。私が金馬を褒めたのを鼻で笑っていたようだった。その彼が、寄席で金馬を聞いたとたん、「君の言うとおりやっぱり金馬はすごくいい」と、初めて私の落語の鑑賞力を評価してくれたのである。

私は講談社の『落語全集』三巻を精読していたから落語のネタをよく知っていた。しかし、寄席にはそれまでまだ一度も行ったことがなかった。そのことを知ると、彼は寄席をおごってくれたのである。それが、私が寄席に行った初めての経験だった。

金馬のおかげというべきか、小さいころに聞いたレコードのおかげというべきか、ともかくラ・クンパルシータと金馬が妙な具合で重なるのだ。もっとも彼が寄席をおごってくれたのは、金馬のせいだけではなかったのかもしれない。昭和二十四（一九四九）年にはまだ食糧事情が苦しかったが、私にはときに闇米が届いたので、自炊のときの米は私が負担していたからだ。そのお礼という意味もあったのだろう。

寮生活の三、四年目ごろに、もっともだらしない男として舎監の神父に睨《にら》まれていた赤沼（仮名）という男と同室になった。この男はまことに気の好い男で、卒業後も彼が死ぬまで交際が続いたが、とにかく絶対に勉強しないのである。寝ころんで煙草を喫っているか、碁を打っているか、パチンコに行くか、駄べっているかなのである。それで落第しなかったのだから、頭はよかったのだろう。私はちょうどその反対で、起きている時間は勉強、あるいは読書だけしており、煙草も酒も飲まず、パチンコにも映画にも一度も行かない、というよりは金がないから行けなかった。

この対照的な二人をいっしょにしたらよいだろうというのが舎監の考えだったらしい。われわれ二人は気が合ってすこぶる仲がよかった。彼は生活はだらしなかったが、なんでも関東北部のいい家の出身らしかった。子供のときにピアノを習わせられたというか、私の育った環境とはうんと違う。彼は「音楽はクラシックに限る」と言って歌謡曲を軽蔑するところがあった。

当時は大学紛争の前だから、ある意味でよき時代で、大学の管理も今から思うと信じられないほどオープン、あるいはルーズだった。寮の学生は、週末の夜などは大学の教室に行って本を読んだりしていたが、学校は電灯代がもったいないとか、無用心だとか文句を言わなかったのである。

大学の四階にはアップライトのピアノが置いてある広い教室があった。夕食後など赤沼はそこに行ってピアノを弾くのである。三十分か一時間ピアノを弾くと気分がよくなる、と言っていた。今から考えると赤沼が持っていた楽譜は二つか三つで、確かハノンとバッハのインヴェンションだった。

彼は田舎の名家に育ち、戦前の日本では稀《まれ》なことに、男の子でありながらピアノを習わされた。習わせたのは彼の実母であったに違いない。大学に入ったとき、彼の母はすでに亡くなっており、継母が「変な宗教に凝って財産を浪費している」と彼は憤慨していた。

ピアノは彼の実母の憶い出と連なっていたのだろう。大学の寮にいた四年間、ときに大学に出かけては――寮は同じキャンパス内にあった――ハノンとインヴェンションを繰り返し弾いていたのである。楽譜が増えることはなかった。

私も何度か彼に付いていったが、純粋に音だけの流れを叩き出し続けながら恍惚《こうこつ》としている様子を間近にして、不思議なものを見るような気がした。まさに西洋のガジャガジャではないか。しかし、ハノンとバッハの楽譜を抱えて出かけるときの、あるいは歩いているときの彼は、いつもの彼でないのだ。いつもは自分を笑い物にして周囲の者を喜ばせるという自己卑下的なところ、あるいは幇間的《ほうかんてき》なところの多分にある男なのに、ハノンやバッハを持つとがらりと変わった。「自分は高級な人間なのだ」という自信みたいなものをちょっと感じさせるところが出るのだった。

焼け跡だらけの東京で、しかも犯罪国家の烙印《らくいん》を捺《お》された東京で、日本的要素のまったく入らない西欧的教養を持つことは、それがたとえハノンとインヴェンションだけのピアノ演奏であっても、断然誇らしいことだったに違いない。

戦前にピアノやヴァイオリンを習う環境にあった家庭というのは、私の育った環境とは無縁だったと言える。私がキング・レコードで河村順子の童謡や児童劇を聞いたときに憧憬をもって想像したようなハイ・ソサエティ、あるいはそれに近い家庭環境だったのであろう。それが戦争で家を焼かれたり、財産税で蓄えを取られたりして、没落した階級になってしまったのである。しかし、戦前にそうした環境の中でわずかでも過ごし、そこで教育を受けた者としては、自らの育ちのよさを証明するものを何か示したかったとしても不思議ではない。

戦前の躾《しつけ》のよさなどは焼け跡の東京では示しようがなかった。衣服も焼けたり闇米に化けている。もっとも端的に戦前の上流階級の姿を示しうることと言えば、実に西洋音楽がわかること、ピアノやヴァイオリンが弾けることであったのだ。

「もはや戦後ではない」と言われて相当経ってからも、西洋の器楽を演奏できることはひとつのステイタスであったように思う。たとえば、「あの先生はヴァイオリンができる」ということは、英文学やドイツ文学やフランス文学をやっている人たちにも一目置かせるところがあった。外国文学をやって大学で教えている人も、多くは田舎者で、成長する過程で西洋の楽器を扱えるような教育を受けた人は稀《まれ》だったからである。

西洋音楽は、戦後の日本では、それを操れる人たちの戦前の社会的ステイタスを暗示するものであった。さすがに今はそんなことはなくなったが、三十年前、つまり一九七〇年ごろまでは、教授と言えば戦前派だったからそういう感じ方があったのである。

ドイツ民謡と戦前の日本の唱歌との深いつながり

私のドイツ留学が決まったのは急な話で、二十四歳のときのことだった。ドイツに出発したのは二十五歳の誕生日から一週間経ったころである。私は成人としてドイツに着いた。しかるに、もう耳の能力は決まっていた。ドイツに行ってドイツ音楽を聴こうという気にならなかったのは、西洋のガジャガジャやサケビは聞いてもわからないからだった。

ところがあることをきっかけに、ドイツ民謡が好きになった。アジアとアフリカからの留学生代表たちがアーヘンに集まって、そこからドイツ国内旅行に出かけたときのことである。バス旅行の中でドイツ人たちは民謡《フォークスリート》を唄った。フォークスリートは民謡と訳せるが、いずれも楽譜が付いていて、日本の民謡とはちょっと感じが違う。日本の唱歌に似ていると言えよう。明治以降、小学唱歌といったものが数百年ずっと続いている状況を想像すれば、ドイツのフォークスリートになると考えてよいと思う。そして当時のドイツ人は、たいてい民謡が上手だった。

事務局に明眸皓歯《めいぼうこうし》・金髪碧眼《きんぱつへきがん》の若い女性がいた。写真は残っているが、残念ながら名前は忘れたのでマリアとしておく。マリアが唄った「すべての小川が流れるように」という民謡はなぜか私の心を震えさせた。本物のドイツがそこにあるように感じたからである。

私はマリアにその歌詞を書いてくれるように頼んだ。その旅行中に、なんとか唄えるようになろうと努力もした。

何しろドイツ語の歌など唄ったことがないのだから大変だった。とりあえずいっしょだとなんとか唄えるようにはなった。しかし、一人だと出だしがわからない、という状態が続く。それでも一週間ばかりの旅行の間には、多少音程ははずれていたがなんとか唄えるようになった。

この体験のおかげで、私はドイツ民謡を覚えることに熱中した。歌詞があるからドイツ語の勉強にもなる。実際、このおかげで、ドイツ語の歌詞——つまり一種の短詩である——のライム（脚韻）が耳に残るようになった。英文科で英詩を習い、脚韻による詩形分類とかなんとかを英詩概論で教えられ、試験では満点を取ったことはあった。しかしそれは詩を眺めてできたことであって、読んで耳の中に脚韻が響き続けるという体験はしたことがなかった。ところがドイツで民謡を唄っているうちに、脚韻が耳の中ではっきりと響くようになったのである。

西洋文学をやる私にとっては革命的な体験であった。それが高じて、ドイツ人の好きなヴッツ（ユーモラスな詩で脚韻が命みたいなもの）もわかるようになった。有難いことに、今では英詩の脚韻も少しは耳に響くようになった。英語の民謡などにも脚韻重視のものがあるはずだ。唄ってみれば英詩をもっと楽しめると思うのだが、その機会にはついに今まで めぐり会えないでいる。いずれにせよ、ドイツ民謡の脚韻が耳に響くようになったのは、外国文学に対する私の耳がよくなったことを示している。このことは、私に深い喜びをもたらした。

マリアの例に限らず、当時の、つまり一九五〇年代のドイツの学生、特に女子学生たちの中には、ドイツ民謡の歌詞を何番までも唄える人が多かった。ある女子学生が――この人の名前も忘れてしまった――あまりにもたくさんの民謡を知っているうえに、何番までも唄えるので感心したところ、「うちでは夕食後、みんなでフォークスリートを唄って過ごすのです」と言った。きっと母親がアップライトのピアノで伴奏し、子供たちやおそらく父親も加わって、一時間ぐらい民謡を唄っていたのであろう。

前に指摘したように、ドイツ民謡は戦前の日本の小学唱歌に似ており、日本の場合と同様に、名歌詞、名曲が多い。数百年も前から連綿と続いているドイツ民謡を、夕食後など、毎晩のように一時間ぐらいみなで唄うというドイツの家庭の伝統は、結果として、ドイツ詩の暗誦を、日常生活の中に持ちこんだと言える。戦前の日本の小学唱歌の「桜井の訣別《わかれ》」とか、「青葉の笛」とか、「旅順開城」などを一家そろって唄える環境ができたら、その家庭の子供たちは、国語力も抜群になるに違いない。小学唱歌の歌詞には、ヴォキャブラリィ、つまり大和《やまと》言葉や漢詩の表現が豊富に、しかも詩的に組みこまれているからだ。

ドイツ民謡集はドイツ学生歌集《アルゲマイネス・ドイツチエス・コメルスブーフ》と大幅に重なっている。シラーやゲーテの詩でも歌になっているのだ。大詩人の詩の中にも、民謡として唄われているものがあるのである。現在ドイツ国歌になっている歌も、元来はドイツ学生歌集に入っていたものである。作詞者はハインリッヒ・ホフマン・フォン・ファラースレーベンで、作曲はかの大作曲家、フランツ・ヨゼフ・ハイドンだ。十九世紀の初頭からドイツ学生歌として唄われたものだから、ビスマルクのドイツ統一よりも五十年以上も古い。

学生歌集は五百ページを超えるほど分厚い。こんなのを毎晩唄っている家庭に育つ意味がわかるではないか。

そう言えば、民謡の歌詞を何番までも確実に覚えていて書いてくれた人たちは、みな成績のよい人たちだった。ドイツ民謡を覚えることに私が熱心で、多少音程はおかしくても、歌詞は何番までも唄えるものがいくつかあるということは、滞独中、多くの家庭から歓迎される一因になったように思う。それによってドイツ語の発音もかなりよくなったのではないかと思っている。

民謡を家庭で唄う伝統を失ったドイツ

恩師の家族とドライブしたことがあった。ザウワーラントの緩《ゆる》やかな丘の上に赤い太陽が沈みかけ、森の中に野生の鹿が草原《ヴィーゼ》を横ぎって駈けこむのが見えたりして、まことにロマンティックな状況だった。私は中学に入ったとき、つまり昭和十八（一九四三）年に入学して最初の音楽の時間に習った歌を日本語で口ずさんだ。「栄華の夢　醒めて行く　沈む日望めば寂しや」で終わっている歌だった。すると恩師につき添っていた女医さんが、「それはドイツの民謡ですよ」と言って、歌詞まで教えてくれた。私はそのときまで、それは日本の歌だとばかり思っていたのだ。

考えてみると、日本の小学唱歌のもとの曲は、外国のものが少なくなかったようである。このことから、日本の小学校・中学校の唱歌は、日本古来の音曲の発展線上にあるのではなく、欧米の民謡の線上にあることがわかる。つまり、西洋と同じ楽譜が使える歌という意味だ。子供のころ、「旅順開城」の唱歌を唄える母を持った遊び友達を羨ましく思ったのは、かすかながら欧米文化が流れこんでいる家庭と、縄文・弥生文化以来のものしかまだ入っていなかった自分の家庭との差を感じたからかもしれない。

こうした民謡を唄う伝統を持つドイツを、私は本当に羨ましいと思った。ところがあれから三十年も経った今、家庭で民謡を唄う習慣はドイツの大部分の家庭から消えてしまったそうである。そういう嘆きを何人ものドイツ人の老人から聞いたたし、実際、若い世代で私が知っている民謡を唄えるドイツ人に会ったことがない。

日本人でも好きな人が多いハインリッヒ・ハイネ作詞の「ローレライ」やヴィルヘルム・ミュラー作詞の「菩提樹」——二つともドイツ学生歌集に入っている——を唄えるドイツ人の若者がいたらお目にかかりたいものだ。もっともウィーン少年合唱団のメンバーとか、そういう団体に属している人は別であろうと思う。

あるとき、八十九歳になられた戸川敬一先生にある小さい集まりでお話をしていただいたとき、お話のあとで「菩提樹」を唄ってくださるようお願いした。先生は即座に何も見ずに三番まできっちりお唄いになった。戸川先生は戦前にドイツに留学して学位を取られた方であるが、ドイツの歌を暗誦してお唄いになれる。ドイツ政府は無形文化財として——そんな制度がドイツにあればだが——戸川先生を指名されてもよいと思うくらいである。

ドイツで数百年続いた民謡を唄う伝統は、ドイツの家庭からほぼ完全に消滅したらしい。その原因は、主としてテレビであろう。テレビの視聴者は圧倒的な数にのぼる。夕食後に、母親を中心に子供たちも父親も民謡を唄ってひと時を過ごす、などという伝統はテレビの出現で消えてしまった。夕食後は——もちろんテレビということになるからだ。テレビがふつうの家に入りこむ前にドイツに行けたことは、なんという幸運だったのだろう。そこで私は唄うことを覚えたのだ。

ウィーン・ワルツが音楽理解の限界だった

覚えたと言えば、ダンスも四十五年前のドイツのダンス学校で覚えた。これはパウリヌム（学生寮）の指導司祭であった神父のすすめもあって始めた。何しろ当時のドイツには多くの学士会《ステユデンテン・フエアビンドング》があって、学期中はほとんど毎晩どこかの学士会が舞踏会《フエスト》をやっていた。日本人留学生は珍しく、対日感情も抜群によい時代だったから、招待はいくらでも来る。ダンスの学校で習ったことはたいして身につかなかったが、場数《ばかず》を踏んで踊れるようになった次第である。

たいていのステップは忘れていい加減になったが、今も自信をもって踊れるのは、イギリス・ワルツとウィーン・ワルツである。ウィーン・ワルツ（ヴィーナー・ヴァルツァー）は日本のテレビで二度ばかり披露《ひろう》したことがある。

一回目の相手はアフリカ生まれの女性で、ニューヨークで活躍しているダンサーだった。スタイルは絶品だったが、明らかにウィーン・ワルツを知らず、ごまかすのに苦労した覚えがある。なんとかあまりボロを出さずにすんだのは、相手がプロで、知らないステップでもごまかす技術を知っていたからである。踊り終えたら、文字どおり心臓が痛かった。二回目の相手は日本でダンス教室をやっているというスタイル抜群の女性で、この人はさすがにうまかった。

相手のスタイルに言及したのは、ウィーン・ワルツの相手は、小柄で小太りの女性のほうがぐるぐる廻るときに具合がいいんだ、とドイツの学生から当時聞いていたからである。

ウィーン・ワルツと言えばヨハン・シュトラウスだが、シュトラウスも民謡に磨きをかけたんだ、と当時私に民謡を教えてくれた教養あるドイツの学生に教えられたことがあった。そう言えば、素朴な民謡にもワルツ・スタイルのものがある。こういうワルツの民謡を村の楽隊が演奏して、春の宵《よい》を納屋《ショイネ》——日本で言えば倉庫ぐらいの大きいものもある——で、村の男女が踊り明かすのだ。私もそんな催しに加わって踊ったことがあるから、シュトラウスの「美しき青きドナウ」もドイツ民謡の延長線上にあるということが生理的によくわかる。

シュトラウスのワルツは、当時のドイツの男女をあまりにも陶酔させたので、当局が演奏を禁じたこともあるそうだ。これも誰か忘れたがドイツの学生に聞いた話である。実際、ぴったりと息が合ってシュトラウスを踊れば、相手の女性の美醜にかかわらず結婚したくなる、という話も実感できた。

古書関係の学会で、ベルリンの壁が崩壊する前のハンガリーに行ったことがある。この学会は贅沢《ぜいたく》な人たちが多く、食事をとる場所は必ずその土地で一番よいレストランだった(この学会は著名な図書館などを訪ねるために方々廻るのである)。そういうレストランでは必ず、ジプシー(ロマニ)がヴァイオリンを持ってテーブルまで来て、演奏してくれるのである。

私は幸いポケットに一ドル札をたくさん持っていた。チップ用に用意していたのだが、一九八〇年代のハンガリーではドルはすばらしい威力を発揮した。私はジプシーの親分らしいのに一ドル札を渡して「シュトラウスの『美しき青きドナウ』をやってくれ」と言った。さすが旧ハプスブルク帝国のジプシーである。シュトラウスのワルツをちゃんと弾けるのだ。

レストランは十分に広い。客はわれわれ一行だけだ。十分踊れる。さて相手は、と見渡すと、ドイツの貴族出身のお婆さんがいた。身長も私より高く、太ってもいる。しかしドイツの貴族の娘だった女性なら——彼女はスイスの金持ちと結婚していた——ウィーン・ワルツは必ず踊れる、と思ってプロポーズしたら、喜んで立ち上がってくれた。

ウィーン・ワルツで廻転するときは、昔ドイツの学生が言っていたように、太った女性のほうが手応えがよいのだ。呼吸はピタリと合った。日本人の私がハンガリーの田舎で、ドイツの貴族だった女性と、ジプシーの演奏するシュトラウスの「美しき青きドナウ」を、欧米各国の名だたる蔵書家の集団の前で踊る——なんという面白い取り合わせであったことか。アメリカの富豪の奥方たちも、イギリスのつんと澄ましたレディたちも、フランスやイタリアやスペインの教養あるマダムたちも、ほとんどがウィーン・ワルツは踊れないのである。

何年か後に、もう一度ウィーン・ワルツを踊る機会があった。同じ古書の学会でボヘミアに行ったときのことである。元来はプラハを中心としたチェコで学会が行われ、会議のあとのバス旅行でボヘミア各地の図書館を訪ねたので、われわれは小さな集団だった。最後の夜の夕食のあと、またジプシー音楽が始まった。みんな私がワルツを踊れることを知っている。私の誘いに応じて立ったのは、南アフリカから来たイギリス系の女性であった。小柄で太っていた。ウィーン・ワルツの相手としては最適の体型だ、とドイツの学生が言っていたとおりの女性である。われわれの踊りで一座が賑やかになった。

その翌年の集まりで、そのことを覚えていた会員の何人かが、「あの集まりがあなたのダンスで終わったのはよかった」と言ってくれた。雰囲気を盛り上げるのに貢献したことは確かだったのであろう。

しかしウィーン・ワルツを踊れるようになったところまでが、留学中の私のドイツ音楽理解の限界だった。まともな音楽会に誘われて出かけても、「早く終わってくれないかな」といらいらしていたからである。

バッハやモーツァルトのよい音楽会にもだいぶ連れ出していただいたのだが、今から考えるとすこぶるもったいないことをしたと思う。「猫に小判」あるいは西洋風に言えば「豚に真珠」だったのである。バロックやクラシックに対しては、猫か豚のようにガジャガジャとしか感じなかった私が、唯一《ゆいいつ》喜んで聴けたのは、ベートーベンの第九番、しかも合唱の部分だけだったのだから情けない。

歌詞のついている曲までが私の理解度の限界だった。第九番の合唱部の歌詞は、言うまでもなくフリードリッヒ・シラーのものであるが、ベートーベンが曲をつける二十年ぐらい前にこの詩に曲をつけた人がいて（名前不詳）、それが例のドイツ学生歌集にも入っていたため、それを私も知っていたからである。学生たちとはそちらの曲（民謡風）を唄っていた。

私が学位を授与されたとき、知り合いの何人かのドイツ人がお祝いにレコードをくださったことがある。私がドイツ民謡に熱心だったのを知っている何軒かの家庭からは、ドイツ民謡集のレコードをいただいた。なかにはベートーベンの第九番の合唱部のところだけのレコード（当時はまだSP盤の時代である）をくださった方もいた。バッハの組曲もいただいた。

こうしていただいたレコードを、同じ寮にいたP君に見せた。P君は東ドイツからの脱出者《フリユヒトリング》であり、医学生であった。

当時はまだベルリンの壁ができる前で、東ドイツの志《こころざし》ある高校卒業生は、数多く西ドイツの大学に脱出してきていた。あまりにそうした学生たちの数が多いため、東ドイツが空《から》になることを怖れた東ドイツ・共産党政権はベルリンに壁をつくったのである。国境線に有刺鉄線を張りめぐらし、監視塔と機関銃で西ドイツへの脱出者を抑えこもうとした。こうして「ベルリンの壁の悲劇」が起こったのである。しかし一九八九年にこの壁は取り除かれ、東ドイツは西ドイツに吸収合併された。この大きな流れがソ連を瓦解へ導いていったのである。

P君は射撃が上手で、寮の周囲の草原に出てくるウサギやネズミを空気銃で撃ってはずすことはまずなかった。東ドイツで訓練を受けたのだという。彼は自室にレコード・プレーヤーを持っていた。私に贈られてきた数々のレコード盤を見ると、いっしょに聴かないかという。私はドイツ民謡集を取り上げたが、彼は「バッハのレコードを」と言う。こうして彼の部屋でバッハを聴くことになったわけだが、彼はそれを聴きながら腕を振り指揮をするのだ。目を閉じ、まさに恍惚境《こうこつきょう》にいるようだった。一面を聞き終わると、彼は私に言った。

「戦争がなければ、ぼくは指揮者になりたかったんだ」と。

東ドイツから脱出してきた人々は、医学とか、工学とか、技術関係の人が多かった。窈《よう》窕《ちょう》たる感じの女子学生が、鉱山学をやっていた、というのを聞いて驚いたことがある。思想問題に関係なく勉強したいと思えば、そのころの東ドイツでは技術や医学を専攻するのが無難だったのであろう。

戦場になった東ドイツでP君は音楽の勉強を中断され、安全に生きるために医学を目指して勉強し、ついに西ドイツに脱出してきたのだった。

私のいただいたバッハの音盤は、今見てみるとアムステルダム・コセルトヘボー・オーケストラ演奏の組曲第一（Cメジャー）と組曲第二（Bマイナー）で、指揮はエドアルド・フォン・ベイヌムである。私はレコードを聴きながら夢中で指揮をする男を、そのとき初めて見た。まことに奇妙な体験として目に焼きついているが、そのときの私は彼がドイツ民謡のレコードにまったく関心を示さないのが不思議でもあったし、また少し不満でもあった。

クラシック音楽に「突然開眼」した瞬間

その後私は、帰国せずにイギリスに留学することになる。イギリスでは歌でも音楽でも特に記憶に残る体験もなかった。ところが、帰国してから間もなく妙な経験をした。突如、純粋音楽に、つまり歌詞のないクラシック音楽に取《と》り憑《つ》かれたのである。

赤坂の今の草月会館の裏にあるOAG《オーアーゲー》（東アジア協会）で行われたコンサートに招待され、出かけたことから始まる。この協会はドイツの文化交流機関で、ドイツ帰りの留学生（当時まだ数は少ない）に招待状をくれたのである。チェロの堤剛氏やヴァイオリンの潮田益子さんが出演していた。そのときのプログラムの最後の曲目が、メンデルスゾーンのコンチェルト（通《つう》はメンコンと呼んでいるとあとで知った）であった。

それを聴いているうちに、体が震えてくるように感じ始めたのだ。シュトラウスのワルツなら黙って座っていることができなくなるほど興奮するようになってはいたが、ダンス曲でもないクラシックを聴いて魂が揺《ゆ》すられるように感じたのは初めてであった。そのときのヴァイオリンを弾く潮田益子さんがいかに美しく大きく見えたことか。

あとで演奏会が終わって帰っていく彼女を見たとき、私は再びびっくりした。ヴァイオリンを提げて友達とぺちゃくちゃおしゃべりしている中学生か高校生の少女にすぎなかったからである。

あの体験はなんと説明したらよいのだろうか。私の解釈はこうである。いやいやながらも、ドイツではクラシックを聞かされる機会が少なくなかった。そのときは退屈な西洋のガジャガジャだと思っていたのだが、知らないうちに体験として脳のどこかに蓄積されていたに違いない。P君がバッハの組曲を聴きながら指揮をしている姿も、おそらく関係していたのだろう。

ある程度蓄積すると突如噴出する、ということがあるのではないか。現に、栄養が二年間蓄積した結果、二十七歳を過ぎてから突如身長が伸びるという経験を私はしている。清の閻百詩《えんびゃくし》は学問で突然開眼する経験をした。音楽もそんなところがあるのではなかろうか。

ドイツ民謡ならだいぶ唄ったし、覚えてもいる。ウィーン・ワルツなら体中の細胞が覚えこんでいる。バロックやクラシックもフォークスリートに根がある、と誰かドイツの学生が言っていた。ドイツを離れてからしばらくの間に、これらの体験が知らないうちに私の脳味噌のどこかで熟成され続けていたのであろう。メンデルスゾーンを聴いたときに、電撃を受けたような感動を体験できるまでに熟していたのである。

そのとき、私は二十九歳を過ぎていた。

日本でもしかるべき文化環境に育った者なら、メンデルスゾーンなどは子供のときから知っているだろう。中学生や高校生になれば、聴いたことがない、というほうがおかしいといってもよい。しかし、私の育った環境は、幕末の黒船渡来以前の日本の面影をまだ色濃く残していたのだ。だからこそ、私にとっては、メンデルスゾーンに感激したということが、まさに感激的だったのである。

この体験を大学時代の同級生で、洋楽に詳しい友人に話したら、「クラシックが好きになる人は、たいていメンコンから始まるんだよ」と、こともなげに言われてしまった。三十歳近くになって、初めてメンコンに自分が感激したことに感激した私が、彼の目には幼稚に見えたのも無理はない。

彼は東京の山の手の豊かな家の出身で、西洋音楽にも詳しく、われわれの仲間では、学生のころただ一人、自分の書斎と西洋の文学・芸術の本をたくさん持っている男だった。本来の意味で西洋文学の学科——彼の場合は英文科——に来るのが自然と言える教養的背景を持っていたのである。

それに対して私は佐藤順太先生の英語の授業に惹《ひ》かれ、先生と同じ東京高等師範(東京文理科大学と統合し、後の東京教育大学)の受験を志したが、学制改革で官立大学の入試が六月になったため、元来第二志望だった三月入試の上智大学に入学し、そのまま英文科を卒業したのである。育った家庭的背景には西欧的な匂《にお》いなどまるでなかった。私の出発点は、たんに英語を読める楽しさが土台にあったにすぎなかったのである。

つまり私は、東京山の手の豊かな家を背景に育った同級生の十二、三歳時の音楽的教養の水準に、三十歳を目の前にしたころにようやく到達したことになる。

「トルコ行進曲」に魅了され

ところがなんたる運命か、私は音楽家と結婚することになったのである。この縁談は大学の先輩教授の紹介で始まった。相手は桐朋音楽大学の一期生、小沢征爾氏などと同期生で、ピアノを専攻していた。NHKのオーディションにも通っているとのことだった。結局私は、この女性と結婚することになった。そろそろ結婚生活も四十年になる。

音痴の私と語学に無縁の妻は、それなりに相性《あいしょう》がよかったのかもしれない。プロの音楽家の多くは、音楽がわかったようなことを言う素人が嫌いだという。その点、私は絶対大丈夫なわけだ。婚約するころには、クラシック音楽の中ではまだメンデルスゾーンのコンチェルトしか感動したことのない私のために、彼女はピアノのパートだけ弾いてくれたりした。

そういうこともあってか、そのころから、私が聴いて感動するバロックやクラシックの曲もだんだん多くなっていった。当時、大学図書館の宿直室の私の隣部屋に住んでいた男は、高校時代に音楽クラブで指揮者をやっていたということで、クラシック音楽や音楽家に詳しく、私を大いに啓蒙してくれた。このことも私をクラシックに近づける後押しになったようである。

ドイツの学生寮でP君が指揮するのを見ながら聴いたバッハの組曲も、魂に沁み入るようになった。このレコードは私の婚約者も気に入った。二人で何時間も繰り返し繰り返し聴いたこともあった。ドイツでいただいたレコードの中に、モーツァルトの「アイネ・クライネ・ナハトムジーク」や「トルコ行進曲」もあった。これら折紙付きの名曲を、三十歳になった私は心から楽しんで聴けるようになった。モーツァルトのほうはピアノ曲だから、婚約者がよく弾いてくれた。

私は「トルコ行進曲」に魅了された。婚約者を訪ねるたびにこの曲を弾いてくれるように頼んだ。ピアノの弾けるバーでは、嫌がる彼女に無理強《じ》いしてこの曲を弾いてもらったこともあった。そんなことで「トルコ行進曲」は彼女の数少ないレパートリーに入ったわけだが、これが役に立ったこともある。

結婚してから二十年近く経ったころのことである。全世界から約八百人ぐらい集まった大きな国際的学会がザルツブルクであった。その打ち上げ晩餐会がコングレス・ホールで行われ、そこでユーディ・メニューインがヴァイオリンを演奏することになっていた。ところがその三日ほど前に、キャンセルの通知が来たのである。主催責任者が困っていると聞いたので、私は少し図々しいとは思ったが、彼の代わりに家内にピアノを弾かせることを提案した。

「曲は〝トルコ行進曲〟です。モーツァルト生誕の地でモーツァルトを演奏するのはふさわしいと思いますが」と言ったのである。プログラム責任者は台湾生まれのカナダの教授だったが、「それでいきましょう」と即座に手を打った。

私と結婚したころの家内なら、決して引き受けなかったに違いない。恥ずかしがりやのお嬢さんだったのだから。しかし家族いっしょにイギリスに一年間滞在しているうちに家内は変わった。イギリスで音楽をやっている人々が、物怖《ものお》じしないで、また芸惜しみしないで、お客があれば自宅でも気軽に弾くことに感心して以来、「日本人の音楽をやる人も、もっと気軽にお客をもてなすために弾くべきだわ」と言うようになった。

もちろん、このときは楽譜の持ち合わせなどなかった。しかし、結婚以来、私のために〝トルコ行進曲〟は何十回となく家で弾いている。今さら暗譜する必要もないことを私は知っていた。ちょっと躊躇した家内も、「何もギャラをもらって弾くのじゃないから」という私の言葉に励まされて引き受けた。

それからグランドピアノのあるホテルを探して、二日ばかり指ならしをしたあとで演奏に臨んだ。モーツァルトの名曲は誰でも知っているから、ちょっとしたミスでも聴衆は気づく。だから、プロの演奏家もモーツァルトは怖いという。幸い家内はこれというミスもなく弾き終え、万雷の拍手を浴びた。そこに出席していた日本人の学者に、「日本の名誉になりました」と言っていただいたのは望外の幸せであった。

家内は私とイギリスに同行するために、桐朋音楽短大ピアノ科の仕事をやめていた。私にしてみれば、「メニューインの代わりに――もちろん実力も経歴も月とすっぽんの差があるが――モーツァルト生誕の地の大ホールで、世界中から来た聴衆相手にモーツァルトの名曲を弾く機会をつくってやれた」ということは、ささやかな償いになったのではないかという気がしている。

「会話の声の高さは、教養と社会階級に反比例する」

いずれにせよ、結婚する前に私は、クラシックの愛好者にもなっていた。婚約者とは会うたびごとにバッハの組曲を聴き、あるいは彼女のモーツァルトやメンデルスゾーンの弾奏を聴いた。外で会うときは名曲喫茶で会った。名曲喫茶は今ではほとんど姿を消したようであるが、昭和三十年代（一九五〇年代後半）まではまだまだ盛んであった。新宿の「田園」とか「スカラ座」ではいつでも名曲が聴けた。

それにしても名曲喫茶の消滅は惜しまれてならない。音響効果のいい機器が家庭に入ったためとも思われるが、ふつうの日本の家庭はかなり狭いはずだ。西洋の貴族のホールや演奏会場を前提にして作曲された曲が合うはずはないと思う。四畳半向きの三味線《しゃみせん》と小唄《こうた》が大ホールに合わないほど極端に合わないわけではないにせよ、である。

名曲喫茶は天井が高く、個人の家の居間などとは比較にならないほど広い。ベートーベンの田園交響曲は、名曲喫茶「田園」で聴くほうが個人の家の小さい部屋で聴くよりずっといいと思う。

これは私だけの感想ではない。私はそのころ、イギリス大使館の武官だった人に日本語を教えていた。あるとき、彼を新宿の名曲喫茶「スカラ座」に連れていった。彼は、私もびっくりするほど喜んで言った。

「自分は音楽が好きだが、これはすばらしい設備だ」

私もそう思っていたから、彼を連れていったのである。今では、名曲喫茶どころか、ただの喫茶店さえ見つけるのが難しくなった。どこもかしこもファストフードや軽食店ばかりだ。午後のひとときを、コーヒーをすすりながら名曲を聴く。あるいは夕方のデートでもよい。それは学生にとっても、勤め人にとっても、素敵な空間だった。

そこでの会話は囁《ささや》くように低く交わされる。会話の声の高さは、教養と社会階級に反比例するとハマトンも観察している。名曲喫茶でごく低い声で会話する人たちは——あるいは黙々と目をつぶったり、静かに本を読んでいる人たちは——社会階級はともかく、教養があった。少なくとも教養を求める人たちだった。

私もある時期、『タイム』とか『ニューズウィーク』は、名曲喫茶で読むことにしていた時期がある。最近の喫茶店では、なんと大声で話す人ばかりいるんだろうと思うことがある。そういう目的のための喫茶店もあってもよいと思うが、静粛を前提とする名曲喫茶が復活してもよいような気がする。

東京などに住んでいる厖大《ぼうだい》な数の学生や若者たちは、たいてい狭い一室に住んでいるはずだ。気分を変えて読書するための空間を欲していないのだろうか。もっとも名曲喫茶は客の尻がどうしても長くなるから、採算に合わぬということで消えたのかもしれないが。

婚約者と私は名曲喫茶で会ったとき、将来のことやら、将来住む家の設計やらを考えた。「短調《マイナー》はなぜ悲しく聞こえるのか」という私の疑問に彼女は楽譜を書いたりしつつ説明して倦《う》むところがなかった。私はついに理解できないで今日に至っているが。将来の家の設計になると、彼女はこれまた倦むことなく新しい図面を描き続けた。名曲喫茶の隅《すみ》っこで、低い声で、秘事をささやき合うように話し合ったのである。

そうした折に、結婚してからは、朝食はモーツァルトを聴きながら、夕食にはバッハを聴きながら食べることにしよう、などという約束もし合った。

　実際に結婚してからは、そういうことをやったのは数えるほどしかない。そんなことは当然だ、と結婚経験者ならみなわかるであろう。私も朝一時間目に授業のある日がある。そんなときは、モーツァルトを聴きながらの朝飯どころか、朝飯もろくに食わずに家を飛び出すことも珍しくなかった。夕飯も帰宅時間がまちまちなので不規則だ。そのうち子供が生まれる。

　家内は三十歳になる前に男の子二人と女の子一人、つまり三児の母親となった。しかも家で弟子にピアノを教えていた。それがいかに大変なことであるかは、これまた子供を育てた人にはよくわかる話であろう。

　子供とは、絶えず病気し、絶えず怪我する小動物である。そういうときは予定もへったくれもない。常に子供が最優先になる。学校に上がるようになればなったで不断に問題が生ずる。昔は何人子供がいてもなんとなく育ってくれたようだが——もっとも幼児死亡率は高かったが——今の都会ではそうはいかない。モーツァルトもバッハも、家庭でゆっくり聴く機会が半年に一回でもあったらまさに御《おん》の字《じ》である。

　著名な著述家で、二人の子供を育てた大学教授でもある女性が、こう語ったのを聞いたことがある。

「子供が小さいときの写真を整理していたら、涙がとまりませんでした。子供を育てながら仕事を持つことがいかに大変であったことか。悪戦苦闘でした。ところが、子供が成人した今になって、子供の幼いころの写真を見ていると、あの悪戦苦闘したころが私の本当の人生だったんだ、という気がしてならないのです」

私の家内も昔の写真を整理しながら涙を拭いている。死んだ子供がいるわけでもないのに、子供が幼かったころの写真を見ていると、やはり「あの悪戦苦闘の日々の中に本当の私の人生があったんだ」という思いにかられるからに違いない。

「子供は五歳までに親孝行を終える」という諺《ことわざ》があるそうだ。幼い子供の可愛さは無比のもので、その体験を親に与えただけで、子供は十分親孝行をしたことになる、という意味らしい。

私の母は「親の恩は子に送れ」と言っていた。親が子供に注《そそ》いだほどの愛情と献身を、子供から受けることを親は期待してはならない。その分、自分がつくった子供を可愛がって育ててやれ、という意味である。無闇に親孝行を押しつけられた時代に――親のための身売りが珍しくなかった時代に――こんなことを言えた母は大したものだったと思う。もっとも母は、私のドイツ留学直後に亡くなったから、その恩を私は主として子供に送ることになった。一方、家内は、子供のほかに自分の母親まで責任を負って見たのだからさらに大変だった。

教育方針は「明日のことを今日心配する必要なし」

私どもの子供たちは、三人とも音楽家になってしまった。しかしわれわれは、子供たちを音楽家にするつもりはもともとなかった。だから母親がピアノの教師なのに、うちの子供たちは音楽の早期訓練を受けていない。加えて、私には子供たちに名門校を狙って受験勉強させるという発想もなかった。子供を進学のために塾にやるなど考えたこともなかったのである。

ところが家内の友人などに「子供には何か習わせたほうがよい」と言われたり、他の子供たちが何か習ったり受験の準備などしているのを見ると、子供たちをほっぽらかしにしているのは無責任なように思えてきた。とはいえ受験のために勉強させるのは嫌だった。そこで何か楽器でもやらせるか、ということになったのである。

家内も私も小学校時代を戦時中に過ごしてきた。そのため、戦後の「お受験」、あるいは受験戦争に関してはピンとこないところがあった。子供に何かしら才能があれば、自然に自分で進路を見つけるだろう、と楽観的に考えていたのである。それは大いなる間違いであった。今の世の中は、そんなに甘くはなかったのである。

そのあたりを詳しく述べればきりがないが、結局、三人とも家内の母校の桐朋学園音楽大学に入り、そこを卒業し、さらに全員アメリカやイギリスの大学院に留学した。その後、娘は結婚して子育てを楽しむ生活に入り、二人の男の子はそれぞれ演奏家として生計を立てている。

娘がピアノを専攻することについて、家内は別に心配はしなかった。自分の通ってきた道だから、演奏家となっても――特に女性の場合は演奏家として立つためには才能とともに鋼鉄のような野心を芯《しん》に持っていなければならないらしい――、またならなくても、つまり家庭人になっても構わないという気持ちがあったようである。

それにひきかえ、男の子たちが音楽を専攻しようとしたときは、家内は深刻な危惧《きぐ》の念を示した。男の子はなんといっても将来は女房子供を食わせなければならない。音楽演奏家という危ない道よりも、銀行でもメーカーでも役所でも、もっと安全な道を行くのが男の子にはよいのではないか、と言うのである。

「音楽家になろうという男の子をやめさせせないのは、男親として無責任ではないか」

とさえ私に言った。しかし、この点では私は断乎たるキリストの教えの忠実な実行者である。

「……われ汝等《なんぢら》に告ぐ、生命《いのち》の為に何を食ひ、身の為に何を着んかと思《おもひ》煩《わづら》ふ勿《なか》れ。生命は食物に優《まさ》り、身は衣服に優るに非《あら》ずや。空の鳥を見よ。彼らは播《ま》く事なく、刈《か》る事なく、倉に収《をさ》むる事なきに、汝等の天父《てんぷ》は之《これ》を養《やしな》ひ給ふ。汝等は是よりも遥《はるか》に優《まさ》れるに非ずや……また何とて衣服の為に思ひ煩ふや。野の百合の如何《いか》にして育つかを看《み》よ。働く事なく紡《つむ》ぐ事なし。されどもわれ汝等に告ぐ。サロモンだに、その栄華の極《きはみ》において、この百合の一つほどに装《よそほ》はざりき。今日ありて明日爐《あすろ》に投げ入れらるる野の草をさへ、神は斯《か》く装はせ給へば、況《いはん》や汝等をや……我等何を食ひ何を飲み、何を着んかと云ひて思ひ煩ふこと勿れ……明日の為に思ひ煩ふこと勿れ。明日は明日、自《みづか》ら己《おのれ》の為に思ひ煩はん。其日《そのひ》は其日の労苦にて足れり」（『マテオ聖福音書』六・二五―三四。ラゲ訳を多少読みやすくした）

つまり、「明日のことは明日のこと、明日のことを今日心配する必要なし」ということで私は生きてきた。

昭和二十四（一九四九）年に上智大学の文学部に入って、いったいどんな人生の展望があったのだろうか。私は当時の通念どおり、官立大学を第一志望にしていたのだ。それが、そこの入試が始まる二ヵ月前に上智大学に入り、すっかりそこの授業に感激して、そのままになったのである。そのころ、上智大学の卒業生で世間で名前の知られている人物はまだ一人もいなかったが、私は気にしていなかった。私といっしょに上智に入学した男は、六月に受験し直して一流の国立大学に入って、十年ぐらい前に定年退職している。

それぞれの人生でどっちが幸せであったかは比較できないが、私は当時学生数が五百人ぐらいの零細大学から、名声と伝統の確立していた国立大学に移らなかったことを後悔していない。

英文科の大学院からドイツの大学への留学を命じられたとき、そのころまでのドイツの英語学の水準は英米のそれをはるかに凌《しの》ぎ、五十年ぐらいの差をつけていると千葉勉先生に教えられてはいた。しかし、ドイツ語会話や作文などに関しては、一時間の授業も受けていなかった。それでも躊躇《ちゅうちょ》せずに私はドイツに出かけた。どっちみち本格的に英語学をやるにはドイツ語の文献を読まなければならないのだ。ドイツ語会話とドイツ語作文はドイツに行ってからやろう。「明日を煩《わずら》うなかれだ」と出かけたのである。

大学で教えるようになってからも、言論糾弾団体に毎週授業妨害を受けることが夏休みを挟《はさ》んで半年ぐらい続いたことが二度もあった。きわめて不愉快だったし、身の危険を感じることもなくはなかった。しかし家に帰るときには、私はそのことを忘れていた。寝室をともにしていた家内も、自分の主人が学校で、その凶暴さを怖れられていた団体に毎週押しかけられているとは最後まで気づかなかった。

「今日の煩いは今日ですんだ」と自分に言い聞かせ、本当にその気になれたから、寝つきが悪くなるということも特になかった。左翼過激派や在日外国人からカミソリの刃の入った脅迫状や、血書の脅迫状なども数えきれないほど受けとった。そのときはまことに嫌な気がして憂鬱《ゆううつ》になるのだが、それを捨てて夜になるころにはすっかり忘れることができた。他の点ではともかく、煩いを明日に持ち越さないという点に関してだけは、キリストの教えをよく守った。まことにそれは有難い教えであった。

家内と私の二人だけの家庭に戻って

「明日を煩うなかれ」の教えを守る私は、息子の将来のことも家内のように心配はしなかった。

「昭和二十年代の上智の文学部を出ても食えるんだから、将来食うに困るようなことはないだろう。もし食えなくなるようなことがあったら、それは日本人の大部分が食えなくなるときだろう」

　と言い続けた。またこうも言った。

「本当に食えなくなったら、人の嫌がる仕事をすればよいのだ。たとえば、ゴミを収集する会社に入ってもよいではないか。そして暇なときに音楽を楽しんだらよい」

　そんな話を家内としていたころ、長男が熱心にチェロの練習をしているところを、家内が見たのである。長男は練習に没入して家内に見られたことにも気づかないでいたらしい。家内は私に言った。

「あの子があんなに好きでやっているなら、それでもいいわ。あきらめがつきました」

　かくしてうちの子供たちは、三人とも音楽家になったというわけである。

　子供の教育について反省する点がないわけではない。それは音楽教育——少なくともクラシック音楽——には危険な要素がある、ということである。才能に関係なくその道に進んでしまうことがあるからだ。特にいい先生につくとその危険が大きい。

　音楽はその性質上、筋がいいと子供のときから大家、世界的な巨匠に習う機会がある。しかもモーツァルトでもバッハでも原曲で習う。英語を習う子供が、子供用に書き直した『シェイクスピア物語』を読むのとは違うのだ。

　子供のときでも、習えば、モーツァルトのすばらしさはわかる。成熟した理解ではないとしても、子供にも十分わかる。ちなみに、モーツァルトは猿にもわかるというアメリカの動物学者の研究もあるし、私の郷里では鶏を放し飼いにしてモーツァルトなど聴かせている養鶏場もある。しかも教えてくれる先生が大家の場合は、小学校や中学校の教室では受けることのできないある種の感動や影響を与えられる。それは当然である。その結果、子供は自分の将来の理想像を先生と重ねやすいのだ。

その昔、坪内逍遥のシェイクスピアの名講義を聞いて感激して英文科に進んだ人の多くは、あとで後悔したそうである。偉い先生の危険なところである。音楽を男の子に習わせると、教養のつもりが専門にすると言われて親は悩むことになるかもしれない。そのことは覚悟すべきであろう。

思いがけない成り行きで、私の家には、音痴が一人（私）、相対音感の持ち主が一人（家内）、絶対音感の持ち主が三人（子供たち）いることになった。家内は満洲（中国東北部）から引き揚げてきたため、ピアノ専攻者としては始めるのが比較的遅かった。そのため絶対音感にはならなかったらしい。それでも音楽的素質はあったのだろう。彼女の両親も洋楽がわかる人で、特に彼女の父は桐朋音楽部の初代の後援会長であった。家内は小学生のころ、ピアノの音が近所の家から洩れるのを聞いて、「ご飯を食べなくてもよいからピアノを買ってください」と親に懇願して始めたのだという。

思いがけずわが家は家族の絶対多数、つまり五分の四が音楽家になってしまったが、子供たちも一人一人巣立っていった。間もなく完全に家内と私の二人だけの家庭になるであろう。出発点に戻ることになるのだ。そうしたら、婚約のころに理想的な結婚のライフ・

スタイルとして語り合った「朝食はモーツァルトを、夕食はバッハを聴きながら」という生活に入れるかもしれない。

考えてみると結婚して約四十年、私も七十に近い。孔子は「七十ニシテ心ノ欲スル所ニ従ッテ矩《ノリ》ヲ踰《コ》エズ」(『論語』為政第二)とおっしゃったが、われわれ老夫婦も、「心ノ欲スル所ニ従ッテ」モーツァルトやバッハを家庭で聴けそうな状況になってきたと言うべきなのだろう。

「聞きたくない権利」と「聞きたい権利」

「音楽」でない「音」となると騒音ということになるが、これも私の人生にとって少なからぬ関係がある。

戦後、わが家は蓄音機を手放したのでラジオだけとなった。このころになると、父のガンポ(難聴)が進んでいるから、ラジオの音はどんどん高くなる。しかも鳴りっ放しといってよかった。今のように家の中の戸がドアでないから、二階にいてもよく聞こえる。小説や雑誌を読むときには気にならないが、数学の問題を考えようとするときなどは恐ろしく邪魔になる。下に降りていってラジオの音を低くする。あるいはしてもらう。しかし、しばらくするとまた高くなっている。

これは父と私だけの問題でなく、父と姉（長姉）との大問題のようだった。私が東京に出てからは、父と姉はしょっちゅうこの問題で争っていたらしい。

一方、東京に出た私も、ラジオの音から解放されることはなかった。上智大学の学生寮は米軍払い下げのカマボコ兵舎を利用したもので、二人一室で八室、つまり一棟十六人がそこで生活していた。四室ずつが向かい合っていて中央が通路になっている。部屋の前にはカーテンがしてあったが、われわれの身長ぐらいの高さまでしかなかったから、そこから天井までの空間は共有である。

最初の年はこのカーテンさえなかった。カーテンがあるといっても、通路から部屋が見えないだけで、それも爪先立ちすれば覗ける高さだから、音をさえぎるものは何もない。こういう環境で毎日を過ごす羽目になった。

消灯時間を除けば（三十分ぐらい時間に記憶のずれがあるかもしれないが）、夕食後七時から九時までは静粛時間、その後九時から三十分間は音を立ててもよく、九時半から十一時まで再び静粛時間、そして十一時で消灯になる。静粛時間は音を立ててはいけない。同室者ともささやくようにしか話さない。三十分間の休憩時間になると、別の部屋を訪ねたり、がやがや話をしたりした。

舎監のドイツ人神父と副舎監のアメリカ人のスコラスティック（神父になる前の神学生）

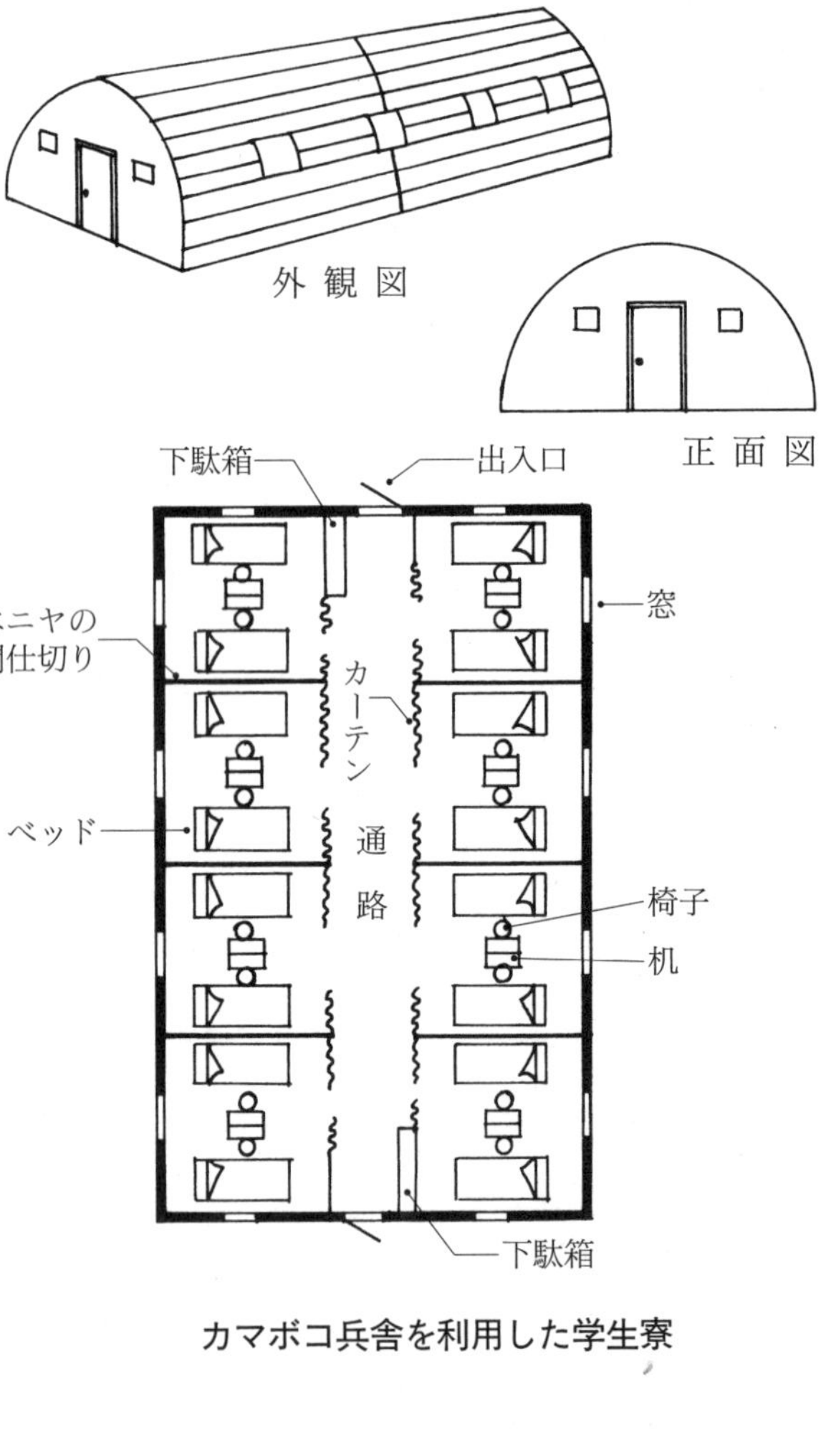

カマボコ兵舎を利用した学生寮

が見廻ってきて、静粛時間におしゃべりしている者に注意したり、消灯時間を厳守させたり、起床時間（朝七時）には起こしにきた。これは週日のルールで、厳格に守られていた。

考えてみると、これは大学生に対する寮則ではない。ドイツの全寮制ギムナジウム（九年制の中等教育機関）か、イギリスやアメリカの全寮制パブリック・スクールに準じたものではなかったかと思う。しかし規律なく育ってきた日本の学生には必要であったし、効果は高かったと思う。だからこの規則に対して私は不満がなかった。強いてあげるなら、消灯時間がなければいいな、と思ったことであろう。「さあ十一時だ、灯を消せ」と言われても、そう簡単に寝つかれないし、もっと本を読み続けたいとか、レポートを書いている最中とかで中断したくないということがあったからだ。

もっともそれくらいの不便は大したことではなかった。その当時、週日は選択制なしで毎日午後一時まで授業だったが、問題は静粛時間に関係のない土曜、日曜と、週日の午後なのである。特に土日はどこにも行かないで――正直に言えばお金がなくてどこにも行けないで――読書三昧することにしていたのだが、そこでラジオに悩まされることになる。

ラジオを持っている男が一人いたのである。まだみんな貧乏で、ラジオを持っていたのは私の寮では彼だけだった。この男が平日の午後と土日に、時間かまわずラジオをかけるのである。しょっちゅうというわけでないが、いつラジオが聞こえてくるかわからない。ラジオが鳴り出すと腹が立ってきて心が乱れ、精神集中して勉強できなくなる。

「ラジオの音を低くしてくれ」と何度言ったかわからない。音を低くしたところで、カマボコ兵舎の間仕切りはカーテン、天井は素通しの共有、という状態なので、どうしても聞こえてしまう。普通の会話なら話題は当人同士の関心事で、こちらには関係ないから比較的楽に無視できる。ところが、ラジオ番組は誰にとっても面白く関心を起こさせるようにできているから困る。「ラジオの音を低くしてくれ」とか、「消してくれ」と言うことが度重なってくると、相手も反撃してきた。

「静粛時間なら規則だからラジオはかけない。しかし、それ以外の時間にはラジオをかける権利がある。聞きたくない権利もあるだろうが、聞きたい権利もある」と主張するのだ。さらに私を絶望的にさせたのは、寮生みんなが「聞きたい権利」のほうに味方しているようだったことである。私だけが変わり者のエゴイストということになった。

静かさに関する日本と西欧の意識の差

ラジオを持っていた秋田県出身のこの男は、別に悪気のある男ではなかった。そのときでもそう思っていたが、それでも心の底から彼のラジオを憎んだのは確かである。そのため、今でも彼の名前を正確に覚えている。

ついに私は大学の校舎へ逃亡した。校舎は、寮があるのと同じキャンパス内にある。歩いて二、三分でたどり着ける。たいていの教室は空いているので、もぐりこんで本を読むことにしたのである。自分の部屋があるのになんの因果《いんが》でわざわざ教室まで行かねばならないのか、と怒りは感じたものの、逃げ場があったのは幸いであった。

寮生の中でも経済的余裕のある者は、寮の規則、特に消灯時間のあるのを嫌って下宿に移っていった。私は大学院を出るまでの六年間ずっと寮で我慢したが、その恩恵は大きかったと思う。当時の今よりもずっとひどかった通学時のラッシュに耐えるだけの体力が私にあったかどうか疑わしいし、通学時間がゼロということが何よりの魅力だった。それに粗食とはいえ三食の心配がなかった。

毎週、毎週、がらんとした週末の教室で一人本を読む――そんな体験も今から見れば貴重である。同じ思いの人間は私だけではなかったとみえ、寮を逃れて一人で一教室を占領して勉強していた寮生が私のほかにも何人かいた。そのころは住宅難で、大学キャンパスの中の教員用カマボコ住宅に家族といっしょに住んでいる先生方もおられた。英文学の故・野口啓祐教授もそのお一人であった。先生も週末の教室利用の常連で、空いている教室を探して歩きまわっていると、すでに先生がいらして読書されているのに出会ったことが何度かあった。

ラジオを「聞きたくない権利」と「聞きたい権利」のどちらが優先されるべきであるか、という問題はずっと私の頭の中でくすぶっていた。それが最終的に解決されたのはドイツの学生寮においてであった。

日本と同じ敗戦国とはいえ、留学先のドイツの学生寮は東京のカマボコ寮とは大違いで、高級ホテルの感があった。個室で、なんと部屋には水まで引かれており、洗面を自分の部屋でできるのだ。日本の旅館でも洗面所は共同のところが多かった時代だし、カマボコ寮では洗面・トイレは別棟で、雨の日や雪の日は顔を洗いに行くのもひと仕事だった。それに較べてドイツの学生寮はなんと贅沢《ぜいたく》だったことか。

加えて、それだけプライヴァシーが確立している寮なのに、二十四時間が静粛時間なのである。廊下で立ち話していても、少し大きな声で話していると、近くの部屋のドアが開いて「静かに」と言われてしまう。隣や向かいの部屋に聞こえるようにラジオを鳴らすことなど問題外である。レコード・プレーヤーを持っていたP君の部屋は、寮の端で礼拝堂に接し、階段の奥になって向かい合う部屋もなかったが、それでもレコードをかけるときはドアから音が洩れないように低い音でかけていた。

もっとも寮は年に一度の寮祭の日を除けば、終日、森閑《しんかん》としていたから、レコードを聴くにも音を高くする必要はなかった。こうした静かな寮で、「ラジオを隣の部屋や廊下に洩れる音で聞きたい権利」など主張したら、つまみ出されてしまうに違いない。そんな権利を主張する人間がいるなど考えも及ばないのだ。イギリスに移ってからも同じだった。

静かさに関するこのような意識の違いは、とりもなおさず日本と西欧の文明の差とも思われた。静かな環境になじんで数年住んだ後に日本に帰ると文化的ショックを受けることがよくあるようだ。

その思いを綴《つづ》った興味深い書が二冊ある。上智大学の故・高橋憲一教授は、昭和二十年代の終わりごろ（一九五〇年代の初めごろ）にドイツに一年間留学され、帰朝されると、『静かなドイツ』という本を書かれて評判になった。戦争直後の日本に較べてドイツがいかに静かだったかをずばりタイトルにされたのである。中島義道氏（電機通信大学教授）は、数年間ウィーンに留学して帰られてから、日本が「音漬け社会」であることを耐えがたく感じ、騒音退治に挺身された。その体験を『うるさい日本の私』（正・続）というタイトルで出版して、やはり大きな反響を起こしておられる。

お二人ともドイツ語圏留学者で、哲学専攻というのは偶然であろうか。特に中島氏は日本の騒音との関わり合い体験を通してすぐれた日本文化論にまで高められている。さすが哲学者である。

高橋氏の二年後、中島氏の約四分の一世紀前にドイツから帰った私も、似たような体験をした。大学の行事で学生たちと富士五湖の一つに行ったときのことである。朝早くから湖面を渡ってスピーカーに乗った歌謡曲が流れてくるのである。さすがに夜はやめるのだが、日がな一日流し続けている。なんのために大勢の学生たちと湖畔に来ているのか。静かな環境を求めて来たはずではないか。それなのに、毎日、朝っぱらから歌謡曲の野外放送を無理矢理聞かされるとは何事か、と立腹のあまり、その音源を探した。

問題の〝音〟は町はずれにある高い櫓《やぐら》の上から流れていた。中年の男が一人いて、次から次へとテープを廻していたのである。私はその男──私は当時三十歳ぐらいだったから、その男は私よりずっと年上に見えた──に向かって、「おじさん、そのやかましい放送やめてもらえませんか」と言った。するとその男は、なんの感情も示さずに、「こちらは町に頼まれて商売でやっているので、やめるわけにいかないよ」と言うのだった。

元来静寂な湖畔一帯を、一日中歌謡曲で覆《おお》いつくそうというのが、この地方のコミュニティの意志だったのである。それがわかって、私は引き下がった。どうせ二、三泊するだけである。「二度とこんなうるさいところに来るものか」と心に誓って帰京したことを覚えている。

高峰三枝子が一世を風靡《ふうび》した「湖畔の宿」を唄ったのは昭和十五（一九四〇）年であった。彼女が「山の寂《さび》しい　湖に　ひとり来たのも　悲しい心」と唄ったときは、山の寂しい湖は静まりかえっていたはずだ。「水に黄昏《たそがれ》　せまる頃　岸の林を　静かに行」くこともできたであろう。しかし、戦後になって性能のよい音響装置が普及すると、寂しいはずの湖も、静かなはずの岸の林も、ラウドスピーカーから流され続ける歌謡曲「湖畔の宿」などの大音響で、寂しくも静かでもない騒音地帯に変わってしまった。

騒音はお祭りの賑やかさと重なり合っていた

なぜ、せっかく静かなところにうるさい音を流すのか。それについて、私なりの解釈を持っていた。そのころ私は、父のラジオで苦しめられていたからである。

郷里にいたころも、私が東京で結婚してからも――父は上京していっしょに住んでいた――父のラジオは家族一同の悩みの種であった。特に東京の家庭では家内がまいってしまった。家ではピアノのレッスンもしている。いちおう邪魔にならないだけの仕切りはあったが、それでも大きな音で鳴りっ放しのラジオの音は家の者にとっては拷問に等しい。しかもよく見ると、父はラジオなどまともに聞いているわけではない。新聞を読んでいるときでもなんでも、ラジオの放送というより「音」が欲しいらしかった。

いろいろその理由を考えてみると、父が子供のころ秘境に近いところで育ったことに関係あるのではないかと思われる。そういうところは、シーンとして物音がほとんどなく、夜聞こえてくるのは川の音だけである。子供のころ、夏休みに祖母の生家に行くと、川の音の寂しさが身に沁みたものだった。

山深いところで暮らす人たちが、一年中首を長くして待っているのが夏の村祭りであった。宵祭《よいまつ》りから始まって三日続く祭りの間、いつもは腹の底まで冷えこむように寂しい村の家々に、町に出て行った者たちが帰ってくる。家族連れで帰郷する。町に出て、大して成功したわけでもない若者でも、多少の現金は持っている。現金こそ、戦前の山村に決定的に欠乏していたものだった。家族の連帯感が強い時代のことゆえ、町の工員になった青年も、村にいる甥《おい》や姪《めい》には気前よく——といっても大した金額ではないが——村祭りの露店で玩具や花火を買ってやる。

ラジオもテレビも自家用車もなく、近くの町に出るのも、今の子供たちがロンドンやパリに行くぐらいの大事《おおごと》だった時代、村の子供たちには村祭りの露店の玩具が文明社会との接点だったのである。

私は村祭りには町から出かける側であったのだが、そこで一年ぶりに会う親類の子供たちや大人たちと村祭りに出かけた楽しさは、ほかに較べるものがないほど楽しい想い出である。そして、三日続いた祭りのあとの寂しさ。その寂しさの後に秋が来て、すぐ豪雪の冬が来る。そうなると、数ヵ月は近くの町に出ることもできない。

そういうところに育った人にとって、いわゆる騒音はお祭りの賑やかさと重なり合うのではなかろうか。母——つまり父から見れば妻——を失った後の父は寂しかったに違いない。特に強烈な信仰も持っておらず、神仏を手を合わせて拝むだけのふつうの日本人であった父は、心の隙間を埋めるものがなく、とにかく寂しかったのであろう。その寂しさをまぎらわすために、自分のいる空間を、歌謡曲であろうがニュースであろうが、人間の声で満たしたかったのではないかと思う。

父を見ていて思ったことだが、山村が過疎化する一因は、寂しいところにいたたまれなくなった人々が脱出していくことにあるのではなかろうか。

道路が整備され、自家用車をみなが持てば、二、三十分で町に出られる。昔なら一日がかりか、一泊必要だった山奥からでも、今なら三十分か四十分で町まで行ける。町に出れば、一日中がお祭りみたいなものである。町の賑やかさに較べれば、山村の村祭りなど問題にならない。玩具などは日常的に近くの町で買うようになる。若者も村祭りに集まらない。たかだか数十軒、うんと大きなところでも百軒ぐらいの山村のお祭りには、露店も来なくなる。信心深い老人が昔の記憶でお詣《まい》りするぐらいになる。そして村社が廃社になるころ、村は完全な過疎地になる。

空間をラジオの音で満たしてないと寂しくて仕方がないらしい父と同じ空間に住むことは、ドイツ的静かさを好み、ラジオには学生寮時代から怨念《おんねん》を持っている私にも、音楽家の家内にも、耐えうることではなかった。解決策としてとったのは、父の専有空間を「離れ」にすることだった。

「離れ」といっても廊下でつないだり、庭石を踏んで行く別棟といった立派なものではなく、母屋にプレハブ住宅を一つくっつけただけのものである。それでも遮音効果は十分であった。母屋に来てラジオを聞きたいときはレシーバーを使ってもらうことになった。父は食堂をラジオの音で満たしてお茶を飲みながら新聞を読むのが好きだったが、それは自分の離れでやってもらうことにしたのである。

「音漬け」の好きな父を観察しているうちに、私は日本の老人ホームの設置場所が間違っているのではないかと思うようになった。老人ホームは「山青《やまあお》く水清《みずきよ》き」ところに建てるのがよい、という発想が一般にあるようだが、それは違うと思う。寝たきり老人や痴呆老人のための病院なら、そうした空気のよいところがよいかもしれない。しかし、元気な老人のための老人ホームは、空間が騒音で満たされているところがよいと思う。

たとえば、新宿歌舞伎町あたりに高層ビルを建て、その何階かを老人ホームにする。映画館も、雑多な食事する店も、バーも、ポルノショップも、一階や地階にある。そんなところに住めるなら、老人だって元気が出てくるのではないか。老人は何よりも寂しい存在なのだ。

もっともそうした猥雑《わいざつ》なところは嫌だ、という老人は、「山青く水清き」山里の老人ホームに行けば問題はない。盛り場に老人ホームがあれば、子供たちも孫たちも頻繁に訪ねてくるのではないだろうか。看護する若い人も雇いやすいのではないだろうか。

第六章

「ロの字」の家と陸沈の家

音を出さない工夫

私の書斎は家の北西の隅にある。バス通りに面しているわけではないが、建てた当初は、西側は五十メートルぐらいの芝生屋（芝生を植えて、これをはいで売る商売）の芝生畑——今では駐車場になっている——を隔ててバスが走っている。バスが走るだけならよいが、そこがカーブになっていて、バスが曲がるたびに大きなエンジン音を出す。クラクションを鳴らす車も多い。これが悩みの種だった。

昭和三十五（一九六〇）年ごろに書斎のある家に住んでいてなんの文句があるか、と言われても仕方がないほど幸運な状態にあったわけだが、私の「耳」はこの状況を耐え難いと感じていた。何しろ「静かなドイツ」に住み、これまた静かなオックスフォードで暮らし、帰国してからは短期間を除いて図書館という静かな建物に住んでいたのである。

それにひきかえわが書斎は静けさからほど遠かった。日中に書斎にいるときは、絶えずいらいらしていた。ほっとするのは、バスがなくなる夜遅くである。大学があるときは家にいないから問題はないのだが、土曜や日曜、あるいは夏休みが問題であった。そのころは切に別荘を持てたらいいなあ、と思ったものだ。しかし当時は、別荘どころか、住むところをようやく手に入れたばかりだった。

われわれ夫婦の寝室は二階で、北側に窓がある。もう一つの問題は、この北側の道路であった。公道だが狭いのでバスは通らない。当時は自家用車は普及していなかったから自動車の騒音もなかった。ただしバイクはうるさかった。子供たちの道で遊ぶ高い声も響いた。少子化した今は道路で遊ぶ子供を見ることは稀《まれ》だが、当時は当たり前の風景だった。

ここ四十年間の日本の変化の激しさは、ここにも現われている。このころは徹夜や深夜に及ぶ勉強をよくしたので、昼近くまで寝ることが多かった。その寝入りばなに、連れだって学校に行く子供たちと母親たちの声で起こされるのである。今思えば、なんとよき時代の——子供の多かった時代の——贅沢《ぜいたく》とも言える騒音だったのだが、当時の私にとっては安眠を妨げる邪魔な騒音以外の何物でもなかった。

さらに重大なのは、われわれを悩ませた外からの騒音ではなく、わが家が出す騒音であった。家内はピアノを教えていたし、子供たちもそれぞれ音楽を始めたからである。幸い音を出す部屋は北側の道路に面していたから、隣家といっても狭いながらも公道一つを隔てていた。しかもその家の庭は公道に面していたから、わが家と隣家の距離はいく分離れていた。しかし音を出すほうはひどく気がひける。家内と子供たちは、いつも窓と雨戸を閉めてから楽器に向かっていたほどだ。

隣家からではなかったが、やはり文句が来た。夏で窓を開けたままでいたことがあったのだろう。抗議に来た男性は、かなり名のある作曲家だということだった。音楽家である彼は、わが家の出す騒音に敏感に反応したのである。彼もやはり、外からのさまざまな騒音に悩まされていたからに違いない。しかしおかしなことに、この人も窓を開けてピアノを鳴らしていることがよくあったのである。

彼はわれわれより早くからそこに住んでいて、外に出す音に対して抗議を受けたことがなかったらしい。考えてみると、われわれの近所はピアノの音には寛容だったのかもしれない。環境については、すべての面で関心がまだ薄い時代だったのである。そう言えば、道を隔てた隣家の婆《ばあ》さんは、うちの風呂の煙に文句を言ってきたことはあったが、ピアノの音に文句を言ったことはなかった。石炭を焚《た》いて風呂を沸かすのがふつうで、煙突掃除屋もいた時代である。

とにかく近くの作曲家――私より五、六歳年上と思われた――がうちのピアノの音に抗議しにきたのである。客間に招じ入れてお茶を出し、彼の抗議を聞いているうちに、「この人は少し変なのではないか」と思った。とにかくうちのピアノの音が邪魔だと言うのである。それで私は穏《おだや》かに言った。

「ところで、うちにもお宅のピアノがよく聞こえてくるんですがね」

彼はびっくりして問い返してきた。

「聞こえるんですか？」

「うちのピアノが聞こえるくらいなら、あなたの家のピアノだって聞こえますよ」

私の言うのを聞いて彼は早々に帰っていった。その後、彼は引っ越していったが、それは家庭の事情によるもので――離婚したとかなんとか理由は誰かに聞いたが詳しいことは覚えていない――わが家のピアノの音が原因ではなかったはずである。もっともうちのピアノの音で彼の作曲が乱され、これがもとで家庭に問題が起こったとすれば話は別だが。

われわれとしても、音を出さないために、二十年ぐらいの間、工夫に工夫を重ねてはいた。その甲斐《かい》あって、今は音の悩みから完全に解放されるに至った。なんといっても日本の技術革新に負うところが大きい。ルームクーラー（今はエアコンと言うらしい）や、除湿機や、ガス・クリーン・ヒーター（東京ガスの傑作である）が普及し、気密性の高い家をつくっても住めるようになったからである。

最初に家を建てたときは、婚約時代に家内が名曲喫茶などで引いた図面に基づいて専門家に設計を頼んだ。そのときの工事会社の設計士は、

「ともかく日本の家屋は通風換気をよくすることがいちばん大切です。日本の気候では、冬の寒さには耐えられますが、夏の暑さと湿気には絶対まいってしまいますからね」

と口が酸っぱくなるほど言い続けた。

その結果、昭和三十五（一九六〇）年に建ったわが家は、ひどく通風換気がよかった。風通しがよいということは、取りも直さず音も空気も洩れやすく、塵埃《じんあい》も入りこみやすい――気密性の低い家だったのである。うちでは炭は使わなかったが、部屋の中で炭火を焚《た》いてスキ焼きをやっても、石油ストーブをつけても、一酸化炭素中毒にならないというのが、日本家屋ではふつうだった。

この家に、改造、改築、増築をちょこちょこ繰り返し、二十年がかりで気密性も、遮音性も高い今の家になったわけである。「ローマは一日にしてなりしものにあらず（Non fuit in solo Roma perfecta die）」と言うが、わが家のごとき茅屋《ぼうおく》――これは謙遜でなく、いつ壊れるかと家内ははらはら心配している――でも、外の音害から自らを守り、自分の出す音害（＝音楽）を外に洩らさぬようにするためには、ざっと二十年かかったのである。

「ロの字」型の家こそが究極的理想の家

どう改造したかを結論的に言えば、カタカナの「ロの字」型の家にしたのである。外側に面した部分を全部封鎖し、空気も光線も原則として中庭《パティオ》から採る構造にしたのである。風呂場と台所には例外的に普通の窓が外側の壁についているが、これは初めからあったもので、継ぎ足しできなかったのだ。風呂場や台所は、外から音が入ってきても大して気にならない場所だし、中からの音害も外へ出ない。

「ロの字型家屋」こそ私の究極的理想の家、と考えるに至った道筋に昭和四十七（一九七二）年に読んだ『天才の精神病理――科学的創造の秘密』（飯田真・中井久夫共著、中央公論社「自然選書」、昭和四十七年）という一冊の本との出会いがある。

本物の天才は他人のことなどには無関心かもしれないが、凡人は天才の秘密に興味を持つものである。「科学的創造の秘密」ともなればことさら興味を惹《ひ》く。私の専門は自然科学ではないから、この本の中で扱われている天才たちとは接点が少ないようにも思える。しかし、自分がやっている人文学も学問は学問、大天才の秘密を知ったら自分の勉強のヒントになることが何かあるのではないかと考えてこの本を手にしたのである。

もちろん、ここに登場する大天才に学問上で何かヒントを与えられたことはまったくなかったと言ってよい。そのかわり、将来の家の建て方についての指針を得たのである。

この本の著者たちが夢にも考えなかった効果だったに違いない。私の生活形態の基本――すなわち「住」のあり方を決定したのは、この本の次の記述である。

「一般に分裂病質の人間はファッサード（正面）を眺めただけではそのうしろに何があ

るかを察することはできない。われわれはここで、分裂病質者の世界についてのクレッチュマーの有名な比喩《ひゆ》を想起する。〃分裂病質の人間の多くは、木蔭の少ないローマの家々や別荘が、ぎらぎらする陽差しに鎧戸《よろいど》を下ろしてしまったようなものだ。そのおぼろな部屋の薄あかりの中では祭りが祝われているかもしれないのだ〃。ニュートンは、錬金術や神学に関する研究を公刊する意図を全くもたなかった。彼にとっては物理学はファッサードにあたり、錬金術などの研究はクレッチュマーのいう内面の祝祭に相当するものでなかろうか。……彼は全宇宙の謎を、神が世界のあちこちに置いた手がかりをもとに読みとることができると考え、その手がかりを天空や元素の構造や聖書の中に求めたのであった。このようにつくりあげられた彼の全世界と現実との接点が彼の物理学であり、彼の内面の祝祭は、物理学という窓口によってのみ現実的世界に開かれていたのである」（上掲書、一四〜一五ページ。傍点、ふりがなは渡部）

これは天才ニュートンを分裂病質の人間として解説したきわめて説得力ある伝記になっているが、私の脳に突き刺《さ》さったのは、クレッチュマーの分裂病質の人間の比喩なのである。

分裂病の患者は、外から見れば現実社会と切り離された痴呆の人にも見えよう。しかしそれはファサード（外見）だけにすぎず、その患者の頭の中には、いろいろな思考や感情が賑やかに湧き出て、面白いお祭り騒ぎをやっているかもしれないというのだ。ニュートンの頭の中のお祭り騒ぎのうち、現実社会と接点を持ったのは物理学――しかもニュートンが考えていたことの一部にすぎないであろうことは、ハレーの記述から推測しうる――だけだったというのだ。

クレッチュマーの比喩はすばらしい。確かにスペインやイタリアなどの家は、外から見ると鎧戸を下ろし、不毛《バレン》な感じさえ受けることが多い。しかしひと度《たび》中に入ると、中庭《パテイオ》には木が繁り、池がある。加えて、家の中では楽しい宴《うたげ》が行われているかもしれないのだ。

このクレッチュマーの比喩を実感したのは、カルタヘナに家内といっしょに行ったときのことであった。コロンビアの夏は暑く、海も生ぬるかった。ホテルから近くの丘にある修道院を訪ねるミニ・バスが出るというので、それに乗りこんだ。荒れた岩肌が続き、周囲には林も並木もなかった。なんという荒涼たる丘だろうと思った。その頂《いただき》にある大きな修道院は、見る前から期待をなくさせるものであった。ところがくぐり門をかがんで通り抜け、中に入って驚嘆してしまった。中庭には巨木もあってまるで別世界なのである。

ぐるりの建物は、この中庭に向かって開いているのだ。外側から見ると巨大な要塞のごとく、銃眼か砲眼ぐらいの窓しかないのに、内側から見ると、それはまったく別の様相を呈し、緑の大庭園をぐるりと囲んで廊下がある。部屋から一歩出ればすぐそこに公園があるようなものである。クレッチュマーの比喩のなんと適切なることよ、と感嘆しないわけにはいかなかった。こうして私は、一冊の本に書かれた世界を実体験することができた。これが、「ロの字型家屋」こそわが理想の家、という思いをますます深めることとなった。

ベートーベンの創作活動を支えた家の構造

同じような体験はオーストリア旅行でもあった。ベートーベン・ハウスを訪ねたときのことである。狭い道に面したその家は、道からは入れないで、二階の下をくぐって裏へ出て、そこから階段を上って入る構造になっているのだ。裏には樹木もあり井戸もあり、その先は広々とした牧場で、うんと遠くに教会の塔がちょっと見えるといった具合だった。

窓はあっても道路からはアクセスがなく、中に入るには階下をくぐって裏から入らなければならない構造の家に住んでいたベートーベンにとって、自分に関わりがあるのは裏庭だけだった。その奥には隣家もない。何もない自然だけなのである。

これこそがベートーベンの創作活動を支えた住構造なのだ、と私は骨にずんときたような感激を覚えた。

このとき家内は、そこで絵葉書を買おうとしたか何かして、旅行のための大金（？）の入った財布を忘れたが、奇跡的に、数日後にそっくりそのまま届けられた。こんなこともベートーベン・ハウスのよい印象を強めた。

その後、古書の蒐集家や研究家などの国際的組織であるＡＩＢ（Association Internationale de Bibliophilie）の会議で、スペインやローマに出かけた折にも、クレッチュマーの比喩を思い出した。

たとえば、ローマで晩餐会が開かれた会場への道は狭く、歩道はもっと狭い。石づくりの建物は黒く汚れている。しかし、ひと度《たび》くぐり門を通り抜け中に入っていくと、内部は日本では見たこともない豪華なホールのある建物になっているのだ。そこには伊達政宗《だてまさむね》の使者としてメキシコ経由でスペインとローマに渡った支倉常長《はせくらつねなが》の大きな肖像画が飾られたホールがあり、その前で晩餐会をやってもらったのである。

こうして私は、中に入ると豪華絢爛《ごうかけんらん》だが、外から見ると小汚《シャビイ》ない感じがして牢獄のような窓しかついていない構造の石づくりの家が、南欧文化圏ではふつうであることを知った。

考えてみれば、ベネディクト会修道院はすべて石で囲まれ、中庭（天国《パラダイス》）がある。オックスフォードやケンブリッジのように、中世からのカレッジも然《しか》りである。外界からは石づくりの壁で遮断され、その中に見事な芝生の庭《コート》があるというのが基本構造になっているのである。

二十年ぐらい前からは、大ホテルでも、客室が中庭を囲み、どの部屋から出てもそれぞれの廊下は中庭に面するように設計されたところが増えてきた。私が最初にそういうホテルに泊まったのは、ブラジルのサンパウロだった。カルタヘナ近郊の丘の上にある例の修道院と同じ構造で、「これは南米的だ」と思ったものであったが、実のところ南欧的だったわけである。クレッチュマーの比喩によると、こういう構造が分裂病質のニュートンの頭の中だったということになる。

かくしてわが家もこれに倣《なら》うことにした。これ以上に無味乾燥で無趣味な家はないという外観にし、外に開く窓は原則としてなくした。外からの雑音はいっさい入らないようにするとともに、中では勉強しようが、音楽会を開こうが、お祭りをやろうが、人殺しがあろうが、奇跡が起ころうが、妖怪幽霊の類《たぐい》が出ようが、外にはいっさい洩れないようにしようと考えたのである。

家は内側にのみ開く。玄関の鉄の扉を開くときだけが外界との接点になる。ただし、例外として小さい裏口が一つある。中庭、すなわちパティオはもちろん広いわけではないが、直径二メートルぐらいのまるい池には自然の水草が生え、鯉の子供が泳いでいる。ここから地下水の噴水が湧き出て、五メートルぐらい流れてもう少し大きい池にそそぐ。池には最年長三十五歳で体長八十センチぐらいの鯉をはじめとして、うちで卵から孵《かえ》したの

パティオを中心にした「ロの字」型の家

も含めて二十匹以上の大鯉がいる。

幸いわが家は、地下水の水系のよいところに当たっているから、水は井戸からいつも滾々《こんこん》と湧き出て、この四十年間涸《か》れたことがない。いろんな鳥が水浴びにやってくる。「ロの字」型の家に囲まれたパティオにいるのだから猫などに襲われることはない。池の鯉も昔はずいぶん猫に傷つけられたものである。猫には大鯉を引き上げる力はないが、鯉の頭や背中に爪で傷をつける。これが癪《しゃく》の種《たね》だったが、「ロの字」型の家になってからは猫も入れない。小鳥たちにとっても、鯉にとっても、小パティオは小パラダイスになった。

ついでに「水」のことを言っておこう。これが意外に重大なことがわかった。われわれが住み始めたころのこのあたりは未開地みたいなと

20匹以上の大鯉がいる池

ころで、水道が来ていなかった。それで井戸を掘り、水を求めなければならなかったのだが、幸運なことによい水脈に恵まれた。実にいい水で、緑茶でも紅茶でもこの水でいれると、「おいしい」と味のうるさい人にも褒《ほ》められる。

時がたって周囲に家も立てこみ、水道も来たが、わが家では水道の水は食器洗いと風呂と水洗トイレに用いるだけで、口に入るものにはすべて井戸水を使っている。

本当はこの中庭《パティオ》には木を植えたかったのだが、落葉や泥が嫌だという家内の意見を尊重して赤煉瓦を敷きつめた。ところが赤煉瓦を敷き終わった翌朝、それを見た家内は「煉瓦をはがしてくれ」と言う。なんでも奉天《ほうてん》（現・瀋陽）の収容所か何かの中庭を思い出してぞっとするのだそうだ。赤煉瓦をはがし、今度はタイル・センターに行ってイタリアからの輸入物のしゃれたデザインのタイルを家内が選んだ。本当に南欧風のパティオに似てきたと言ってその趣味を褒めてくれる人もいる。

ここでダンス・パーティでもやればよいところだが、実行しないまま今日に至っている。土をむき出しにして竹を植え、そこに矮鶏《チャボ》でも放し飼いにしたほうが面白いとも思う。それを口にしたら、「そうすると雑草を取るだけでも大変ですよ」と家内に言われた。確かに家内の実家の管理でも、頭が痛いのは庭の草とりである。その点、タイルだと世話はいらない。

室温二十二度、湿度五〇パーセント、絶対遮音の書斎

西に面してバスのエンジン音で私を悩ませた書斎も、窓を書棚にしてしまったから、騒音問題は百パーセント解決した。北側の狭い公道に面した各部屋には、全部、道路側に押し入れをつけ足したので、こちらも外の騒音は百パーセントなくなった。そのかわり反対側は中庭に面した廊下に向かって開いている。加えて、初めからあった書斎のほかに書庫を建てることにした。本はどんどん増えるものである。

戦時中は食糧の買いだめをしたものだが、買いためても食糧なら食っているうちに減ってゆく。買いためた衣料も減るものだ。しかし本や雑誌は、捨てるか、古本屋に売るか、ともかく意志を奮い起こして処分しない限り、とどまるところなく増え続ける。特に私の

場合は洋書が多く、一冊一冊に買ったときの苦労が沁みているから手放せない。私がドイツやイギリスやアメリカの大学町に住んでいる研究者なら、本に対する執着心はそれほどのものでなかったに違いない。愛読書や赤線を引きながら読まなければならないような本を除けば、研究手段としての本は大学にそろっているからである。

私の場合、日本では誰もやってこなかった分野を開拓しながらの勉強だったし、本場でもコピーなどなかなか取らせてもらえないような書物の研究もやっていた。どうしても買って自分の側《そば》に置かなければならないものも少なからずある。それに、戦中・戦後の書物不足を嫌になるほど体験しているので、本に対する所有欲が合理性を欠くほど強いのだ。自分が関心を持ったことについては、システマティックに文献を蒐集しておきたいという欲求もある。善かれ悪しかれ、〝本きちがい〟なのだ。

二十年ほど前、書斎や居間だけでは本を置ききれなくなって、大きなプレハブ住宅を買って本置場にしたことがあった。しかし、プレハブ住宅は洋書の重さを前提にしてつくられてはおらず、一年も経たないうちに至るところ床《ゆか》が抜けてしまった。それに懲りて、今度は床を作らずに地面にセメントを厚く敷き、その上に直接板の床を張ることにした。これで絶対に床が抜けることはない。そもそも床がないのだから。その上に、回廊式に本棚をめぐることのできる二階のある三階建ての書庫にした。床面積は約二十五坪で、「ロの

2階が回廊式の3階建て書庫

字」型の家の東南部に当たる。

二階の回廊式構造は、サー・ウォルター・スコットのアボッツフォードの書斎からヒントを得たもので、当時のロンドンで有名古書店だったフランシス・エドワーズの店を見てさらに工夫したものである。

規模の点では、手本になった両者に較べればきわめてチャチなものである。しかし手本にない特長がある。開く窓が一つもない、ということである。明《あか》り取《と》りの細い部分には光ブロックを使った。もちろん音は絶対に入ってこない。中庭に面した側は縦横約一間《けん》（約一・八メートル）のガラスの嵌《は》めこみ窓にしてある。本当はここも全部書棚にするつもりだったが、一ヵ所ぐらい外が見えるところがあったほうがよいという家内の意見でそうした。これはよかったと思う。

中庭に小鳥が水浴びに来るのを見るのは、確かに心の安らぎになる。そのほかは、北側と西側に出入口のドアがあることと、三階に換気扇（普段は木の扉を閉めると埃《ほこり》が入らないようになっている）があるだけだ。

本を持っている人間にとっての悩みといえば、本に埃が積もることである。たんに綿《わた》埃《ぼこり》みたいなものならよいが、細かい泥の粒がついてざらざらしてくるのがいちばん困る。衛生面で汚ないだけでなく本を傷《いた》めるのだ。その問題も解決した。絶対遮音の書庫は、結果として絶対無塵の書庫になったのである。

実は最近、大学院生たちに頼んで、三階の本を下の客間に運んでもらった。精密なカタログをつくるためにデータをパソコンに打ちこんでもらうためである。フォリオ判（全紙を二つ折り四ページとした書物。書物のいちばん大きい判）の洋書を三階から運ぶことは、私には重労働すぎるので、若い人たちに頼んだのである。

「埃がひどいので、汚れてもいい服を用意してきてください」と言ってあったのだが、終わってみると、学生たちの服はほとんど汚れていなかった。埃はあっても、土埃や泥埃がなかったからである。二十年間、いちばん悩まされたこの種の埃がまったくなかったことを、私は大いに喜んだ。

6月から10月ごろまで使う夏の書斎

この書庫をつくるとき、空間の大きさから考えてエアコンが三台いるという計算結果が出た。それで三台ついているのだが、どんな真夏でも一台で十分こと足りる。実際に使っているのは三階にあるものだけだ。夜、寝る前につけておき、翌朝書庫に入るときに消す。それで一日中涼しいのである。この書庫の一階の三分の一ぐらいは書斎を兼ねている。ここをもっとも使うのは六月から十月までの五ヵ月間ぐらいなので、いわば夏の書斎と言える。理由は簡単で、どんな真夏日が続いていても、気温二十二度、湿度五〇パーセントを維持するのになんの苦労もない密室になっているからである。

私の経験では、梅雨の始まるころから秋になるまで、温度を二十五度以下、湿度を五五パーセント以下にしておけば、古い革表紙の本でも

絶対遮音に初めて成功した晩秋から晩春用の書斎

黴《か》びることはない。

エアコンや除湿機のない時代は、梅雨になるのが怖かった。この季節に出す手紙の冒頭に私は、「黄梅蒸溽《こうばいじょうじょく》の候」という表現をつけることにしている。これはもともと古い表現なのだが、父の思い出と重なるところがある。蒸し暑いころになると、父が植えた枇杷《びわ》の木が大木になって黄色い実をいっぱいつけるのである。枇杷は梅ではないが、便宜上同一視するとしよう。これが「黄梅」だ。むしむしするのは「蒸《じょう》」で、じゅくじゅく湿《し》めるのは「溽《じょく》」である。このころになると本の手入れが本当に大変だったことを憶い出す。

ところが、エアコンと除湿機が普及してからは、黴と闘う必要がなくなった。それどころか、黄梅蒸溽の候と炎暑酷暑の季節が私にとって何より嬉しい季節になった。夏休みという外的条件もあるが、二十二度の温度と五〇パーセントの湿度は、私の本のためによいのみならず、私の肉体にも最高の環境を提供するからである。

それに音がまったくしない。昼でも夜でも、耳がキーンというぐらい静かである。騒音は甚《はなはだ》しく神経を疲れさせる。それを気にしないときでも、気にしないためのエネルギーや栄養素の消費があると思われる。騒音がまったくない場所は神経を余計な刺激や疲労から守ってくれる気がする。しかもこの私の無音空間は、暑さも寒さも感じさせない。本を読んでいても、調べ物をしていても、原稿を書いていても、この部屋の中で疲れたと感じたことはほとんどない。

そのうえ、無音の中で古い本に囲まれていると、数百年前の著者たちと苦労なく対話できるような気分になる。実際に昔の霊が出てきて語りかけてくれればそれに越したことはないが、それに準ずる状況には入ることはできる。

そうした状況を中断するのは、昼食と夕食に呼び出されるときだけである。この密室を出てしばらくすると、初めて疲労感が出てくる。それを解消するために、遅い夕食の後は、大雨でも降っていない限り、必ず一時間ぐらい外を歩いてだらだらと汗をかく。書庫の中にいるときも湿度が低いので汗は出ているに違いないのだが、なんとなく一日一度は盛大に汗を流したほうが体によいような気がしている。

ただこの書庫は、冷房にはまことに適しているが、暖房となると難しい。三階まで吹き抜けだからだ。晩秋から晩春までは、昔からの書斎に移って仕事をすることにしている。

知的・霊的空間をつくるために費やした二十年間

大学の教壇に立ってからほぼ四十年になるが、最初の十年余りは黄梅蒸溽の候から秋までは、頭が熱くなるような気がして、早朝か夜中過ぎでないとなかなか勉強ができなかった。夜中に勉強すると暑い盛りに昼寝をすることになるが、ろくに眠れるわけもなく、疲労が溜《た》まった。このころ心臓の具合がよくなかったのはそのせいかとも思う。

その次の十年はルームクーラー（エアコン）の普及で大いに夏が楽になったが、それでも十分でなかった。本当に満足できる知的・霊的空間が私のためにでき上がったのは、ここ二十年ぐらいのことである。

夏の暑さに苦しめられたころ、涼しいところに別荘を持つ人を羨ましく思ったこともあった。哲学者の田中美知太郎先生は、夏休みになると別荘に籠《こも》られたきりで、新学期が始まるころにならないと町に下りてこられないと聞いて、「さもありなん」と思ったものである。

高燥な土地に別荘を持ち、静かな環境で読書や思索三昧の生活を毎夏二ヵ月ぐらいできる人と、高温多湿で喧騒に満ちた都会で夏を過ごさなければならない人とでは、少なくとも人文学者の場合、年月が経つにつれてその学問に質的な差が生じてくるのではないだろうか。高齢になられてからもいささかも知力の衰えを示されなかった田中先生のご様子を文化会議で拝見するたびに、私は畏敬の念に打たれたものである。その背景には、夏休みの理想的な環境があったのだと納得したものであった。それは、高温多湿の夏の日本に住む学者のあるべき道のように思われた。

しかし私にとっては、まず勤め先のある東京に住居を確保することが先決で、とても別荘までは資力が及ばなかった。とはいえ、専門の研究をする絶対的必要上、アパートやマンション（今から四十年前の水準の話である）に入って新婚生活ができるとは思っていなかった。どうしても座右から離すわけにいかない辞典類だけを考えても、それは不可能だったからだ。

結婚するよりも何よりも、まず住むにふさわしい家の確保がすべてに先行した。そのメドがつかないうちは結婚できない、と観念していたのである。ちなみに独身のときは、大学図書館の守衛室に住みこみ、大部分の蔵書は大学図書館の片隅に置いてもらっていた。書店がなければ商売にならない。書斎がなければ私の分野では学者業が成り立たない。このため東京での住宅問題を優先せざるをえなかったのである。田中先生をはじめ、高名な大先生方は、戦前あるいは戦後早々に、すでに住宅を勤務地近くに持っておられた。私から見れば羨ましいだけで、とても真似などできなかった。

そのうち一般の人々の間にも別荘ブームの波が押し寄せてきた。「大学村」ということで有名な避暑地の分譲の勧誘を何度も受けた。私の友人、知人も個人でいい別荘を持つ人が増えた。しかし私はついに別荘を持たずに今日に至っている。

その理由の第一は、家内がまったく関心を示さなかったことである。別荘に行けば、まず掃除をし、毎日料理をしなければならない。管理も大変だ。昔の富豪たちのように別荘番のお爺《じい》さんやお婆《ばあ》さんを雇えるわけではない。それに毎年、同じ場所に必ず行かなければならないのは拘束されているようで嫌だ、とも言う。おそらくピアノを運ぶのが大変だ、ということもあったのだろう。何よりも「別荘がある」という虚の喜びよりも、今住んでいるこの家を住みやすくするという実の便利さを求めたからに違いない。

家内の美質は虚栄心――しばしば女性の特徴と言われる――がほとんどないことで、結婚後も新しい洋服をつくりたがることはまったくなかった。この美質は私の娘にも受け継がれていて、自分の亭主の月給で洋服や装身具を買おうという気はまったくないようだ。家内が新しい洋服をつくってやろうとしても大した関心を示さない。家内が洋服をときどきつくるようになったのは五十歳ごろからだと思う。ましてや「別荘が欲しい」という要望は家内の側からはまったく出てこなかった。

別荘を持たない第二の理由は、私自身も、本の運搬のことを考えるとげんなりして、別荘が欲しいという欲求が湧かなかったことがある。

愛読書数冊だけを持って出かけるのならよいが、そんなことで二ヵ月近い夏休みが過ごせるわけはない。夏休みは仕事をまとめるための書き入れ時なのである。毎夏、書斎ごと引っ越すわけにいかない。

第三の理由としては、そんなことをしているうちにエアコンが普及して、東京の夏もなんとか凌《しの》げるようになったことが挙げられる。そして、別荘を持たない最終的理由は、「ロの字」型の家が、継ぎ足しに継ぎ足しを重ねて完成したことである。

夏休みの約二ヵ月間をいかに仕事できるように過ごすかは、日本の学者、特に人文系の学者なら真剣に考えるべき重大事である。工学部や医学部などでは多少事情が違うようで、研究室に出てこなければ仕事にならない。しかし人文系の人間には、一にも二にも自分の書斎が仕事場である。マックス・ウエーバーの表現を用いれば、研究手段が公有化されている学問分野と、研究手段がまだ私有財産で行われている分野の違いである。

日本の騒音に悩む哲学者・中島義道氏が、夏はかつての留学地のウィーンで過ごす、というのも説得力ある一つの生き方の工夫であると思う。石、あるいは煉瓦づくりの建物の中の静かな環境で紡《つむ》ぎ出された精緻な西洋哲学思考に分け入るには、やはりそういう外的環境が必要である。私の体験も痛切にそれを教えてくれた。

書を念じるライフ・スタイル

これからの日本の住宅のあり方としては、「ロの字」型がもっと真剣に考えられてもよいと思う。

私の友人も「ロの字」型の家を建てた。わが家のごとく試行錯誤を繰り返し、継ぎ足しだらけの末に到達したのではなく、初めから「ロの字」型に設計したので、すばらしい出来栄えである。その家も都内にあるが、ひと度《たび》中に入ると、外界の騒音から完全に遮断された、まったく異質のパラダイスである。個人住宅では百坪あれば十分である。それ以上ならば言うことなしだ。

こんなことを言うと、「都内に百坪なんてとんでもないことを言うな」と言われそうである。しかし私が住みついたころ、練馬のあたりは不便なところだった。ガスも来ていないし、水道も来ていない。下水もないから、便所は汲み取り式だった。道は舗装されていなかったから、雨が降ると大学にはゴム長靴をはいていくこともあった。電話もなかなかつかなかった（当時はきわめて難しい）。電気が来ているのがただひとつ文明の印だったのである。青梅街道も少し西に行くと、バスが民家の軒先《のきさき》をかすって走っていた。

今だってそんなところを探せば、百坪ぐらい手に入るのではないだろうか。事実、戦前は中野区や杉並区に住んでいたサラリーマンでも、三百坪や四百坪の屋敷は珍しくなかったのである。

実際のところ、私はもっと雄大なことを考えていた。中央線沿線の奥地でよいから、一千坪、できれば三千坪ぐらいの山林を買う。電気さえ来ておればなんとかなる。昔、田舎には一町《いっちょう》屋敷（三千坪の屋敷）というのが点在していたが、それを考えれば大したものではない。大学に通うときは、奥さんに——まだ誰か決まっていないころの話だが——小型自動車で最寄りの駅まで送り迎えしてもらう。そうすればイギリスのジェントルマン・スカラーのライフ・スタイルができて、本の置場に困ることもないだろう。

こんな構想を、講師になり立てのころある先輩の教授に話した。すると、その教授は色をなして怒った。若僧講師がそんなことを口にしたのがひどくカンにさわったらしかった。

私はある種のライフ・スタイルが私の学問にとって必要だと信じていたからそう言っただけであったが、当時、先輩の先生方のかなりの人が住んでいたのは二十坪足らずの家だった。だから、一千坪とか三千坪の山林を買う、などと言っている若僧は許せないという気持ちだったのだろう。それに自動車を持つという発想自体が怪《け》しからん、というわけである。

私にしてみれば、ドイツで恩師の奥さんがフォルクスワーゲンを運転しているのを見ているから、そのうち日本の大学教師も自動車を持てるだろう、特に中古車なら大した値段であるまいと考えたのだ。しかし、古い先生たちには、自家用の自動車を持つなど富豪の話だと思われたらしい。

昭和の初めごろ、アメリカの自動車の生産台数が一千万台近かったのに対し、日本では自家用車の生産台数がやっと百台に乗っただけ、すなわちアメリカの十万分の一ぐらいの台数しかなかったというのである。そのころに物心がついた世代の先生方は、昭和三十五(一九六〇)年ごろに、安月給の講師が「自家用車を持つことを考えている」と言っただけで激昂したのである。「怪しからん奴だ」ということで問題になったらしく、気をつけるよう注意してくれる人もあった。

いろいろなことがあってこの夢は実現しなかったが、今から考えてもあれは名案だったと思っている。東京の多くの大学が「キャンパス大学」を憧れて八王子市などの山の中に続々出て行き始めた時期よりも二十年も前の話である。「自家用車を運転できる奥さん」との組み合わせさえ実現できたら、一町屋敷も夢ではなかったと思う。電灯さえ来るところならどこでもよかったのだから。

この夢の挫折はとても残念だったこともあって、学生たちと喫茶店で雑談するとき、よく話題にしたものである。最近も四十年前教えた学生のクラス会に出たら、私がこんな話をしたことを覚えていた教え子がいて、「あのころから先生は、東京の土地は上がると言っておられました」と言っていた。

昭和三十年代(一九五〇年代後半)に東京の土地は上がると確信していたのは、私が欲しいと思っていたからにほかならない。私は田舎出のふつうの男だから、東京に出てきているほかの無数の田舎者たちも土地を欲しがっているに違いないと推定しただけである。バブルがはじけた今は、都心のオフィス・ビルなどは安くなっているらしいが、住宅地は必ずまた上がると私は思っている。周囲を見渡しても家の欲しい人たちだらけである。もっとも遷都があれば違ってくるかもしれない。いずれにせよ、一町屋敷の夢は葬らざるをえなかったが、今は現在の「ロの字」型の家に完全に満足している。

わが愛読する五柳先生陶淵明《とうえんめい》の詩に「飲酒」と題する五言古詩がある。このうちの五行目と六行目は、夏目漱石の小説『草枕』にも引用されて有名になったが、私の気分に合っているところが多いので全行引用してみよう。

酒を飲む

廬《いほり》を結《むす》んで人境《じんきやう》に在《あ》り
而《しか》も車馬《しやば》の喧《やかま》しき無《な》し
君《きみ》に問《と》ふ　何《なん》ぞ能《よ》く爾《しか》ると
心《こころ》遠《とほ》ければ　地《ち》自《おのづか》ら偏《へん》なり
菊《きく》を采《と》る　東籬《とうり》の下《もと》
悠然《いうぜん》として　南山《なんざん》を見《み》る
山気《さんき》　日夕佳《にっせきか》なり
飛鳥《ひてう》　相与《あひとも》に還《かへ》る
此《こ》の中《うち》に　真意《しんい》有《あ》り
弁《べん》ぜんと欲《ほっ》して　已《すで》に言《げん》を忘《わす》る

飲酒

結ンデレ廬ヲ在リ二人境ニ一
而モ無シ二車馬ノ喧シキ一
問フレ君ニ何ゾ能ク爾ルト
心遠ケレバ地自ラ偏ナリ
采ルレ菊ヲ東籬ノ下
悠然トシテ見ル二南山ヲ一
山気日夕佳ナリ
飛鳥相与ニ還ル
此中ニ有リ二真意一
欲シテレ弁ゼント已ニ忘ルレ言ヲ

この名詩に次韻《じいん》というのもおこがましいから、「念書」と題して一種のパロディーをつくってみた。

書を念ず

居《きよ》を卜《ぼく》して東京《とうきよう》に在《あ》り
而《しか》も　炙輠《しやか》の音《おと》無し
君は問う　何ぞ能《よ》く爾《しか》ると
心《こころもと》干むれば　地《ち》自《おのづか》ら現わる
鯉《こい》を鞠《やしな》う　壺中《こちゆう》の池《いけ》
呆然《ほうぜん》として　古本《ふるほん》を看《み》る
澹気《たんき》　日日嘉《にちにちか》なり
疲鳥《ひてう》　相与《あひとも》に盥《はねあら》う
此《こ》の中《うち》に　真医《しんい》あり
訴《うつた》えんと欲して　已《すで》に患《かん》を忘《わす》る

念書

卜シテ㆑居ヲ在リ㆓東京ニ㆒
而モ無シ㆓炙輠ノ音㆒
君問ハ何ゾ能ク爾ルト
心干ムレバ地自ラ現ル
鞠フ㆑鯉ヲ壺中ノ池
呆然トシテ看ル㆓古本ヲ㆒
澹気日日嘉ナリ
疲鳥相与ニ盥フ
此中ニ有リ㆓真医㆒
欲シテ㆑訴ヘント已ニ忘ル㆑患ヲ

多少無理な漢字の使い方もしている。「炙輠《しやか》」は走っている自動車のつもりである。輠《か》というのは、元来、車輪がよく回るように車軸に塗る油を入れる容器のことであるが、そのエンジン・オイルをあぶるように熱することを、猛烈に走る自動車にたとえてみた。

「盥《カン》」はもともと「水で手を洗い、その手を振って乾かす」という意味で、「手洗《てあら》う」と訓ずるのが普通である。しかし私は、鳥の羽は比較解剖学的には人の手にあたるから、鳥が水浴して羽を振って水を切っている様子を見て、あえて盥を「羽洗《はねあら》う」と訓じてみた。

中学生のころから五柳先生の詩には惹《ひ》かれていたが、今はその心境にやや近いと言える。陶淵明（陶潜《とうせん》）は四十一歳のときに彭沢県の県令になったが、義妹の死を口実に八十日ぐらいで職を捨てて田園に帰り、六十二歳で亡くなった。当時と今では人間の成熟度や平均寿命などが違うから、十年ぐらいずらすと、彼の四十歳は私の五十歳にあたる。とすると、彼が「帰去来の辞」を書いた心境のころに、私は「ロの字」型の家を完成したことになる。彼のように耕すべき田園もないから、田の代わりに原稿用紙の枡目《ますめ》を耕して過ごしているわけだ。

「大隠ハ朝市ニ隠ル」

二十年ほど前に、大学のアドミニストレーションの仕事に就《つ》くように恩師たちにすすめられたが、固辞し通していた。それでも、例外的にやむなく短期間、学科の責任者にならざるをえない期間はあった。大学のアドミニストレーションの仕事は明らかに「鄙事《ひじ》」（『論語』子罕《しかん》第九）である。「孔子は多能である」と子貢が言うと、孔子は「自分は若いころに賤《いや》しかったので鄙事に多能なのである。君子は本来、多能とは関係ないことじゃ」と答えられたそうである。

私が四十年前に大学の教師になったころは、若僧の私にも、偉い先生方にも、ほとんど鄙事がなかった。それが大学紛争を境に、急に会議ばかり多くなった。大学は鄙事だらけになったのである。新しい世代の教員たちも、全共闘世代あたりから、会議が好きな人が多く、ますます鄙事が増えている。昔の大学から見ると、大学とは思えないほどである。昔の面影《おもかげ》を多少残しているのは大学院である。とにかく鄙事に多能でないと今の大学教員は務《つと》まらない。しかし鄙事に多能であれば本格的学問ができないことは明白である。

このことを知るや知らずや、文部省の大学行政は鄙事多能を奨励しているかのごとく見えるから奇妙である。人文学を志したのは鄙事から逃れるためであったことを思えば、私は初志に比較的忠実だったと言えるかもしれない。

個人が大都会に住んで陶淵明の境地に近づく環境をつくるには、「ロの字」型の家に止《と》めを刺《さ》すと言ったが、集合住宅でもそうすべきではないかと思う。

周囲の環境が素敵な自然であるならば、「ロの字」も何も不要である。たとえば箱根のプリンスホテルからは人家は見えず、芦ノ湖《あしのこ》と、その対岸と、近くの森だけが目に入る。こういう場所ならヴェランダも意味がある。私がドイツ人の恩師夫妻をここにご案内したとき、湖を見ながら朝食をとられて大いに満足された。

ところが同じプリンスホテルでも高輪《たかなわ》あたりになると、ヴェランダはまったく無意味である。自動車の騒音が絶え間なく打ち寄せる道路に面したヴェランダに出て朝食をとるホテルの客など一人もいるはずがない。設計者は何を考えていたのだろうか。自分の建てるホテルの周辺の様子を考えないで設計したのなら、それは地形を考えないで要塞をつくる工兵司令官みたいなものである。

すでにドイツでは、今から四十年も前に、公団住宅（公団が建てたかどうか知らないが形が似ている）が「ロの字」型につくられていた。私が住んでいたミュンスターは、日本なら奈良時代以来の大聖堂《カセドラル》（ドイツ語でドームと言う）の町であり、大学町であって決して大都市ではない。その郊外に日本でいう公団住宅に相当する大団地みたいなものがあった。そこに住んでいる人を、友人とともに訪ねたことがあったが、そこが「ロの字」型の大団地なのだ。

各戸には外に向かって開く入口がついてない。まず門をくぐって公園になっている「ロの字」の中に入る。すると、「ロの字」の内側に向かって各戸の入口がある。ヴェランダも中庭になっている公園に向かってつくられている。したがって、この「ロの字」型集合住宅に入るには、入口でチェックを受けることになる。「ロの字」の内側の公園は広い芝

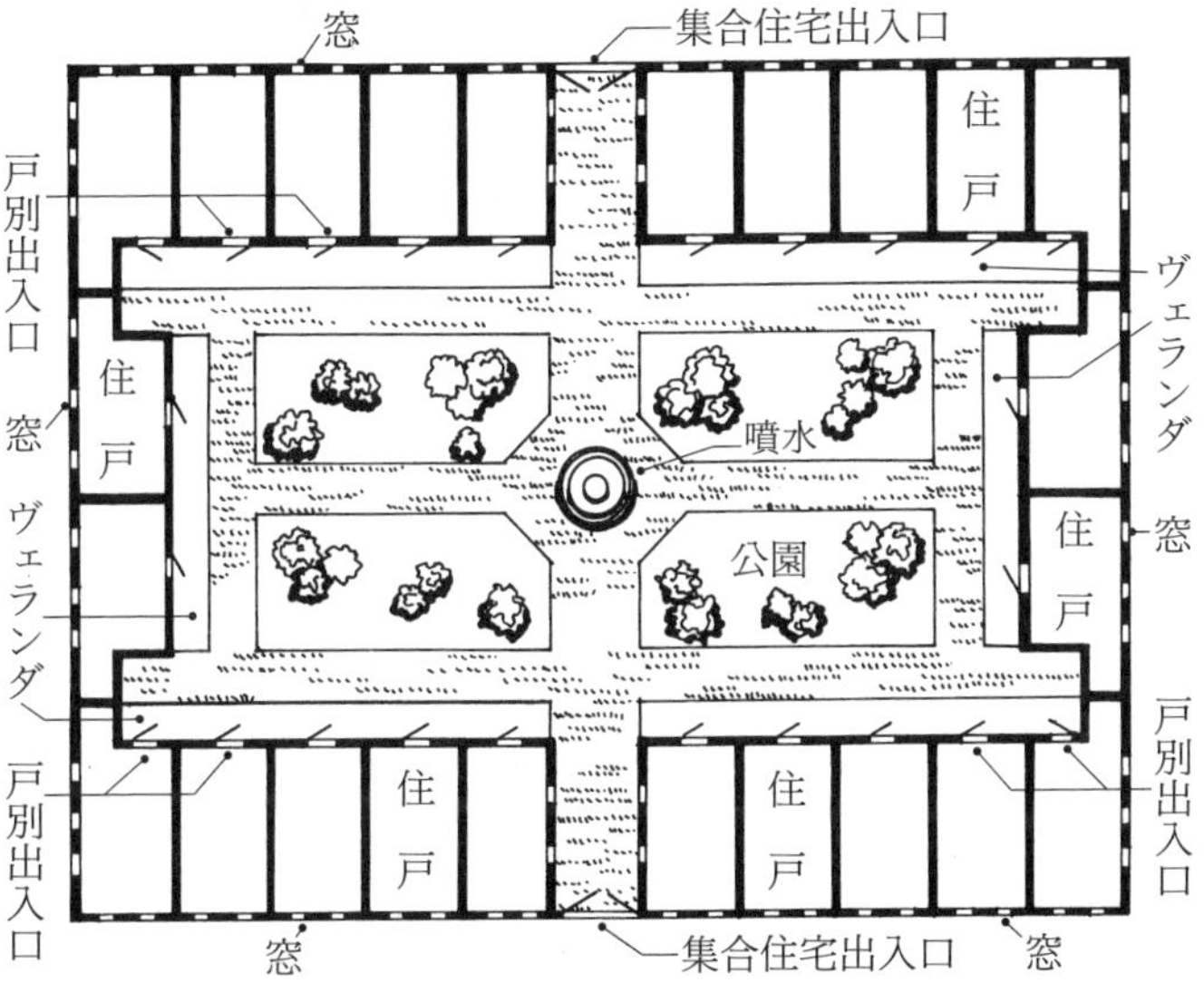

「ロの字」型の集合住宅

生になっていて、子供が遊んでいる。自動車に轢《ひ》かれる恐れも、人攫《ひとさら》いに連れ去られる恐れもない。子供を持った若夫婦にとって安心だし、老人にとっても治安がよい。

今後、日本にもこれまでどおりの構造の大団地ができるかどうか知らないが、ぜひ「ロの字」型の集合住宅を考慮に入れてもらいたいものである。今まで日本になかったのが――少なくともそういう例を私は知らない――不思議である。専門家や議員さんたちも、毎年、多数海外に視察に出ておられるはずなのだが、ご存じないのだろうか。

「ロの字」型のわが家が、この二十年間、私に深い喜びと安眠と心身の健康を与えてきたことに疑いはない。しかし最近は、もっと年をとったら必ずしも「ロの字」型の家でなくてもいいな、と思うようになったことも確かである。

最近、ある若い夫婦の住む集合住宅を訪ねた。品川区や港区にある億ションと言われる超高級マンションではなく、神奈川県にあるふつうのものである（建築販売会社は日本を代表する旧財閥系不動産会社）。三十坪足らずであるが静かである。そこの住人は音楽をやるので、完全遮音にするため余分な工事が必要だったという。その分の代金は余計に払ったにせよ、その甲斐あって外から音も入ってこないし、自分の出す音も外に漏れない。「今の若い人たちは、ふつうの収入でもこんなところに住めるようになったのだ」と感慨無量であった。ニューヨークの高級アパートならいざ知らず、ヨーロッパの古い都市ではなかなかこれほど「音」の出入りの心配のない集合住宅はないであろうと思われた。エアコンや除湿機など、電機製品が強い日本なればこそだ、と祝福したい気持ちになる。

今は都心にも音の心配のない家ができているはずである。だとすると、「ロの字」型でない住宅でも——鯉を飼ったり野鳥を水浴びに招くわけにはいかないだろうが——音で煩《わずら》わされることはなさそうである。われわれ夫婦もこれからさらに年をとる。七面倒な調べ物などせず、読書と音楽鑑賞——バッハとモーツァルトなどなど——だけの日々を過ごすつもりなら、おいしい物を食わせる店の多い赤坂とか六本木のマンションに住んでもよいわけである。うまいコーヒー屋とかレストランとかなじみのバーとかを基準にして、住居選びをできるのではないだろうか。

荘子《そうじ》に確か「陸沈《りくちん》」という言葉があった。また「大隠《タイイン》ハ朝市《チョウシ》ニ隠《カク》ル」という言葉もある。いずれも真の隠者は人のいない山林などに住まず、人の多く集まる市場や都会にまぎれて住むことを指している。今までは「朝市」がうるさい「音漬《おとづ》け」で知的生活が守れないことが問題であった。今や朝市に隠れても、また三業地に陸沈しても、音の心配はなくなりつつあるようである。とは言うものの、まだ当分は本と辞書から離れるわけにいかないので、「ロの字」型の家に住むことになるであろう。しかし安心して「陸沈」できる環境が東京にもできつつあることは大きな慰めである。

なんと言っても継《つ》ぎ接《は》ぎででき上がっているわが「ロの字」型の家の古い部分は築四十年である。しかも二階は御神楽《おかぐら》になっているところがあり、微震でも弱震のごとき感じで揺れる。ピンポン玉が転がるぐらい床が傾斜しているところも出ている。

家内などは明日にでも都心に陸沈したいらしいが、私は本に憑《つ》かれているため実行しかねている。何年か後に、夫婦そろって都心に陸沈すれば、それはめでたいことであろう。その前に蔵書の処分と大鯉どもをどこかの公園の池に放つ仕事が残っている。そして羽を洗いに来る小鳥たちと別れなければならない。

第七章

外国語習得と英語教育論

新しい言語を耳から習得するための方法

「耳」と言えば、「騒音」や「音楽」のほかに語学のための耳というものがあるようだ。私がこれを実感したのは、中学五年生のころだったと思う。

敗戦から二年ぐらいしてから、インドネシアから復員してきた矢板末松先生という若い英語教師を中心として、「英語クラブ」だったか「英会話クラブ」だったかができた。十人ぐらいの小さいクラブだった。そのメンバーの中心は私より一級下の人たちで、最上級生であった私の学年からは私一人だけがメンバーに加わった。ところが、この下級生のメンバーの中に英語ができる生徒が三、四人いるのだ。

もっとも私は一年上級生といっても、敗戦の年（昭和二十年＝一九四五年）は新学期からずっと学徒勤労動員で学校の授業はまったく受けていない。しかも戦争が終わっても秋に入ると食糧増産のため開墾に動員され、山の雑木を伐《き》る仕事を雪が降り出す少し前までやらされた。われわれが雑木を伐った山奥は、今ではスキー場になっているというから、転《うた》た今昔《こんじゃく》の感にたえない。そんなことで、われわれの学年は一年下の学年と授業を受けた時間はほとんど同じだったのである。

英語に関する限り、この下級生たちのほうが断然いい思いをしていたことは間違いない。彼らは島田昇平先生という確か大阪外語大出身の先生にみっちり仕込まれていたからである。私の学年は、別の先生に支障があったときだけ、この島田先生に習った。それもわずか一ヵ月かそのくらいのことである。

緊張の連続で、少し誇張すれば震えるほど怖い時間であった。昭和十八（一九四三）年までは、『キングス・クラウン・リーダー』といって、表紙にイギリスの王冠が印刷してある戦前同様の教科書を使っていた。それが昭和十九年になって、初めて戦時型の英語教科書になった。島田先生はその教科書を使って生徒たちをぎゅうぎゅう締め上げる感じの授業をなさったのだ。

発音についてもうるさかった。アメリカ軍が内南洋に攻めこんできている危急のときに、なんで敵国語である英語の発音まで直されてぎゅうぎゅう絞られなければならないのか、とわれわれは不満を持つと同時に、この先生に敬意を抱いていた。時局に関係なく生徒を絞り上げることのできる英語教師という存在が、戦時中いかに稀《まれ》であったかを覚えている世代もあるであろう。

島田先生は戦争中に英語の教師であることに少しも引け目を感じてないように見える稀な方であった。戦後は招かれて、関西方面の大学の教授となられた。

一年下の連中は、われわれの学年が学徒勤労動員で神町飛行場（今の山形空港）をつくったり、最上川《もがみがわ》の堤防改修工事をやったり、羽黒山で松根油《しょうこんゆ》をとるために松の根っこ掘りをさせられている間も、また山の雑木伐採をしている間も、学校で島田先生に絞られていたのである。一年上級生の私よりも英語力があったとしても不思議はない。この連中は終戦直後、すぐに島田先生を中心に英会話クラブをつくり、その中でももっとも優れていた松本君（仮名）などは、早々と米軍の通訳として珍重され、有名だった。

島田先生ご自身も、戦前、英語が盛んだった時代の大阪外語大出身で、英会話もよくおできになった。戦後、われわれも島田先生にもう一度習いたいと思ったものだが、その前に先生はどこかに引き抜かれてしまった。英会話クラブだけが残り、そこに最上級生では私一人だけが新たに加わったのである。

あとから考えてみると、私の行為は褒めるに値するといってよいと思う。当時はまだ上級生と下級生の壁が厚く、下級生のクラブに上級生が一人のこのこ入るという例はなかったからだ。私が彼らの仲間に入れてもらったのは、何かの機会に、彼らの英語の実力、特に英会話と時事英語のヴォキャブラリィにおける実力が、私などよりはるかに上であることを知ったからである。物を学ぶには年齢とか身分にこだわってはいけない、という教訓を私は講談社の『修養全集』のどこかで読んでいた。そのおかげでこだわりなく彼らの仲間に入ることができたのだと思う。

この英会話クラブの中心となった一学年下の連中には、共通した一つの特徴があった。だんトツによくできる松本君を中心としてA君（彼は後に東京にある国立大学の英文学の教授になった）や、若くして自殺した某君などなど、英会話に熱心な人たちは、すべて都会からの疎開組だったことである。彼らを核にして、私のような地元出身の生徒が若干名くっついていた感じがする。

特に私は松本君とは家も近所だったので、その驚くべき才能に舌を捲《ま》くことが多かった。何よりも不思議だったのは、私にはどうしても聞き取れないアメリカ兵の英語が、彼にはちゃんと聞き取れることであった。音楽の比喩を出せば、絶対音感のついている人と音痴の差みたいなものである。

アメリカ人と話すと、松本君の英語は通じるのに私のは通じない。私の耳には松本君の発音も私の発音も同じように聞こえるのに、日本語を知らないアメリカ人の耳には、松本君の英語だけが聞き取れるのだから不思議だった。「なぜだろう」と考えた末にたどりついた結論は、松本君を含めたあの連中は疎開児童で、「都会からこの田舎《いなか》にやってきたからなのだ」ということだった。

彼らは標準日本語で育ったのに、戦時中の疎開で当地にやってきて、方言を身につけざるをえなかったのである。テレビがなく、ラジオも普及してからそれほど経っていなかった東北地方は、今では考えられないほど方言が強かった。前にもちょっと触れたように、父と私の会話を——それは純粋な庄内方言だった——家内ははじめのうち、聞いてもわからなかったのである。

そういう方言地帯に抛《ほう》りこまれた少年たちは、必死になって方言を学んだに違いない。日本語の場合、書いた文章はどの地方の人が書いてもそれほど差は出ない。しかし標準日本語（東京方言という人もいる）と東北方言を、発音どおりローマ字で表記したら、ドイツ語とオランダ語以上の差になるに違いない。

東北地方では、特に海岸部の方言が強かった。「何もないけれども、ご飯いっぱい食えよ」というのを、私の同級生の中には、「なえもねーども、ままいっぺふえちゃ」という男もいた。参考のためこれをローマ字で表記してみよう。

標準語　Nanimo nai keredomo gohan ippai kueyo.
方言　Naěmo nēhdomo mama ippe fê cha.

その差は古典ラテン語と今のフランス語やスペイン語やイタリア語との差よりも大きいぐらいではないか。疎開児童はこの差を乗り越える必要があったわけである。それが新しい言語を耳から習得する能力を開発する機縁になったのではないかと思う。

言語的な「耳」は、若いときの異言語体験に影響される

なにも疎開児童に限らない。哲学者の今道友信氏は語学的にきわめて優れた能力をお持ちの方であるが、子供のころ、ご父君の転勤で私の中学に在籍しておられたことがある。「方言のことで嗤《わら》われるのを見返すために英語を一所懸命にやりましたよ」と語っておられるのを聞いたことがある。

戦前の中学では、英語は全国共通の教養語の観を呈しており、いわばアカデミックなlingua franca《リングワ・フランカ》(共通語)であった。方言に悩まされた人の関心は、もっと共通の言語に向かうのであろう。私より一学年下の英会話クラブの連中も、地元の連中よりもより広い世界に通ずる言語に対する関心度が高かったに違いない。加えて、アメリカ兵の駐留という現実と結びついて、英会話への情熱がいや増していったのであろう。

彼らは自分たちに英語の名前をつけ合っていた。それがシェイクスピアとかミルトンとかいう、イギリス文学の代表的作家たちの名前なのだから面白い。地元の生徒たちでそんなことを考えつく者はいなかった。なかにはミルトン君のように、後に本当にミルトン学者になって、『失楽園《パラダイス・ロスト》』を全訳した者もいる。名詮自性《みようせんじしよう》の好例と言えるだろう。

言語学的な「耳」は、若いころの異言語体験によるところが大きいと思う。絶対音感も子供のときに音楽教育をきちんと受ければ苦労なく身につくという。しかしある年齢以上になると訓練しても駄目らしい。耳は早期訓練を必要とする器官なのだ。

ふつうの日本人はｒ《アール》音とｌ《エル》音を聞き分けることはできない。だからライス・カレー(curry and rice) の場合も、「米飯《ライス》(rice) とカレー」なのか「しらみ《ライス》(lice) とカレー」なのか、その区別がつかない。ただカレーがつくので、「カレー・ライス」のライスが米飯であると推察できるのである。「鮭」のことを「シャケ」と言っても、「サケ」と言っても、同じに聞こえる人もいるらしいが、ふつうの日本人は「シャ」と「サ」の区別はつく。外国人の多くはそれと同じようにｒ《アール》とｌ《エル》の音の区別は自然につくのである。

実のところ、私もｒとｌの区別ができない。それでもあまり不自由しないのは、前後関係《コンテキスト》から単語がわかるからである。「カレー・アンド・ライス」と言われて、誰も「カレーとしらみ」と連想しないのと同じである。だから聞いたこともない苗字などを言われたときは、ｒかｌかに迷ってしまう。ことに電話で外国人と話すのは苦手である(日本語でも苦手だが)。

うちの子供たちは私とともにイギリスで一年過ごし、そこで少数精鋭を基本方針にしている私立学校に通った。特に音楽のレッスンは一対一で行うから、英語を話すことに対しては私の若いころのような緊張感はないらしい。娘はロンドンの王立音楽院《ロイヤル・カレッジ・オブ・ミュージック》の大学院に奨学金を得て留学するとき、事務上の手続きなどについて東京の自宅からロンドンにある大学当局と電話で話し合っていた。電話で英語を話すことが苦にならず、また肝心の用も足りているのだ。私の学生時代には想像もつかないことである。

最近もこんなことがあった。私のよく知っている青年がアメリカ人の英語の先生と結婚することになった。この青年は英語を専攻したわけでもなければ、学生時代に特に英語が得意だったという話も聞いたことがない。ところが、きれいな発音で英語を話すのである。彼の家庭は交換留学生をよく受け容れていたため、子供のときからアメリカ人の発音に触れる機会があったのだという。アメリカかカナダに一年ぐらい留学しただけなのに、発音は完全に日本人離れした驚くほど完璧な英語になっている。彼は仕事のうえでも外人やその子供たちと接触が多かった。そのことも大いに関係があるのであろう。

語学も「耳」と「口」が関係する限りは、完全に生理的発達現象として理解しなければならないのである。音楽における絶対音感のように。もっとも絶対音感は音楽家にとっては素人が考えるほど重要なものではないそうであるが。

方言を覚えるには、その方言を語るところに住むのがいちばん早い。子供はすぐ慣れる。外国語も同じことだ。私の四歳の孫は親の仕事の関係でジュネーヴに住んでいる。家庭の中では日本語を使うから、日本語は完璧にできる。「ママ」のことを正式には「母上」と言い、「ジッジ」のことも正式には「おじいさま」と使い分けることもできる。しかし通っている幼稚園には世界中から子供が集まっているから、簡単なことは英語で聞けば英語で答え、「フランス語で」と言えばフランス語で言える。発音は外国人の幼児と同じである。完全なる条件反射なのだ。

私の場合、東京にいるときは標準語でしゃべる。ときに訛《なま》った発音も入るが、気をつけてしゃべるときはあまり出ない。疲れていると訛りの出る率が高くなる。しかし一度郷里に足を踏み入れたとたん、完全な方言に切り替《か》わってしまう。最近も郷里の温泉に行って、地元の人たちと私が話しているのを聞いた女中さんたちは、私が東京で仕事をしているとは信じられないと言っていた。

ドイツやイギリスに行けば、一週間ぐらいでかなり発音が変わってくる。十年ほど前、ドイツの恩師の家に一週間ほど滞在していたことがあった。そのとき、先生の令嬢（心臓専門医）が私に向かって、「毎日ドイツ語がうまくなっている」と言ったことがある。「毎日うまくなっている」というよりは、「毎日、徐々に昔に戻っていっている」と言ったほうが正確であろう。

ドイツ語が話される環境におれば、どんどんドイツ語的発音になるし、英語が話される環境におれば、どんどん英語的発音になる。しかし日本にいると、言語環境がガラリと変わるから、毎日外国語会話が下手になってゆく気がする。

英語には二つの顔がある

恩師ロゲンドルフ先生は、「日本にいて外国語会話が上手になるということは、馬鹿になっていなければならないということです」というようなことをわれわれに言われたことがある。

先生は戦前の旧制高校でドイツ語を教えられたことがあって、いかに日本の学生が外国語会話が下手であるか、それなのにいかに難しいドイツ語の本を正確に読んで理解しているかをよくご存知だった。そして先生の知るところによれば――十五、六年前までの日本の話であるが――会話が上手な学生の頭の中はしばしば空《から》っぽなんだそうである。ラフカディオ・ハーンも同じようなことを観察していたようで、同じようなことを言っている。

「日本人は語学が下手だ」とよく言われる。それは「イギリス人は語学が下手だ」というのと同じように正確ではない。日本は島国で長い間、外国人と接する機会が少なかったから、語学（外国語会話）が下手なのは当たり前のことなのである。現代のイギリス人はどこに行っても英語が通じるから、外国語会話を習うのに熱心でないのは当然である。

「語学」というところを「外国語会話」と限定すれば、日本人も英国人も相対的に語学が下手であるといえる。しかし「語学」を「外国語を理解する能力」と解釈すれば、日本人の能力は世界に冠たるものがある。たとえば江戸時代が終わるまでに、厖大《ぼうだい》な漢文の古典の多くは精密に翻訳されていた。返り点や送りがなをつけ、さらに難しい漢字は訓読にする、という作業は、世界に例を見ない精密な翻訳法である。

東大に留学した中国人学生が、日本人の読み方、注釈を知ってはじめて『論語』がよくわかったと言ったという実話もある。明治以後でも、この方面の努力が続けられたことは『国訳漢文大系』(正・続)を眺めただけでもわかる。

日本人より語学が上手だとよく言われているコリア人が、これに匹敵する仕事をしたということを寡聞《かぶん》にして私は聞いたことがない。今はその作業がようやく始まっていると聞いているが。

漢文の古典の理解や校勘学では日本の水準は本場シナを超えるものがあった。だからといって山鹿素行《やまがそこう》や伊藤仁斎《いとうじんさい》がチャイニーズ・カンヴァセーションをやれたわけでない。長崎に行ったことのある者が多少しゃべれたぐらいで、その程度も知れたものであった。

イギリスでも、かつてフランス語が宮廷言語だった時期が三百年ぐらいある。だから、当時のイギリス人は、フランス語をはじめ、外国語を話せなければ要職に就《つ》けなかった。

こういった事情は、後のイギリス植民地において、英語のできない現地の人は出世できなかったというのと同じだったのだ。それに、つい最近までイギリスのエリートたちは、パブリック・スクール（エリート私立校）ではラテン語やギリシャ語を徹底的に教えこまれていた。しかし彼らがイタリアン・カンヴァセーションが上手だとか、グリーク・カンヴァセーションが上手だということにはならなかった。

イギリス人はこれまで、必要な環境に置かれるたびに、超一流の語学的才能を示してきた。清のラスト・エンペラー溥儀《ふぎ》の家庭教師だったサー・レジナルド・ジョンストンは当代第一級のシナ学者だったし、幕末の日本に来たアーネスト・サトーの語学における天才ぶりには舌を捲くばかりである。日本人やイギリス人に「語学の才能がない」などと言ってはいけない。「日本人やイギリス人は相対的に外国語を話す環境が少なかった」というのが正確な言い方であろう。

この点を認識すれば、日本の英語教育にも一つの方向が見えてくるのではないだろうか。それにはまず英語の持つ二面性を知らなければならない。多少誤解を招きやすい比喩を用いるならば、「英語には二つの顔があって、一つはコリア語のごとき顔であり、もう一つは漢文のごとき顔である」ということである。学校における英語教育の直面している問題は、まさにここに根ざしているのだ。

戦前は「英数国漢」つまり英語、数学、国語、漢文は受験の四大科目であった。私が旧制中学にいたころですら、二年生のときの漢文では『論語抄』をやったし、戦後すぐの教科書には『資治通鑑《しじつがん》』の一部が収録されていた。私より先輩の世代だと、漢文はさらに高級で『唐宋八家文《とうそうはっかぶん》』とか、元来は科挙《かきょ》の作文参考書であった『文章軌範《ぶんしょうきはん》』などの中の有名な文章を読んでおかなければならなかった。しかしチャイニーズ・カンヴァセーションとはまったく無縁だった。

時代を明治まで遡《さかのぼ》れば、伊藤博文のような政治家や乃木大将のような軍人、夏目漱石のような文人は、韻《いん》を踏んだ漢詩をつくることができた。この三人などは特に上手だったのであるが、下手な人を含めれば、漢詩をつくる男は——女性はまずいなかった——和歌人口に劣らなかったのではないだろうか。この人たちがチャイニーズ・カンヴァセーションができたという話はやはり聞いたことがない。

日清・日露の戦争で密偵《みってい》、つまりスパイや情報員として大陸に入りこんだ人たちは、チャイニーズ・カンヴァセーションの特別の訓練を受けた人たちである。

つまり漢文の勉強は、東洋の古典——これには漢訳されたお経も入る——を読むためのもので、生きたチャイニーズと会話することは念頭に置かなくてもよかったのである。教える側も学ぶ側も、シナ古典を漢文として読めれば満足したのである。その水準がきわめて高かったことは、すでに述べたとおりである。アウグスト・ベックやリチャード・ポーソンのようなギリシャ古典の大家が、ギリシャ語会話に無縁であったのと同じことなのである。

漢文を読むように英語を読むこと

問題は、明治以後、英語で書かれたものが、日本人にとっては昔の漢文と同じく、あるいはそれ以上に「教養」の柱になっていることなのである。

戦後間もなく出た新制高校の英語の教科書は、レッスン・ワンがフランシス・ベーコンの文で、次がジョン・ロックという具合であった。まさに新しい『文章軌範』であった。こういうものを読めなければ英語をやったことにならないと教師も思い、生徒も思っていた。つまり漢文を読むような態度で英語を読んだのである。入試問題もだいたいはこれに準じていた。したがって英語教育にはあまり問題がなかった。

ところがアメリカとの関係が濃密になり、世界が狭くなって、英語が国際語として確立してくると、英会話能力が重要になってきた。「十年も英語をやってしゃべれないとは何事だ」という批判がどんどん高まり、文部省の方針もそれに合わせるようになって、会話重視の英語教育になってきている。

教える英語教師の側も、漢文の先生が「チャイニーズ・カンヴァセーションをやれ」と言われているような状態になっている。今現役の英語教師たちは、「英語で書かれた物を読むことが、新しい、広い知的世界に入ることだ」と考えている世代の教師たちに教えられてきた。確かに昔の日本人にとって、漢文を読めるようになることが、新しい、広い知的世界に入ることだったことを否定する人はまずいないであろう。英語だってそうなのだ。ところが英語が持っている国際実用語という顔が、英語の本を正確に読むことだけに安住するのを許さないのである。

たとえば、コリア語を学習する場合を考えてみよう。まずハングルを学ぶ必要があるだろう。これは英語を学ぶ場合のアルファベットに相当するから、当然のことである。その次は何をやるべきかといえば、なるべく発音の綺麗な人にコリア語会話を教えてもらうことである。それで事足《ことた》りると言ってよい。コリアの古典は取りも直さず漢文の古典であり、コリア語で書かれた古典はまずないと言ってもよい。専門家はいくらかの歌謡や物語をあげるかもしれないが、ふつうの日本人の知的生活には関係はないといえよう。

つまりコリア語は、会話中心の語学教育でまったく問題ないといえるのである。交友とか貿易の仕事をするにはそれで足りるのだ。

だが英語をコリア語学習のごとく、たんに会話中心に限ってしまってよいのだろうか。

平たく言えば「しゃべればよいのか」ということになる。英語は——ドイツ語でもフランス語でもよいのだが——明治以来、もっと具体的に言えば福沢諭吉以来、日本人の「知の世界」を広げる役目をしてきたのではなかったか。福沢ははじめ蘭学をやった。そして、緒方洪庵の適塾《てきじゆく》の塾頭にまでなっている。蘭学も訳読中心でオランダ語会話をやったわけではない、オランダ語会話は長崎の通詞《つうじ》の家の人がやることになっていた。しかし会話を先祖代々の家業としてやっている人たちが、オランダ語を読む力をまるで身につけていなかったということは、杉田玄白らが『解體新書《かいたいしんしょ》』を訳そうとしたとき、骨身に沁みて悟ったことである。

杉田玄白らがオランダ語会話ができたとは思えない。蘭学者の中には長崎留学してオランダ人と深く交わり、オランダ語会話ができるようになった人もいる。しかし、それは例外に近く、大多数はオランダの書物を読むためにオランダ語を勉強したのである。福沢もその伝統の中にいた。そんなある日、彼は横浜に行って世界はオランダ語でなく英語で動いていることを悟った。なんというカンのよさであろう。そして、ひと晩ぐらい煩悶《はんもん》したあと、すっぱり英語に切り換えたのである。なんと思いきりのよい人なのだろう。それから英語の本を読むことを始めたのである。

その後、福沢は、木村摂津守に従って咸臨丸《かんりんまる》に便乗してアメリカに渡り、帰ってからは幕府の翻訳掛《ほんやくがかり》になる。つまり英文を読むのが彼の仕事だったのである。次いで欧洲に派遣された使節に付いてフランス、イギリス、オランダ、プロシア（ドイツ）を廻ったりしたあと、慶應義塾を建てた。そこで福沢は、英書、つまり英語の書物を講じたのである。英会話を教えたわけではない。

明治の青年に「知」の世界を見せたのが福沢だとすれば、「徳」の世界を見せたのは中《なか》村正直《むらまさなお》（敬宇《けいう》）だと喝破《かっぱ》したのは吉野作造だと言われる。

中村敬宇の場合はどうであったか。彼は幕府の学問所である昌平黌《しょうへいこう》始まって以来の秀才と言われ、儒学のほかに蘭学の書物も学び、慶応二（一八六六）年に幕府の命《めい》でイギリスに留学した。

帰国してから訳したサミュエル・スマイルズの『セルフ・ヘルプ』（彼はこれを『西国立志編』と題した）は、明治の青年で志を立てた人間、特に実業に向かった青年で読まなかった者はないと言われた書物である。

彼はその後もスマイルズのその他の著書を訳し、新しい時代の四書として、儒学の道徳に代わるものと見なされた。また彼が翻訳したジョン・スチュアート・ミルの『自由之理』も、明治人に「自由とはなんぞや」を教える機縁となったのである。

英語ではなく、まず発声を直す

　このように、日本の「開化」は翻訳から始まったのである。何も英語だけでなく、ドイツ語でも、フランス語でも、先進国の文明は、大砲や築城のような軍事的なものから、文学、哲学のようなものに至るまで、翻訳から始まった。欧米の書物を正確に読もうとする情熱は凄まじいもので、カント全集、ゲーテ全集、シェイクスピア全集などなど、翻訳された全集を並べていくときりがないくらいである。それどころかヒルティ著作集のごとく、生まれた国にさえない全集も少なくない。

　学校教育も、このような日本の外国文化との関わり方の本流に沿って行われることをみな当然としていた。もちろん外国語会話のできる人もいた。しかし貿易や外交に関係する人が主で、そういう人たちは英語を話す環境があって、そこから英会話を身につけたのである。「学校教育で英会話を重んぜよ」ということはあまり言わなかったのである。

　もちろん戦前からハロルド・E・パーマーなどの来朝もあり、オラル・メソドとかダイレクト・メソド（いずれも口頭による英語学習）なども導入されていた。しかしそれを実行するためには、日本語を使わず英語だけで教えられる先生が必要である。と考えると、東京高等師範学校の附属校や、東京など大都市の少数のエリート校が中心となって、実験的に行われていた程度だったのではないかと思う。

私たちも千葉勉先生に連れられて、東京高師の附属校の授業参観をさせていただいたことがある。先生も優秀、生徒も優秀で、日本でもいちばんよくオラル・メソドが行われていた学校だと思う。しかし、どんなに優秀な先生でも、日本生まれの日本育ちで、外国生活の経験がない場合、どうしても発音が違う。その先生の英語を聞き取れるようになっても、日本語の素養がまるでない外国人の話を聞き取れるようにはならなかったのではなかろうか。こちらの発音が相手に聞き取れたかどうかも甚だ疑問であった。

そうこうしているうちに、アメリカなど外国と交渉の場を持つ人の数はますます増えていった。それにつれて「学校で習った英語は役に立たない」という声がどんどん高くなった。ちょうどそのころ、中津燎子さんの『なんで英語やるの?』に、第五回大宅壮一ノンフィクション賞が与えられて話題になった。昭和四十九(一九七四)年のことである。

中津さんは英語の先生でも英語学の研究者でもない。ただ「英語が話される環境で鍛えられ、その環境で生活したことのある人」である。たまたま留学することになった少女に英語の特訓を与えるように頼まれたとき、中津さんはその少女の英語の発音がちっとも聞き取れないことに気づかれたのである。

東北のある地方で育った少女が、もごもご発音する英語は、中津さんの耳には、英語として引っかからなかった。アメリカのどこかで日本の政治家が英語でスピーチし終わったあとで、「日本語には英語と似た単語が少しあるんですね」と言われたという話と似ている。中津さんの耳にはその少女の英語が日本語にしか聞こえなかったのである。そこで中津さんは、そもそも発声に問題があると見て、英語ではなく、まず発声を直すという、肉体的な訓練から始めたのである。

これほど目の醒めるような英語教育に関する本を、それまで読んだことがなかった。私は英語教科教育法とか、英語発音学とか、英語演説法などの授業を受けている。おかげで理屈はよくわかったが、自分の発音の改善や、聞き取り能力にあまり役立ったようには思えない。英語が聞き取れるようになったのは、外国人による英語による講義が多かったからであり、英会話が下手だったのは英語をしゃべる機会がなかったからである。大学の寮にいたころは、日本語で話すことすら、意識的に極端に少なくしていた。

英語の発音練習というのは、なんと発声器官の筋肉の動きそのものが変わるような肉体的訓練をすることだったのである。中津さんの本が昭和二十五年に出ていたら、私の大学生活も英語の勉強法も変わっていたに違いない。しかしそれは無理な話である。中津さんもそのころ、アメリカ人に発音矯正の特訓を受けていたのだから。

中津さんが体験的に示されているように、日本語の「オー」と英語の〝O〟ではまるで響きが違うのである。とはいえ、そんな微妙な矯正を誰ができるというのか。

中津さんの場合、生徒となった少女の英語がまったく聞き取れなかったのがよかった。少女のほうで努力して、中津さんの耳に引っかかるような英語の発音ができるようになるまで、自分の発声器官の筋肉を訓練するより仕方なかったからである。

考えてみれば、言葉を話せるようになるというのはそういうことなのだ。肉体的訓練なのである。子供はたんなる泣き声や叫び声を調整できるよう発声器官の筋肉を鍛え、親の耳に聞き取れるよう努力するのである。留学生の英語も、はじめは相手にまったく聞き取ってもらえない。それが一年も経つとなんとか通じるようになるのは、あれこれ苦労しているうちに、つまり発声器官の筋肉を鍛え直しているうちに、発音が変わってくるのである。

発声器官の筋肉の訓練は、若いほど成果が上がる。これは、ほかの運動能力と同じである。それに耳の訓練にも若さが絶対必要だ。英語と日本語ではまず母音の数も子音の数も違う。基本的な短母音でも英語は八個、今の日本語は五個で、日本語のほうが三個少ない。子音は英語は二十一個、日本語は九個で、こちらは十二個少ない。したがって日本語だけで育った人は、日本語にはない三個の英語母音、十二個の英語子音を識別できない。つまり英語の八個の母音も五個としか聞こえず、二十一個の子音も九個としか聞こえないことになる。

日本語でも、方言をしゃべる人の中には、明治のころ、ワ行のヰやヱと、ア行のイやエの区別ができる人がいたそうである。ズとヅの区別ができる地方もある。森鷗外はウィーンのことをギーンと表記し、〔v〕音を「ヰ」と表記した。彼の『ヰタ・セクスアリス』の「ヰタ」はラテン語では vita である。ワ行とア行がはっきり区別されていたことを示すが、今はワ行とア行は「ワ」を除いて同じになってしまった。

日本語にない音を聞き分けるには、若いころから、そういう区別をしている音環境に身を置き、それが発音できるように発声器官の筋肉を訓練するより仕方がない。ホーム・ステイでアメリカ人の子供を受け容れた家庭の子供の発音が日本人離れしているのも、この点から見ると理解できる。また管楽器をやっていた青年の英語が英語らしいので驚いたことがあったが、これも中津さんが指摘した呼吸法の重要性から説明できる。管楽器をやる人の呼吸法は英語向き、ということになる。

英会話が上達する正道はただ一つである。日本語の素養がない人たちが英語を話す環境に身を置くことである。できるなら、高校生までに一年間ぐらいホーム・ステイでもできればそれに越したことはない。私は四十年間大学教員として学生に接してきたが、AFS《アメリカン・フィールド・サービス》で高校時代に留学した人たちは、格別、英語のできる部類に入る。普通の日本の社会や家庭環境にあって英会話に熟達するには、ロゲンドルフ先生ではないが、馬鹿になるほかには術《て》がないのかもしれない。

文法・訳解法は知性を鍛える

今回また改正になった中学の英語教科書のように、会話重視の英語教育でよいかと言えば、絶対に駄目である。英語の力はますます落ちていくであろう。そしてコリア語を学ぶがごとき姿勢でしか英語を学べないとすると、英語が日本人に対して持つ知的な側面——昔の漢文の持つような側面——が脱落してしまうのである。第一、学校の教室で会話をやること自体、その効果はきわめて限られたものになる。そのことを知る必要がある。

優れた書物を読み、世界に向けて知を開く手段としての英語の価値は、入学試験のおかげで保たれている。それは、厳然たる事実である。入学試験の科目から英語をなくしたり、きわめて幼稚な問題を出す大学もある。少子化が進めばますますそうした入学しやすい大学も増えるであろう。その結果は、卒業生の質に顕然と現われてくるに違いない。

随筆程度の英語の文章の文脈を正確に追いながら読むためには、英語の基礎的文法の知識が絶対必要である。これを正確に身につけていないと、今度は母国語とも直面することが難しくなるのである。英文法の勉強や知的訓練を高校までにやっていない人は、日本語の法律や新聞の社説を読むのにも苦労するはずである。今、日本人の知性を本当に鍛えてくれるのは、訳読式の英語教育しかないと言ってもいいくらいなのだ。

数学や物理学はもちろん知性を鍛える正道ではあるが、理科系に進む人以外には、残念なことにあまり選択されなくなっている。それに引きかえ、英語なら文科系の人間もやる。かつての日本人の知性を鍛えたのが漢文であったように、英語の正確な訳読は確実に知性を鍛える。

私は新制高校三年のときに、佐藤順太先生のクラスでフランシス・ベーコンのエッセイを読んで、先生のベーコンに対する読み方の緻密なことに大いに感銘した。一点の疑問も残さないような翻訳であった。後に大学に入ってから、幸田露伴の『一貫章義』を読んで、昔の儒学の勉強法の一端を覗《のぞ》き見た気がしたが、佐藤先生にはまだその素養が残っていたのかな、と思ったものである。

明治以後も、翻訳を正確に行うことで、日本は先進国の書物を読みほぐし、非白人国としてただ一ヵ国、すばやく近代化に成功したのである。日本が西洋文明を消化してみせるまで（個人レベルではどの国にもいたであろうが）、それを実現できた有色人種の国は一ヵ国もなかった。これは注目に値することである。

私も佐藤先生のおかげでベーコンのエッセイの一編を読み終えたとき、「この一編に関する限り、いかなる英米の同年代の青年にも劣らぬほど理解できた」という確信が持てたものだった。

ベーコンは三百数十年も前のイギリスの貴族で、フランスのデカルトと並び称される大哲学者である。その人の書いたものをたとえエッセイとはいいながら、戦後英語を学び始めて三年足らずの、しかもイギリスから見れば地球の裏側の、敗戦日本の、東北の貧乏少年が、完全に理解できたと感じられたのである。これは、どういうことなのだろうか。

これこそ文法に厳密に従って文脈を追い、難しい単語の一つ一つをCOD（コンサイス・オックスフォード辞典）で検討する、という伝統的な読み方を行った、その結果なのである。その喜びは伊藤仁斎が『論語』を、杉田玄白が『解體新書《ターヘル・アナトミア》』を、中村敬宇が『西国立志編《セルフ・ヘルプ》』を読み解いたときの喜びや感激に連《つら》なるものではないだろうか。これこそが青年に広い知の世界を開いてくれるものに違いない。

このよき伝統が今の中学や高校の英語教科書から消えつつあることを世の親たちは知っているのだろうか。

英会話重視はよいが、教科書で会話がうまくなるのは不可能に近い。それはすでに述べたとおりである。それどころか、本当に英語を高いレベルでマスターしようと思えば、旧式とも言える訳読法やら、文法重視の英作文が絶対必要なのである。

例を挙げればきりがないが、中谷巌氏（元・一橋大学教授、ソニー社外重役）から直接お聞きした話を紹介しておきたい。何年か前、中谷氏とヨーロッパを回っていたとき、中谷氏のほうから英語教育についての体験談を話してくださったのである。

「昔、受験参考書でやったような英語が本当に役に立つんですね。ハーヴァード大学で博士論文を書いていたとき、いっしょに論文を書いていたアメリカ人の学生に英語を直してもらったんですが、まさにその直してもらったところを教授に直されるんですよ。受験勉強で身につけたように書いた英語はかえって直されませんでした」

この中谷氏の体験こそ、私がここ三十年以上も、雑誌『英語教育』（大修館書店）でくり返して述べてきたことそのものであった。

会話中心の勉強法では、英語力が落ちる

最近でも、文脈に従って文法的に正確に本を読み、英作文をつくるという伝統的な勉強法——正式には文法・訳解法《グラマー・トランスレーション・メソッド》という——を体験的に支持する人の書いたものが目につく。一方、嘆かわしいことに伝統的な英語の勉強法——漢文の伝統に連なる勉強法——は役に立たない、という迷信が流布している。こうした迷信を打ち破る発言をいくつか紹介してみよう。

まず、ここ数年、英語を読む力が落ちたことを怒りかつ嘆くのは、「河合塾」の人気英語講師である豊島克己氏である（月刊『Verdad《ベルダ》』一九九七年六月号）。

「四、五年前なら、かろうじて駒沢程度だった生徒でも、今は堂々、早大生ですよ」

東大でも英語のレベルが落ちているそうだ。昔は大学受験のために予備校に来る生徒ならみんなが知っていて当然で、予備校でわざわざ説明する必要なかった初歩的な構文でも、今は初めから教えなければならないという。それこそ高校では何をやっていたのか、ということになる。英文を理解するための基本的な文法も何も教えていなかったということになる。

たぶん英会話みたいなものだけを教えていたのであろう。しかし高校の英会話の授業だけで、本当の英会話ができるようになる日本人は一人もいないはずだ。そう断言してもよい。つまり高校の英語はなんの役にも立たないことに時間を使っているわけである。その結果、よいといわれる大学受験のためには、予備校で英文法の基本的構文から教えてもらわなければならないことになる。

それを受けて、神経精神医学者の和田秀樹氏のように、「受験勉強は子どもを救う」という意見も出てくる。和田氏や西鋭夫《にしとしお》氏（麗沢大学教授、スタンフォード大学フーヴァー研究所主任研究員）には共通の体験がある。このことは私も体験していることであり、ほかにも体験者が少なくないはずなのに、なぜかあまり注目されていない。

自分は英語がよくできると思ってアメリカ（イギリスでも同じ）へ行った人が、相手の話す英語は聞き取れず、こちらのしゃべる英語はわかってもらえないことから大きなショックを受けるのである。日本の有名大学の英語の入試を突破した人や、日本にいて英語を熱心に学習した人なら、みんな体験することである。この段階で日本に帰国すれば、「日本の今までの英語教育はまったく役に立たなかった」ということになる。これを第一次英語ショックと呼ぶことにしよう。

ところが日本の難しい大学入試英語ができた人は、一年ぐらいアメリカにいると、突然、相手の話す英語がほとんど聞き取れるようになるし、こちらのしゃべることも相手に通じるようになる。そして、レポートなどを書いて提出すると、アメリカ人の教授がびっくりする。

ついこの間まで、聴いてもダメ、話しても発音不明瞭だった学生が、忽然《こつぜん》とアメリカ人の学生よりもきっちりした英語で最優秀のレポートを書く。ひょっとしたら誰かに書いてもらったのではないかとさえ疑う。しかしまさにその日本人学生が、一人で、しかも短期間に書き上げたものだと知ってショックを受ける。第二次英語ショックと言うべきものである。このショックを受けるのは今度はアメリカ人の教授のほうなのである。

つまり第一次英語ショックは日本人留学生が受けるもの、第二次英語ショックのほうは日本人の学生が与えるものなのである。

私はドイツでもアメリカでもこの現象を体験した。アメリカにおけるこの二重ショックの体験を、西氏もいきいきと書いておられる（西鋭夫『富国弱民ニッポン』広池学園出版部、平成八年）。特に優れた書く能力がすぐさま相手に尊敬心を起こさせることを、和田氏もご自分の体験から述べておられる。

問題は「書く能力」ということである。大正以前の日本人は、漢文で書いたり、漢詩をつくれなければ教養ある男とは見なされなかったはずである。また漢文は頭が悪いと習得できないことは当然とされていた。ところが英語習得に関しては、前に述べたように、「漢文的な顔」と「コリア語的な顔」の二つがあるため、ひと言ではくくれないところがある。

コリア語的な顔をしたときの英語は会話中心で習得できるのが当然とされ、学習者の知力の程度は問題にされない傾向がある。しかし漢文的な顔をした英語の習得には、漢文習得のときのごとく、ある程度以上の知力がいるのだ。

漢文的な顔をした英語とは、文法に沿って厳密に文脈を追わなければ理解できない水準の英語である。文法のルールに従ってのみきちんと書けるような英語でもある。この漢文の顔をした英語の力を試す的確な方法が、以前の大学入試における英文和訳問題と英作文（和文英訳）であった。ところが、二つとも採点が難しく、大勢の受験生をさばくことができないため、今は廃止されたに等しい状況である。

今の大学入試は、択一式か○×《まるばつ》で答えられるような設問にし、コンピュータで採点するのである。それでも難しいとされる大学の入試は、読解力や英作文力をある程度探れるようになんとか工夫されている。もちろん和文英訳・英文和訳の問題に較べれば甚しく劣る問題になるのは仕方がない。それでも、この種の入試英語に答えるにはそれなりの知能の高さが必要である。

かつて東京高等師範学校の教授で、「英語をやるには（つまり漢文の顔をした英語をやるには）、知能指数一三〇ぐらいは必要だろう」と言った方がいる。英文和訳・和文英訳が中心だった時代なら、そう言ってもたいていの人が賛成したに違いない。今では知能指数と英語学習を結びつけるのはタブーに近いであろう。しかし受験英語のプロである豊島克己氏は次のように言う。

「英語（漢文の顔をした英語）の能力は、どこまで抽象概念を理解できるかなんです。英語の論理的展開をつかむには、非常に概念的な英文法が必要になる。ところが、抽象的概念を理解できないからそこでついていけなくなる。たとえば〝副詞節は節全体で動詞を修飾する〟と教えても、節とは何か、節全体で修飾するとは何か、それぞれの意味がわからない生徒もいる……それを理解できるかどうかは、何によるのか。残念ながら資質。もって生まれたものなんです……」（上掲誌、傍点および〔　〕補足は渡部）

この観察は正しい。語族の違う言語で書かれた内容ある書物を読めるというのは誰にもできることではないのだ。いわんやそれを書けるということは、さらに大変なことである。逆に言えば、そのような知力を持った生徒に「コリア語の顔をした」英語だけ教えれば絶対に退屈する。

夏目漱石が英語を大嫌いになった理由

夏目漱石は子供のときから漢文がよくできた。そんな漱石が英語を習い始めてみると、まことに内容が幼稚なのである。「ジャックは朝六時に起きます。そして家族といっしょに食事をします。それから学校へ行きます……」といった調子で始まったからだ。

少年漱石は幼いころから漢文を読んで、荻生徂《おぎゅうそ》徠《らい》ら古文辞学派の文体を好み、当時人気絶頂の頼山陽《らいさんよう》ら偽唐批判の文体が嫌いだというぐらい、漢文の質についてまで洞察できるほど書物を読む力があった。「ジャックは朝六時に起きます……」に始まる英語の学習に嫌悪感を持ったのは当然のことであろう。私には十分理解できる。

漱石は当時、東京に一つしかなかった中学に入った。そこでは授業は「正則」と「変則」に分かれており、「正則」は普通の学科、「変則」は英語中心だった。漱石は「正則」のほうに入ったので、後に大学予備門（後の旧制第一高等学校、今の東大駒場）に進むためには、卒業してからさらに特別に英語を勉強しなければならなかった。

ところがそのころの漱石は、「英語ときたら大嫌ひで、手に取るのも厭《いや》な気がし」（『落第』）ていたので、漢学塾である二松学舎に入って漢学を勉強している。英語は家庭でお兄さんから習っていたが、初歩で終わってしまった。漱石はその理由を、「教へる兄は癇《かん》癪持《しゃくもち》、教《おそ》はる僕は大嫌ひと来て居るから、到底《とうてい》長く続く筈《はず》もなく」（上掲書）と言っているが、その気持ちはよくわかる。

漱石のように漢学をやったわけではないが、私もややこれと似た体験をしているからだ。『唐詩選』をいくつか読んだ者が「ジス・イズ・ア・テント（これはテントです）」と習うのは感激的なことではなかった。私も英語を最初に習った旧制中学一年一学期の英語の試験では、赤座蒲団《あかざぶとん》（通信簿の点数の下に赤線が引いてあり落第点であることを示す）をもらっているからである。

私が漢学の顔をした英語を志すのは、敗戦という状況の下で、佐藤順太先生にめぐり会ったからである。一方漱石は、さすがに私などとは較べものにならないほど深く、自覚的に漢学を捨て、英語を選び取ったのだった。少年漱石は「好きな漢籍さへ一冊残らず売つて了《しま》」って、一所懸命に英語の勉強をしたのである。この漱石の歩んだパターンは、日本の英語教育において忘れられるべきではない。

漱石は大学予備門に入るために成立学舎というところで一年ほど必死になって英語を勉強した。そこで初めからスウヰントンの『萬国史』などを読まされたのである。初めのうちは少しもわからなかったが、だんだん理解できるようになったという。漱石は我慢して英語を読んだ。なぜ我慢できたかと言えば、『萬国史』といういちおうまとまった内容の本をテキストにしたからである。内容がある本であれば青年は我慢しても読むのである。

戦前の英語入試問題の参考書の中に、「出典」がついているものがあった。エイヴベリ卿の『人生の用い方《ユース・オブ・ライフ》』とか、ハマトンの『知的生活《インテレクチュアル・ライフ》』などが挙げられていた。当時の日本の青年は、受験参考書の中の入試問題という断片から、イギリスやアメリカのエッセイの最善なるものを知って、知的な刺激を受けたのである。

中学や高校にいる学生のうち二、三割は、英語で書かれた内容のしっかりした文章に出会えば、一種の知的開眼《かいげん》をすることがあるのだ。それを忘れてはなるまい。そういう生徒の数は少ないであろう。しかしこういう生徒を無視しては日本の教育は成り立たないはずである。微分や積分の初歩を理解できない生徒が過半数いたとしても、それを教えないようでは高等学校の名に値《あたい》しないのと同じことである。

しかしこれはあくまでも「漢文の顔をした英語」の話である。これとは別に、漢文を教えても駄目なような知的レベルの生徒を相手にした英語教育があってもよい。会話重視という「コリア語の顔をした英語」がそれである。

この英語の持つ二つの顔をいかに両立させるかが問題である。学校教育に関しては文部省の責任であるからここで立ち入って論ずることはしないが、英語の顔が二つあることだけは忘れないでもらいたいものである。学校制度として二つの顔を持った英語の両面を生かすにはさまざまな問題があるが、個人レベルではだいたい解決の方向に向かっていると思う。

かつて私は、平泉渉参議院議員（当時）と、英語教育について『諸君！』誌上で何回か議論を交《かわ》したことがある（『英語教育大論争』文春文庫）。その当時、平泉氏の提唱する英語教育改革案をめぐって、英語教育界が大変な騒ぎであったことを覚えている。それに引きかえ現在の日本では英語教育論はたいした話題にならない。その理由を考えてみるとだいたい次のようなことが挙げられる。

(1)文部省の方針で、英語教科書の程度がどんどん下がってきているため、普通の公立学校の教室で文法や英作文の訓練を生徒に課することはできない。つまり、先生の教育に対する自信喪失であり、意欲喪失である。

(2)英語を読むことに知的開眼《かいげん》をした経験を持つ教師たちも老いて続々と戦場を去って行き、「漢文の顔をした英語」になんの関心も持たない教師が増えている。つまり、英文法に従って厳密に英語を読むメンタリティが生徒から消えたばかりでなく、文法的に厳密に文脈をたどれない教師が激増している。

(3)難しい大学の入試のためには、生徒は学校を当てにせず、自分で塾に行ったり予備校に行って準備することになった（それも前述のごとく程度はどんどん下がっている）。

(4)英会話は文部省が教科書をいくらやさしく会話的なものにしても上達できない。そのことは親も生徒も先生もみんなわかっているから、志のある生徒や家庭は、学校をまったく当てにしないで、ホーム・ステイなり、留学なり、なんなりで自主的に解決している。

このように普通の公立学校では英語の授業の成果は期待できない、という諦念《ていねん》が行き渡ってしまっている。当然、今さら英語教育論争などは世間の注目を集めないのである。
今にして思えば、平泉氏の英語教育改革案があれほど話題を呼んだのは、学校の英語教育にまだ世の中の人が期待を持っていた「古きよき時代」であったのだ。懐旧の念を抑えることができない。

ステップ・アウトのすすめ

これから日本の英語教育はどういう方向に進むべきなのであろう。「漢文の顔をした英語」をマスターするには日本の受験参考書がよい。英作文をやるのがよい。英作文の目標は、文法的構造のしっかりした叙述文が書けるようになることを中心とすべきである。いかにも英語らしい表現（idiomatic English《イデオマティック・イングリッシュ》）を無理に覚えることをしない。そういうものは体験や読書によって徐々に増やしていけばよいのだ。

先生がよければ生徒の実力は飛躍的に伸びる。私は高校三年のときに笹原儀三郎先生（旧制二高教授、鶴岡第一〔鶴岡南〕高校校長）に一年間英作文を教えていただいただけであったが、信じられないほど作文力が伸びた気がした。文法の大筋の構造さえしっかり把握しておけば、あとは和英辞典があればどんどん英語が書けるようになることを実体験したのである。

そのおかげで、大学のレポートも、卒業論文も、修士論文も、博士論文も、日本語で原稿をつくることなく、すぐに外国語で書けるようになった。私にとっては笹原先生大明神である。私の教え子にも、高校の英語教師になった者で、一年間でほとんど奇跡的な成果を上げた者がいる。

では「コリア語の顔をした英語」をどう学ぶか。これは帰国子女の場合は問題ないと言ってもよい。ただ帰国子女の中には「漢文の顔をした英語」のほうはさっぱり駄目な者もいる。英会話のできる帰国子女でも、日本の大学の英文科で苦労し、外国に行ったことのない大学院生を家庭教師にして、「ちゃんとした英語の本も読めるようにしてもらっている」という例もある。

しかしなんといっても英語圏で何年間か過ごした人たちは、口と耳、つまり発音器官の筋肉の訓練ができているので羨ましい。一方、「漢文の顔をした英語」が読めるか否かは、たぶんに知能の高さの問題ということになろう。

帰国子女ではない者が英会話を上達させるにはどうしたらいいのだろうか。ホーム・ステイをするなどさまざまな方法があるが、ステップ・アウトとしての留学も一つの方法だと思う。

ドロップ・アウトというのは学校から落ちこぼれて再び戻ってこない生徒のことである

が、ステップ・アウトというのは、計画的に一年か二年、落第するつもりで英語圏（他の外国語圏でも同じ）に行くことである。

これについては、私は自分の子供たちに実行させた経験がある。私が一年間イギリスに行くことになったとき、長女は高一、長男は中二、次男は小五であった。渡英前に私は、三人に「帰国したときは落第するのだから、日本の学校の勉強道具はいらない」と言って、教科書も何も持たせなかった。

子供たちが入った学校はメニューインがパトロンをしているごく小さな私立音楽学校で、幼稚園ぐらいの幼児から高校の最上級生までの子供たちがいた。音楽は世界共通語だから、子供はすぐまわりに溶けこめた。授業は、楽器に関しては個人レッスンで、普通学科は小さいクラスでやっていた。子供たちは日本の学校のことは少しも心配せず、伸び伸びと一年過ごして帰ってきた。全員一年落第して、つまりイギリスに行く前と同じく、高一、中二、小五の生徒になった。

学校の先生は落第で子供の心が傷つくのを心配して、進級できる道もあると言ってくださったが、私は「落第が希望なのです」と答えた。先生は「そう親御さんがおっしゃられてもお子さんのほうが……」と困惑された。その気持ちには感謝しつつも、三人とも進級させなかった。子供たちは今も、「あの落第はよかった」と言っている。親の目から見てもよかったと思っている。

第一に、一度学校の決まったコースからはずれた経験を持つことで、単線驀進《ばくしん》型でなくてもいいんだという考え方が身についた。

第二に、音楽をやっていても、優秀な同級生などにほとんど嫉妬心を抱かなくなった。「彼（彼女）はうまい」ということを大変率直に認める。外国で優秀な人たちをいくらでも見てきているから、日本という狭い世界で仲間を嫉妬しても始まらないということが、子供心に身についたようである。

第三に、外国人と話すのが平気になった。もっとも帰国した当時は、中学の授業で英語を英語らしく発音するのは嫌だから、わざと日本語式に読んでいる、などと言っていた。日本の公立中学校に通っている以上、これは仕方がない。

音楽の時間も、音楽の先生の音程が狂っているのが気になって仕方がないと言っていた。音楽の先生には嫌われたとみえて、息子たちの音楽の評価はよくなかった。授業態度が悪いからだという。エディンバラ音楽祭の少年少女の部で一位に入賞した子供の音楽の評価が、日本の公立中学校では音楽ではなく授業態度でなされていたわけである。

うちにはまだ幼い子供がいたから、ステップ・アウトといっても、親がいっしょであった。高校生なら親がついていく必要はないであろう。高校や大学のときに、一年ぐらい遅れることを気にしないでステップ・アウトするのも悪くはないと思っている。

現代の日本で昭和五（一九三〇）年前後生まれの人たちの活躍がわりに目立つと言われている。このあたりの世代は、戦争のため、否応なしにステップ・アウトさせられたようなものである。この期間をどのように受けとめたかは各人各様である。しかし軍隊に取られたわけでもないが、学業を学校で続けたわけでもない、という共通体験がある。

実は私は旧制中学二年生のころ、学校が嫌になっていた。ただ一つ興味があったのは、漢文の『論語』だった。もしあのままの状況が中学五年まで続いていたら、卒業まで学校にいたかどうかわからない。途中で一年近く肉体労働などさせられているうちに、頭が休息することができたように思う。それでなんとか卒業まで持ちこたえたと言える。

食糧動員で山の中の神社に寝泊まりしていたころ、雨に降りこめられたときなど、仕方なしにお互いが貸し借りし合って読んだ本が、私に知らない世界を見せてくれた。その一冊が佐々木邦の『凡人伝』であった。

明治のころのミッション・スクール――明治学院らしい――に入った田舎者が英語の先生になる話である。それまでミッション・スクールがいかなるものか私は知らなかった。そこに描かれた明治開明期のミッション・スクールの明るさは、山の中の村の神社で空腹を抱え、異臭に悩まされていた――便所が整備されない神社に大勢の生徒がぎっしり寝泊まりしていたから、周辺は排泄物だらけになっていた——惨憺《さんたん》たる状況とはあまりにも対照的であった。

『凡人伝』——誰の所持品だったか覚えていない——を回し読みした何人かは、「俺もミッション・スクールに入りたいなァ」と言ったものである。

留学すると何がわかるか

『凡人伝』を読んだ体験がなかったら、三年後に、進学係の粕谷先生が、「東京の私大の中では上智大学がいちばん卑《いや》しくない。あの学校は伸びる」と断言して、クラスのみんなに上智進学を強力にすすめられたとき、第二志望だったにしろ上智を受験することはなかったと思う。粕谷先生にすすめられて、私のクラスから、その年は六人が当時地方ではまったく無名の上智を受験した。それは空前のことであった。

私の場合のような一種の強制的なステップ・アウトもあったわけだが、そのほか当時多かったのは、肺結核になって一年から数年の間、ステップ・アウトした人たちだった。彼らの中には、後に優れた小説家や批評家や学者になった人が、私の知っているだけでも実に多いのである。今は昔よりもずっと人生が長くなった。ドロップ・アウトでなくステップ・アウトを考えてみてもよいのではないかと思う。

ステップ・アウトを考慮に入れた人事、特に高級官僚人事が、二十一世紀の日本にとって重要なのではないかと思う。高級官僚は日本を代表して外国と折衝する立場の人たちである。相手が日本語を話してくれることを期待するわけにいかないから、どうしても英語を使うことになる。英語で討論できるほど英会話が達者でないと困る。なるほど各官庁とも、入省した若手エリートを外国の一流大学に留学させる制度は持っているようだ。しかしそれではすでに遅いのである。その理由は二つほどある。

第一に、国家公務員採用I種にパスする年ごろでは、耳や発音の生理器官を鍛えるには年をとりすぎている。もちろん、才能に恵まれていて訓練次第で上手になる人もいるが、そういう少数の人を基準に考えないほうがよい。

第二に、中央官庁のエリートとして留学すること自体が、本人にとって大きなマイナスになる。というのは、官僚留学生として、相手の大学の教授も遇するからである。

エリート官僚になる人たちは、まだ無冠のころに、つまりたんなる一日本人の青年として留学し、たとえばアメリカならば学士《バチエラー》か修士《マスター》の資格を取って帰国していることを上級国家公務員受験の前提条件とすべきである。一日本人青年としてアメリカ——他の国でもよいのだが——に留学してデグリー（正式の卒業、修了の資格）を取ることがどれだけ大変なものであるかを体験する必要がある。

私がデグリーを取るべきだと考えるのは、これを取ろうとしたときに、初めてたんなるお客様でなくなるからである。加えて、一生を通じての交友関係や師弟関係もできるはずである。高級官僚として行ったのでは絶対見えないアメリカが見え、日本が見えてくるであろう。

たとえば、日本で「右翼」と言われている人たちに対する見方が変わる。私が言うのは、会社の株主総会に関係したり、街宣車を乗り回している人たちとはまったく無関係な、物書きで「右翼」のレッテルを貼られている人たちのことである。亡くなられた福田恆存氏や江藤淳氏、また今、正論をきちっと発言するような人たちである。日本の主力のマスコミが、マッカーサーの占領政策以来、左翼と連帯しているので、そうでない言論人たちが日本では右翼と呼ばれているのである。

アメリカに学生として留学すれば、日本のマスコミが国益を重んじた発言をする言論人に「右翼」というレッテルをつけていることがわかる。アメリカ人の大部分がアメリカの国益第一主義で凝《こ》り固まっていることも体験できる。

アメリカ市民を何人も拉致《らち》する国があれば、直ちに海兵隊を送りこんだり爆撃したりするに違いない。それに反対するアメリカ人はまずいないであろう。つまり一般のアメリカ人は、日本で右翼のレッテルを貼られている人よりもっと右翼的・好戦的であることも実感できるはずだ。それがむしろ正常な国家感覚であることもわかるであろう。

「日の丸」や「君が代」が侵略戦争に結びついているとして、その存在に反対している日本人が多くいるが、アメリカの星条旗はどうなんだ、イギリスのユニオン・ジャックはどうだ、フランスの三色旗《ドラポ・トリコロール》は……、という比較が自然に出てくる。

この前の日本が始めた戦争を侵略戦争と決めつけたのはマッカーサーがやらせた東京裁判だが、「侵略戦争ではなかった」とマッカーサー自身がアメリカに帰ってから公式の場で言明していることを知る機会もある。

私が今、ここで言っていることがすっとわかる世代は、外国に行くことが比較的自由になった時代に育った人たちである。安保騒動から全共闘世代のころまでの人たちで、一学生としてアメリカでデグリーを取った人はきわめて少ない。政治家や官僚レベルでもやはり少ないのである。一方、デグリーを取った男は、私の知る限りみな〝右翼的〟である。

若いころに外国生活体験がない人たちの中には、官僚として、あるいは政治家として偉くなってから外国に何度も出たことはあっても、平均的アメリカ人のセンス――国益重視で、日本で言えば〝右翼的〟考え方――が国際的には普通なのだ、ということが実感できない人が少なくない。

政治家は選挙民が選ぶのだからしばらくおくとしよう。しかし国益を担《にな》うエリート官僚を目指す若者には、ぜひまだ若いころに日本をステップ・アウトしてほしい。そのうえで、日本の大学を出て（出なくてもよいのだが）、国家公務員採用I種試験に通った人になってもらいたい。日本の受験秀才のコースを通っただけの人では、国家の政策を担っていくには資格として十分でないのだ。二十一世紀を目前にして、そういう時代になろうとしているのである。

ついでに言っておけば、学校の英語の先生も、一年以上、英語圏にステップ・アウトした経験者にしたい。そうでないと生徒の発音など直せるわけがない。先生が日本語を知らない外国人の英語を聞き取ることができず、聞き取れる耳を持っていないとしたら、どうして「コリア語の顔をした英語」を教えることができようか。相対音感のない人を音楽教師にしてはいけないのと同じことである。

四十年前にドイツにいたころ、ひとつ感心したのは、ギムナジウム（ほぼ日本の高校に当たる）の英語の教師になる国家試験で、何ヵ月か以上の英語圏での滞在経験を受験資格にしていたことである。教師になれば一生食える。日本でもそのための資格基準はうんと高くしてもよいのではないか。そのうえで教員試験には英文和訳と和文英訳を課すことにする。そうすれば「漢文の顔をした英語」もきちんと教えることができるはずである。

同じような意味で、社会科の教員も、半分ぐらいは実社会経験、特に海外での仕事の経験ある人にしてもよかろう。

今の全体の傾向としては、このままの状態が続けば、公立学校から「漢文の顔をした英語」はほぼ完全に姿を消すに違いない。文部官僚の大部分が、おそらく前に述べた英語の第一次ショックの体験者であって、「受験英語は役に立たなかった」という実感の持ち主だからである。第二次英語ショックの経験者はあまりいないであろう。一方、「コリア語の顔をした英語」の教育も、公立学校では完全に失敗すると予想できる。

というわけで各家庭と生徒は、耳と発音器官の訓練は自助努力で解決し、「漢文の顔をした英語」をマスターするためには、そういう教育を重んずる私立学校あるいは進学塾に行って、その方面の実力ある先生の指導を受けるより仕方あるまい。

第八章
皮膚、腸、水

自分の弱点を知り、それを補う工夫を重ねる

目や耳や歯などに関しては、若いころ、ほかの子供や青年たちより格段に劣っていたため、苦労が多かった。しかし古稀《こき》も近くなってみると、人生の出発点においてマイナスだったものについても、かえってよかったなァ、という気が時にしないでもない。若いときに目のよかった人が老眼になったり、歯のよかった人の歯が抜け始めたりしたら、いい気持ちではないと思う。私のように子供のころから目で苦しみ、歯で苦しみ、音痴であった者の場合は、年をとってから急にがっくりくることは少ないのである。

一病息災《そくさい》というが、マイナスがマイナスでなくなる年があるのである。また、自分の身体上の弱点を自覚することが息災に通ずることもある。

数年前からときどき、別につまずいたわけでもないのに、つんのめって転ぶことがよくあった。右の足首がギクリとするのである。それを支えようとして踏んばると、今度は支えきれずタタタと二、三歩蹈鞴《たたら》を踏んで道路につんのめる。かなり勢いがあるので、ずいぶん痛い思いをする。そして、右の足首が腫れ上がる。その繰り返しであった。

何もない平らな道路を散歩していて、側《そば》にいる家内にちょっと話しかけようとした途端に、まったく突然、右足ががくりとして、タタタと蹈鞴を踏んでばったりとつんのめった

こともある。膝《ひざ》や肘《ひじ》から血が出たり、踝《くるぶし》のあたりが腫れて、起き上がっても数分間は歩くことができなかった。

道路で転ぶだけならまだいいが、階段だと恐ろしいことになる。大学でわずか三、四段の階段を下りようとしたとき、ギクリが起こった。右手に教科書、左手に答案用紙を持ったまま、タタタと蹈鞴を踏んでつんのめったのである。すぐ目の前はエレベーターだ。正面衝突したら眼鏡が毀《こわ》れて目を傷つける恐れがある。眼鏡と目については、子供の時分から庇《かば》う癖が半ば本能的に身についているから、さっと頭を下げた。それで、エレベーターからわずかにそれた壁に頭を激突させる羽目になった。

頭に傷がつくと猛烈に血が出る。しかし、出血するわりに、怪我の程度が軽いことを知っていたから私自身はそんなに驚かなかった。ところが、私を見たとたん、事務室の女性はびっくりして泣き出した。

大学の救護室からしばらくして二人やってきたが、結局何もできず、救急車が呼ばれた。慶應大学病院が近かったのでそこで手当てを受けた。今は「何針縫う」ということはあまり言わないらしいが、「強いて言えば、十五針ぐらい縫ったことになる」と手当てをしてくれた医師が言った。

金曜日の午前中はずっと治療にかかってしまったので、午前中の授業はすべて休講になった。病気や怪我で休講したのは、大学紛争以来約三十年の間、これが最初で、今のところ最後でもある。

それでもその日の午後の飛行機で福岡に飛び、包帯でぐるぐる巻きにした頭で国際会議の基調講演をした。引き続き翌日は、大阪で講演した。あとになって、「話はともかく、頭の包帯が印象的な講演だった」と言われて苦笑した。

怪我は比較的軽くすんだので、翌週は休講しないでよかった。今は化膿させない処置が進んでいるため、傷は間もなくきれいに完治した。しかし、今後もっと大事故にならないとは限らない、そんな類《たぐい》の事故であった。

念のため人間ドックに入ったとき、足首も診《み》てもらった。それまでもときどき人間ドックには入っていたが、足首を診てもらおうと考えたことはなかった。お医者さんは私の右足首を回してみて、びっくりして言った。

「靭帯《じんたい》が緩《ゆる》くなっていて用をなしていませんね」

それでよくわかった。実は三十年前、アメリカから帰って間もなく、近所の駐車場に車を取りに行ったとき、駐車場の入口から入ると少し回り道になるので、塀を飛び越えたのである。そのころの私はまだ身軽なのが自慢で、国鉄四ツ谷駅の階段——四谷階段と言っていた——を三段ずつ跳んで上がるのを常としていたくらいである。この駐車場の塀も、いつも簡単に飛び越していた。

ところが、その夜、飛び下りて着地したところに、運悪く穴があって、右足首をグキリと捻挫《ねんざ》してしまったのである。子供の頭ほど腫らして外科に運びこまれ、治療を受けた。だいぶ長い間松葉杖のお世話になったがいちおう完治した。それから二十数年も経った今、その部分の靭帯が緩んできたのである。ちょっと角度をつけて足を下ろすと、足首がグキリとくる。「俺は柔道部にいたんだからこんなことで転ぶわけはない」と思って頑張ろうとしてもまったく力が入らず、タタタと蹈鞴を踏んでずでんとつんのめるわけがそれでよくわかった。

右足では絶対踏ん張ってはならないのだ、ということを胸にきざみつけたのである。それ以降はもう転ばなくなった。

自分の体の弱いところを知ることこそ、無事息災のもとなのだと、この足首事件は教えてくれた。自分の肝臓が弱いことを知っている人は暴飲しないであろう。肝硬変などになるのは、若いころに酒が強かった人、つまり肝臓機能の優れている人に多いというではないか。逆に言えば、弱点の多いことを補っていくのが人間らしいことで、人間の進歩のもとだったとも言える。

昔、ヨハン・ゴットフリート・フォン・ヘルダーの『言語起源論』を読んでいたとき、

「人間は欠如存在《マンゲルダーザイン》（Mangeldasein）だ」という人間観を知った。人間は飛ぶ能力では鳥に及ばず、泳ぐ能力では魚に及ばず、走る能力では馬に及ばず、腕力では熊に及ばず、視力では鷲《わし》に及ばず……というように、人間の能力は元来、他の動物に較べて「及ばないものだらけ」、つまり「不足《マンゲル》だらけ」なのである。しかし、今では人間は鳥よりはやく遠くまで飛び、魚よりはやく遠くへ航海し、馬よりはやく遠くまで走り、熊より力の強い機械を持ち、鷲よりはるかに遠くのものが見える望遠鏡を持っている。

すべての点で動物より肉体的に劣った人間が、すべての点で動物を超えるようになったのはなぜか。自分の弱点を知って、それを補う工夫を重ねたからにほかならない。人類の歴史を繙《ひもと》く雄大な話になるが、個人の生活史においても、弱点の自覚と対応が重要なのだ。自分の人生を振り返ってみると、よくわかるような気がする。

「皮膚とは個人と宇宙の間の要塞化された国境線」

自分の体質が虚弱（栄養不良）であり、目や歯など人目にもわかりやすいところに明白な欠陥があったため、健康に関する雑誌記事には子供のころから関心があった。大人の雑誌に出ている健康に関する記事を読んで実行してみる、という子供は私の周囲にはほかにいなかった。この癖は今日まで続いている。

そのうちで私にもっとも永続的な影響を与えたのは、若いころではアレキシス・カレルの『人間――この未知なるもの』（一九三五年＝昭和十年）、還暦を越えてからは三石巌の分子栄養学についての著作である。この二冊はちょうど正反対の人生観を語っている。

アレキシス・カレルはフランスの外科医・生理学者で、一九一二年（明治四十五年＝大正元年）にノーベル生理学医学賞を受賞した学者であり、外科手術の名手であった。この人が人間についての知識を総動員して書いたのが、『人間――この未知なるもの』という名著である。出版後数年にして十八ヵ国語に訳され、数百万部売れたという世界的なベストセラー、かつロングセラーであった。

この本は大学二年のときの倫理学の授業で、望月光神父が紹介してくださったものである。学期末に、「この本を精読すれば、私の講義ノートは読む必要がない」とまで言われた。こういう強烈な良書推薦の方法もあるのである。そのおかげで、私のその後の人生観の基礎ができたように思う。

自分が教壇に立つようになってから、推薦図書を求められるたびに、ヒルティの『幸福論』、幸田露伴の『努力論』、カレルの『人間――この未知なるもの』の三冊を挙げることにしている。相手がカトリックの学生の場合は、岩下壮一神父の『カトリックの信仰』を加えるのを常とした。

しかし、だいぶ前の話になるが、「カレルの本は手に入りません」と言ってくる学生が増えた。調べてもらったところ、どこの出版社でも出していないということだったので、三笠書房から私自身が新訳を出すことにした。

この本は青年に科学的な人間観を与え、勇気と向上心と精神世界への関心を喚起させる良書であると信じたからであった。人間に関して、厳密に科学的、医学的事実をもとにして記述しながら、魂の世界や奇跡の可能性を実例をあげて説いた稀有《けう》の書である。

この名著がどうして版権所有者も不明な状況になってしまったのか。三笠書房では手をつくして調べたが、不明とのことであった。どうやらカレルが第二次大戦後のフランスで、ドイツへの協力者（collaborateur《コラボラテユール》）とされたためらしいことが、あとになってわかった。

カレルはロックフェラー医学研究所で研究し、そこでノーベル賞も受賞したが、第一次大戦が勃発すると、軍医少佐としてフランス軍に入隊した。第一次大戦後再びロックフェラー研究所に戻ったが、第二次大戦が始まると、六十六歳の高齢にもかかわらず、再びフランスに戻って祖国のために働いた。主として戦争の影響による公衆衛生の低下という問題に取り組むためだった。

彼は二度の大戦に、二度とも、祖国フランスのお役に立つために、アメリカの心地よい研究の場を捨ててフランスに戻った愛国者である。フランスがドイツに降伏しヴィシー政権が成立すると、ヴィシー政府の下で、いかに人間をよりよくするか、特にフランス人をよくするか、という問題と取り組むための研究所を設立した。そして戦争終結の約半年前に亡くなった。

第二次大戦後のフランスではいかなる形であれ、ヴィシー政権と関係を持った者は対独協力者《コラボラテユール》として断罪されたのである。

たとえば、ペタン元帥がそうである。パリがドイツ軍の手に落ちた後、崩壊したフランスをまとめるためには、誰かが立つことが必要であった。第一次大戦の英雄ペタン元帥がその役を引き受け、首都をヴィシーに移したのである。このため、元帥は戦後、反逆罪にあたるとして、フランスの裁判で死刑判決を受けた。後にユウ島での終身禁固刑に減刑され、そこで死去した。

カレルはこのペタンのヴィシー政権の下で研究所を設立したので、対独協力者ということにされてしまったのである。ヴィシー政権については、この時代の研究家である作家の福田和也氏が的確な指摘をしておられる。

「……フランスが現実には敗戦国であるにもかかわらず、〝レジスタンス〟という神話を作りあげて戦勝国の一陣に滑り込んだ、ほとんど天才的ともいえるドゴールの、その手腕ゆえの欺瞞であった。対独協力者たちは、敗戦を〝現実〟として受けとめ、ドゴールのようにロンドンに逃げることのできない数千万の国民を守るために、宿敵ドイツとの交渉のテーブルについたが、単身ロンドンで祖国の不敗を唱えたドゴールは、彼らを裏切り者と呼び、フランスの抵抗（それは本当にささいなものだった）とは関係なく、米ソの力でドイツは倒れ、ドゴールはフランスが無力であるからこそ、その勝利、精神の勝利を声高に叫ばなければならなかった……」（「江藤淳先生と私」『諸君！』平成十一年九月号）

カレルがフランスで消された形になり、版権所有者も不明であるというのは、こうした事情によるものであった。

ペタンのヴィシー政府は、汪兆銘《おうちょうめい》（精衛）の南京政府に似たところがあるようだ。汪兆銘は疑う余地もなく愛国者であり、一日も早く大陸の戦火を治め、民衆を守ろうという意図を持っていたからである。しかし第二次大戦後の中国では、最大の漢奸《かんかん》（売国奴）ということになっているようである。

政治的な点については立場によっていろいろあるが、カレルが第一級の医師で生理学者であったことには間違いなく、その名著の価値も不変である。この名著に補うものがあるとすれば、一九五〇年代にDNAが発見され、分子遺伝学が成立したことによる成果であろう。その、まさにDNAの発見を出発点として分子栄養学を建設したのが故・三石巌である。

人間の生理学や健康や長寿のための書物はそれこそ汗牛充棟《かんぎゅうじゅうとう》もただならぬほどあり、参考になる意見はいたるところにちりばめられているが、あえて二冊を挙げるとすれば、カレルと三石巌ということになる。この二人の言うことは、たとえば「皮膚」の問題についてどういう考え方を私に与えてくれたか述べてみよう。

カレルは「皮膚とは個人と宇宙の間の要塞化された国境線である」という趣旨のことを言っている。考えてみれば当たり前の話だが、その重要性はピンとくる。さらにカレルは、人間の内部の皮膚、つまり粘膜は、宇宙（環境）と個人を化学的に交渉させていると言う。つまり個々の人間とは、外面は皮膚を、内面は粘膜を国境線とする「閉ざされた世界」であるということになる。

医学の専門家は人体の適応力を見落としている

皮膚に対する私の関心はカレルのこの言葉によって引き起こされている。それで皮膚を鍛えようということで、学生のころは毎朝、水をかぶったりした。それは長くは続かなかったが、風呂に入ったときに束子《たわし》で体中をこするということは今でもやっている。

ところが、何年か前、天ぷら屋に置いてあった上流マダム向けの婦人雑誌をぱらぱら見ていたら、東大の皮膚科の教授だという人が、このようなことを言っていた。

「皮膚は布で強くこすってもいけません。束子でごしごしやるなどはもってのほか。顕微鏡で見ると、そんなことをしたら皮膚が傷ついていることは一目瞭然です。皮膚は石けんをつけた柔らかい布で拭くぐらいでいいんです」

ちなみに最近たまたま見ていたテレビの健康番組でも、同じようなことを言っている医者がいた。

しかし私は皮膚の専門医たちの語る記事を読んでも、風呂の中での束子こすりも、朝起きたときの乾布摩擦もやめないでいる。この皮膚の専門家たちは、カレルの強調する適応力という人体に備わった要素を見落としていると思ったからである。人間の肉体は、二、三時間のうちに分解しだすような、柔らかくて変化しやすい物質によってつくられているが、それは鋼鉄でつくられたものより長く存続するのだ。

たとえば、足の裏の皮膚を考えてみればわかる。私は生まれてから七十年近くも厚さ数ミリの足の皮で歩いている。どんな厚い丈夫な登山靴でも、毎日はいていたら間もなく底に穴があくであろう。革靴——鉄底でもよい——の底には適応力がないからである。それに反して足の裏の皮は減らない。それどころか裸足《はだし》で歩き続ければ、かえって足の皮は厚くなるのだ。

山の開墾伐採《かいこんばつさい》作業に動員されたころ、みんな裸足だった。最初の二、三日はズック靴をはいたりしたのだが、すぐに破れて駄目になることがわかったので、みんな裸足で毎日山道を登り、山の斜面の雑木を切っていた。足の裏の皮はどんどん厚くなる感じだった。学校に戻ってからも、霙《みぞれ》が降り出すまで、私は毎日往復二、三キロの道を、裸足で通学した。人間の皮膚の適応力はそれほどである。

そういう経験があったので、カレルの言うことが正しく、東大教授の言うことは肝心なことが抜けていると思った。確かに皮膚を乾布でこすったり、束子でごしごしやった直後に顕微鏡で見れば、皮膚の表面は破壊されているに違いない。しかし、いつまでも破壊されっぱなしではない。迅速に元に戻るのだ。しかもたんに元に戻るだけでなく、さらに強《きょう》靭《じん》になるのである。

毎日やっておれば、復旧のスピードがますます早くなる。これが人間の適応力なのである。何十年間、私は風呂に入ると束子でごしごしやっているが、そのため私の皮膚が傷んだり、汚なくなったということはない。老人にしては私の皮膚はつやつや、つるつるしているほうだと思う。束子でごしごしやらなかった顔の皮膚のほうが、かえって汚なくなっている。顔にも束子をかけるべきだったかな、と思うこともあるくらいだ。もっともそんなことをしたら、面《つら》の皮が厚くなりすぎて困るよ、という声が上がりそうであるが。

乾布摩擦もよいものである。これをやらないと、冬などはいつまでも肌寒い感じがする。特に首のあたりが寒い。感じたままにちょうどよい温度に書斎を暖めると、頭のほうがぼうっとしてくる。寝起きに寒い洗面所で素《す》っぱだかになって乾布摩擦をやると、体がほかほかして、部屋をそんなに暖めなくてもよくなる。これは私個人だけのことではない。息子もそうだと言って真似をしている。

何年か前に山川静夫氏のＮＨＫの番組で、乾布摩擦の放送をやっていた。同じ都内の幼稚園でも、朝に乾布摩擦をやっているところの園児のほうが、やっていないところの園児よりも、冬にはシャツが一、二枚分薄着《うすぎ》になっているということだった。つまり、寒がりでなくなるということである。

この現象を、確か筑波大学だったと思うが、調査してみたところ、乾布摩擦をしている人は、寒気に対する反応が早くなっていることがわかったということだった。山川氏のテレビ番組のほうが東大皮膚科の教授より正しい実験データを出していたことになる。人間の適応力ということを視野に入れているのである。

肛門は宇宙と個人の接触点である

同じ皮膚でも、粘膜に関しては、私は子供のころから腸で苦しんだ。前にも言及したように、父と従兄——といっても私の叔父ぐらいの年長者だった——に連れられて海岸に遊びに行ったとき、私は疫痢になって、一時は医者も見放したほどだったそうである。そのせいか、子供のころはよく下痢をした。家にいるときはよいのだが、学校では困る。学校から家に帰る途中で、ズボンをすっかり汚して帰ったことが何度あったろうか。その気持ちの悪さを思うと、今でもぞっとする。

戦争が終わった年の夏は、特にひどかった。周囲も慢性の下痢に悩んでいる人が多かった。別に疫痢や赤痢といった伝染病ではないのだが、便が固まらないのである。今から考えると、極端なたんぱく質不足が一因だったのではないかと思うが、当時はそういう知識を誰も持っていなかった。

そこで登場するのが人気があった「ガッチャヤギ」と言われた民間治療者、英語で言えば、quack《クワック》に当たる人で、引っぱりだこだった。ガッチャヤギという言葉の語源は今も知らないが、治療法は簡単で、竹の太い箸《はし》のようなものの先に黒い練り薬をつけ、それを肛門に入れてぐるりと廻すだけである。排便するとき、ひどく肛門が痛い。しかし、重症でも二日、三日経つと、それで治るのである。私が知っている人も、みんな簡単に下痢が止まっている。売薬や医者の薬でも止まらない下痢がどうしてああ簡単に止まるのか、不思議でならなかった。

ガッチャギは、本物の医者と違って、食事制限はしなくてもよい、なんでも食べてよい、と言う。それなのに下痢は止まる。本物の医者は、食事制限させて薬――当時は質も悪かったと思うが――をくれるのに、下痢は止まらない。この問題は長いこと私の頭を去らなかったが、一つの仮説を立てるようになった。

それは、当時の日本人の肛門の不潔さである。今のように温水洗浄トイレがないどころか、お尻を拭く柔らかい紙などなかった。町で新聞が来るところでは、新聞紙が落とし紙の主流だった。高島俊男氏だったと思うが、同家では『主婦之友』がそれに使われていたと書いていたのを読んだ記憶がある。農村や山村には新聞は配達されないから、柔らかい木の葉がその目的に用いられていた。冬になって青い柔らかい木の葉がないときは藁縄《わらなわ》を使ったところもある。綺麗に拭けたわけがない。

肛門は宇宙と個人の接触点でもある。カレルは皮膚と粘膜は、環境、つまり宇宙との要塞化された国境線と見なしていたが、この国境線の大きな関所の一つが肛門なのである。この大きな関所が侵されれば、内部に悪い影響が出るのは当たり前である。そこに大便

——その約三分の一は細菌だという——がつく。当然肛門周辺が腐蝕する。影響は内部に及んで、下痢にだってなる。

日本人は風呂が好きだからまずまずのところで肛門の腐蝕は止まっているが、水泳のできない季節の山村などでは当然ひどくなる。風呂など滅多にたてない。そこで昔からガッチャギが山村地帯で重宝《ちょうほう》な医者がわりだったのではないか。終戦のころは、燃料が少なく、風呂にもあんまり入らず、海水浴などに出かけることもできなかったから、町の人たちまでガッチャギのお世話になるようになったのであろう。現に私は、昭和二十（一九四五）年になるまで、ガッチャギのことを知らなかった。ガッチャギはほとんど農村や山村だけを対象に活動していたからである。

あの太い竹箸みたいなものの先につけた練り薬の成分はなんだったのかわからない。どうせ大したものではなかったろうが、殺菌力ぐらいはあったに違いない。あのころの人は元来抵抗力が強くて戦中を生き残った人ばかりだったから、肛門はたちまち修復される。腐蝕しかかって弛緩《しかん》した肛門が再び締まってくるからか、次に排便するときはとび上がるほど痛い。

こんなことを考えていたので、今から十数年前までは、下痢になると、自分で自分にガッチャギ療法をやっていた。きれいに拭いてから、肛門に硼酸軟膏《ボーリック・オイントメント》を塗りこむのである。これはよく効く。硼酸軟膏《ほうさんなんこう》はガッチャギの薬よりもはるかによいものに違いない。旅行のときに、今でもオロナイン軟膏を持っていく。小さいチューブに入っているから洗面用具の袋に入って便利だ。つまり殺菌力のある軟膏ならなんでもガッチャギの薬の役目をしてくれるようだ。

この点では、排便後、肛門をきれいに洗える温水洗浄器つき便座の発明はすばらしい。これによって日本人は世界でいちばん肛門のきれいな国民になったのではないか。

だいぶ前、これが普及し始めたころに友人から聞いた話である。聖心女子大出の娘さんと若い外交官との間に縁談が持ち上がった。話はまとまりそうにみえたが、突然破談になってしまった。理由は、その外交官の次の任地が北京だったからだという。その娘さんは「温水洗浄器つきのトイレがない国に行くのは嫌だ」と言ったのだそうである。

今なら上海あたりでもよいホテルには日本製の立派な温水洗浄器つきトイレがあるからそんな心配はなくなったと思われるが、それが普及していない国に行くのが嫌だという娘さんの気持ちもよくわかる。

ところで、下痢のあとの肛門対策をどうするかよりも、もっと基本的なのは、何よりも下痢をしないことであろう。特に風土の違う国で起こした下痢はひどい。

これも二十年ぐらい前の話になるが、学会でマニラに行ったとき、激烈な食中毒にあって下痢が止まらなくなり、脱水症状を起こしたことがある。もう出る水分がないと思われるほど猛烈な下痢をしたあと、肛門に詰め物をして押さえながら、マラカニアン宮殿での国際学会歓迎のディナー・パーティになんとか出席したものの、始まる前にひっくり返って人事不省になってしまったのである。そのとき、居合わせた日本人のお医者さんの話では、脈も止まった状態だったという。

気がついたらマルコス大統領のベッド・ルームに運びこまれていた。宮殿でひっくり返ったおかげで、イメルダ夫人の姪《めい》という妙齢の美人に砂糖湯など飲ませてもらったあと、宮殿の地下脱出口らしいところから――つまり門のある出入口からでなく――イメルダ夫人所有と言われたホテルに、軍の車で運んでもらった。下痢のもたらした珍体験ではあったが、こんなことはないにこしたことはない。

「人間は食った物にほかならない」

ガッチャギの秘密の発見（?）で、下痢のあとの対策は大いに進んだが、しばしば起こる下痢そのものには悩まされ続けた。ドイツやイギリスにいたころはあまりなかったので、チーズのおかげではないかと思っていた。今にして思えば、たんぱく質の問題であったのであろう。日本に帰ってからもチーズを食べているときは、お腹をこわすことは少なかった気がする。

私が下痢から完全に解放されたのはパンラクミンが売り出された以後のことである。ヨーグルトのビフィズス菌などは腸にはよいが、多くは胃にある間に胃酸に殺されてしまって腸までたどり着かないという。胃酸は強烈なものだから、大いにありそうである。ところが、日本人の学者が腸に入ってから発芽する有胞子性乳酸菌・ラクボン菌の製薬化に成功したという情報が手に入ったのだ。薬品名はパンラクミンという。近くの薬局を十軒以上もまわってみたがどこにも置いていない。結局、都心部の大きな店に行ってやっと手に入れた（今ならどこでも手に入る）。

それ以来、私は子供のころから苦しめられた下痢癖から解放された。例外的に一回ひどい下痢をしたのは、スペインでオマール海老に当たったときである。このときはひと晩中下痢が止まらず往生した。しかし、いつものようにパンラクミンとお湯を飲み続けたおかげで、翌日には予定どおり自動車旅行を続けることができた。食中毒のような激烈なものに対しては、パンラクミンなどよりもっと強い劇薬を必要とするのかもしれないが、私の場合は医者なしでひと晩苦しんだだけですんだ。

勉強をしている大学院生や、若い学者たちにも、神経を使い過ぎるせいかどうか、腸の弱い人が少なくないようだ。私は彼らにパンラクミンをすすめている。パンラクミン愛用者になったある大学院生が――今は国立大学の教授になっている――「パンラクミンを飲むとよくおならが出るのはどうしてでしょうか」と言ってきたことがある。そんなことは私にわかるわけがない。「下痢よりはましだろう」と答えた。

ここ数年は、パンラクミンもほとんど使っていない。プラスティックの小さい容器に入れて常時鞄の中に入れて持ち歩いているが、使うのはもっぱら予防目的である。寿司《すし》など生物《なまもの》を食べ過ぎたかな、というときや、消化悪そうなものを食べたな、という気がするとき、十粒前後飲んでおく。これで下痢の心配はなくなる。

最近、なぜパンラクミンのお世話にならなくなったかと言えば、なんのことはない下痢をしなくなったからである。体質が一変したように下痢と無縁になった理由は何かと言えば、エビオスを常用するようになったからである。

私は故・三石巌氏の分子栄養学の諸著書を繰り返し読んで、十分納得した。胃や腸の粘膜は二、三日で廃棄されて新しいものになるという。廃棄される粘膜も、新しい粘膜も、たんぱく質でできている。つまり、胃腸の粘膜が新陳代謝するには、アミノ酸が必要なのである。

三石はエビオスについて何も言及していないが、ビール酵母からつくったというエビオスの栄養成分表を偶然見て、私は驚いた。メチオニンのような必須アミノ酸を含めた十八種のアミノ酸が入っているではないか。そのほかビタミン九種類、ミネラル九種類、核酸二種類などなどが含まれている。みのもんたの健康番組で推薦されるような栄養分はほとんど全部エビオスには入っているのである。

家内の父は働き盛りのころにエビオスを愛用していたが、老齢になってからいつの間にかやめてしまったという。これは大きな過ちだったのではないか、とも思った。

こんなにも多種類の栄養成分が入っているのは嘘みたいだが、発売元である大ビール会社や名のある製薬会社がこんなことで嘘の表記はしないだろう。表記してある栄養成分値を信用して、一日三回、毎食後十粒ずつ、つまり一日三十粒食べることにした。栄養成分を見るとこれだけ食っていても生きていけそうである。ともかくエビオスの登場をもって、私の腸は下痢と関係なくなった。それでも心配なときはいちおうパンラクミンも飲んでおく。

三石巌はアレキシス・カレル以来、人間の肉体についてもっとも貴重なことを私に教えてくれた人である。しかし、三石とカレルは、人間観としては正反対と言ってもよい。カレルは霊的なるものの実在を信じているが、三石は人体を物理・化学の反応体系としてのみ考えている。三石は唯物論者であり、『人間機械論』のLa Mettrie《ラ・メトリ》（一七〇九〜五一）の系列に連なっている。栄養学は三石のように唯物的に説明してもらったほうがよい。

昔読んだ関口存男のドイツ語の本に、「人間は食った物にほかならない（Der Mensch ist, was er ißt）」というフォイエルバッハの言葉だとされる例文があったが、三石も「人間はたんぱく質の流れだ」というエンゲルスの言葉を引用している。そこまで徹底しているから彼の唱える栄養学には迫力がある。

三石の本で教えられたことは多いが、その一つに卵と血中コレステロール値が高くなることに因果関係はない、ということがある。この一事だけでも、いかに長い間、医学界に迷信がはびこっていたかわかる。

時は日露戦争終結から三年ほど経った一九〇八（明治四十一）年ごろ、ロシアの医学者メニチコフが、血中コレステロール値と食物との関係を動物実験で確かめようとしてウサギを使って実験したのである。彼はウサギにコレステロールを豊富に含んだ食品の代表格である鶏卵や牛乳を与えたのち、血液を採って調べてみた。確かにウサギの血中コレステロール値が高くなっている。この実験の結果、「卵を食べると血中コレステロール値が上がる。だから、卵を食べてはいけない」という神話ができたというのである。

常識ある人がこの話を聞けば、おかしいと思うはずだ。なぜなら、ウサギは卵を食べない動物だからである。三石は「この実験はパブロフのごとく犬でやればよかった。なんとなれば、犬は卵を食う動物だからである」と言っている。最近は、人間を使って卵と血中コレステロール値の関係を調べる実験も数多く行われているが、いずれも因果関係はないという結果が出ているそうだ。卵を食わされたウサギの血中コレステロール値が上がったために、一世紀近くも医学常識が狂わされてきたというのは驚きである。

卵で注意すべきことは、食べ過ぎて摂取カロリーが過剰になることである。とはいえ、パンでもイモでもご飯でも、なんでも食べ過ぎれば摂取カロリーは過剰になる。何も卵に限ったことではない。食べ方が問題なのである。現に、摂取カロリーが過剰になるのを避けつつ卵のたんぱく質を摂《と》るために、卵の白身だけを毎日八個ぐらい食べて（黄身はカロリーが高い）、八十歳を過ぎても元気で活躍している実業家の話を聞いたこともある。

故・石垣純二氏は約三十年も前に、『常識のウソ』（文藝春秋）というベストセラーを書き、その中で「卵は一日何個食べてもよろしい」と主張した。いいことを言っていたのだが、当時現役の医学部教授に反論されてせっかくの自説を引っこめてしまった。三石が出るまで、再び卵は血中コレステロール値を上げる悪者にされてしまったのである。

卵の話はほんの一例であるが、三石はＤＮＡ発見以後の成果を取り入れてそれまで医学常識と言われていた迷信を数多く取り除いている。これからの健康を考える人は、三石の本を読んでおいて損はない。たくさんあるが強いて一冊を挙げるとすれば、刺激的すぎる表題ではあるが、『医学常識はウソだらけ』（クレスト社）が素人にもわかりやすいと思う。

井戸を掘ってよい水の出る宅地

腸の話のついでに便通についても話しておくことにしよう。

だいぶ前に「紅茶きのこ」が話題になったことがあった。シベリアかどこかで採れたという水母《くらげ》みたいなものを紅茶に入れると、それがどんどん大きくなる。その水母状のものが大きくなった（繁殖した）ところで、入れてある紅茶を飲むと健康にいい、というのである。私にも分けてくださった方がいたので、つくって飲んでみた。すると、それまで一日一回だった便通が二度ぐらいになったのである。もちろん下痢ではない。便通がよくなれば体の調子だってよい。私は紅茶きのこは効果があると実感した。

ところが、家内とともども十日ほど家を留守にして帰ってきたら、紅茶きのこは生長しすぎて不気味な大きさになっているではないか。気味悪いので捨ててしまい、その日は普通の紅茶を飲んだ。そうしたらやはり便通は一日二度あるのである。

「紅茶きのこでなくても、普通の紅茶を夜に飲めばよいのではないか」と思って、それからは一日何回か紅茶を飲むことにした。すると、やはり紅茶きのこと同じ効果があったのである。そのうち「ただの水でもよいのではないか」と思うようになり、うちの井戸水に切り替えた。

老人になると、水は少量ずつ、何回も摂るとよいと言われていることもあって、読書や書き物をしてひと息つくごとに水を飲むことにしてみた。それでも、必ず一日二回以上快適な便通がある。しかも、すでに述べたように、下痢とはまったく無縁である。つまり、便通をよくするには、水分を十分摂っておればよいだけの話で、紅茶きのこである必要も、紅茶である必要もない、ということなのであった。

水について言えば、三石は飲料にするのは水道水でよいと言っている。私もそう思うが、「味」の問題がある。

それで私は、わが家の井戸水を愛用し、かつ信頼している。信頼の根拠は私の父である。父が東京に出てくる前は健康状態が衰え、「今度の冬は越せないだろう」というほどだった。ところが、新婚のわれわれ夫婦とともに東京に住むようになると、めきめき健康状態がよくなったのである。食欲なども若いころをしのぐほどになった。寒い東北地方から温暖な東京に出てきたこともあるだろう。しかし、上京したのは初夏のころだったから、少なくとも最初の数ヵ月は気温には関係がない。それが上京以来、やや誇張して言えば、一日ごとに丈夫になり、若返っていく感じであった。

お茶のせいであろう、というのが私の観察であった。特に用事のない老人だから、朝起きたときから夜寝るまで、昼寝のときを除けばお茶から離れることがないというほど頻繁に飲んでいた。「ここの家のお茶はうまい」というのが父の口癖だったが、わが家のお茶はふつうの、安物の茶の葉である。要するに、茶の葉がいいのではなく、ここの井戸水がおいしいお茶をいれるのに合っていたのだろう。

そういえば、お茶にはうるさい知り合いの老婦人も、わが家でお茶を飲んだとき、「これはおいしい。どこのお茶ですか」と尋ねられた。お茶を見せたら、ごくごくふつうの茶の葉だったので驚いて、「水のせいで、おいしいんですね」と言っていた。

父の体の細胞は、新しい水で満たされたのであろう。頻尿の人でもあったから、たちまち体中の水分はわが家の井戸水に入れ替わった。これが急速な健康改善につながったのではないかと、私は思っている。こんな単純な推理によって、私は自分の家の井戸は健康によいと信ずることにしている。

掘ってから四十年ほどになる。そのとき井戸屋は、規則どおりに保健所の検査を受けて「合格です」と言っていたが、その後は検査を受けていない。ひょっとしたら細菌なども入っているのかもしれないが、少量のバクテリアを体に入れ続けることは、抵抗力や免疫力を維持するのにかえってよいだろうとこじつけている。

本当に有害物質が流れこんできたら、井戸水を引いた池の鯉や金魚が死んでそれを教えてくれるはずである。うちに来た外人客が金魚すくいですくって持ってきた小さい奴らも、今や十年以上も生きて巨大金魚になったのだから、まずは安心だろう。かつての鉱山で、有毒ガスが出ていないかを知るために、カナリヤを持って入った鉱夫の気持ちに多少通ずるところがある。

井戸水は私の大きな喜びの源だ。最初に家を建てるときに、水道が引けるような便利な地域の土地に手が出なかったおかげで、井戸を掘らざるをえなかったことが幸いした。貧乏は私に常に幸運を与えてくれた。井戸もその一つである。だいぶ前の話になるが、漫画家の岡部冬彦氏と井戸の話になったとき、岡部さんが「小さなモーターと少しばかりの石油を買っておくといいですよ」とすすめてくれた。大地震で電気が来なくなったとき、石油モーターで井戸のポンプを動かせばよい、ということであった。「なるほど」とそのときは思ったし、今もそう思っているが、実行するに至っていない。

大量の地下水を工場などが汲み出して地盤沈下させるのは公害だと思う。しかし、個人が飲み水や鯉を飼うぐらいの水量なら、地盤の沈下を止めるのにかえって役立つのではないかと思う。とはいえ、こういう自然の恵みを乱費してはいけないので、わが家では風呂やトイレでは水道水を使うことにしている。風呂を井戸水にしただけでも水道料は安くなると思うが、地下資源を大切にするつもりでそれはしない。

私が井戸を掘ってもらったころは、「井戸を掘らなければならないところに住む」のは、辺鄙《へんぴ》なところにしか土地が買えない証拠で、社会的ステイタスの低さを示すことであった。これからは逆になるだろうと思っている。たとえば、私の知人・友人で会社のオーナー経営者ぐらいの社会的地位にいる人でも、庭に井戸を掘らせてみたが鯉を飼えるようなよい水は出なかった、という人が何人かいる。地下水脈がよくなかったのだ。

考えてみると、江戸城をはじめ大名屋敷や旗本屋敷で井戸のないところはなかったはずである。武士は籠城《ろうじょう》のことを考えるから、飲み水のないところには住まない。番町皿屋敷の話は、並の旗本でも屋敷に井戸を持っていたことを示す。江戸時代の地図で大きな武家屋敷のあったところなら水脈がよいはずである。多摩川から上水を引いたのは、主として井戸のない庶民のためであったという。

故・清水幾太郎氏の関東大震災の記憶によると、自分は下町に住んでいて焼け出され、命からがら逃げたのに、その後学校に登校したところ、山の手に住んでいる生徒たちは何事もなかったかのごとく平然としていたそうである。つまり、江戸時代に井戸の掘れたところ——地盤がしっかりしていて大地震の被害も少なかったところ——が山の手なのである。

現代の人々がこのことに気がつくようになれば、井戸を掘ってよい水の出る宅地というのはステイタス・シンボルと見なされるようになるに違いない。

私が不動産屋なら、そういうところの空地を探し——今は相続やバブル破裂の問題でよい空地が多い――「よい水の出る井戸がありますよ」というのをセールス・ポイントにして、金持ちたちに呼びかけるであろう。茶の湯をやるぐらいの余裕ある人なら、飛びつくのではないか。呵々《かか》。

メガビタミン主義を実践して

三石の大きな業績の一つはメガビタミン主義（ビタミン大量摂取主義）の提唱である。これはアメリカのポーリング（ノーベル賞を二度受賞）も唱えていることだが、三石のほうが若干早かったようである。

三石は六十歳のときに白内障になり、「二、三年もすれば見えなくなるでしょう」と東大医学部の眼科の主任教授に断言されたという。ところが、物理学者であるとともに、自然科学一般に広く通じていた三石――彼は理科教科書の著者で広い知識を持っていた――は、白内障の原因がビタミンCの不足によるものだと知っていた。浴びるほどビタミンCを摂取すれば、治癒はしないまでも、完全に白内障の進行は食いとめられるのではないかと推論したのである。

この推論は正しく、その後三十五年間、九十五歳で死去するまで三石は、きちんと原稿も書けたし、細かい譜面を見ながらパイプ・オルガンの演奏もできた。

これが三石のメガビタミン主義の出発点である。ポーリングの出発点は何か知らないが、三石もポーリングもビタミンCの大量摂取を実行することからメガビタミン主義を唱え始めた。

実は私も、三石やポーリングとそれほど違わないころにメガビタミン主義を実行し始めていた。もちろん三石やポーリングのことは名前も知らなかった。それに私が始めたのは、この二人のようにビタミンCからではなく、ビタミンB群からであった。運動をしたあとなどの筋肉痛や関節痛にアリナミンが効くということは知られていた。だったら、風邪を引いて熱の出たときに起こる筋肉痛や関節痛にもアリナミンが効くのではないか、と思ったのがそもそもの始まりである。

当時は、アリナミンは一錠五ミリグラムのものが売られていた。それを五錠ぐらい一度に飲んでみたら、風邪の症状の中でいちばん不愉快な腰痛が起こらないではないか。不快な症状がなければもう治ったようなものである。アリナミン療法を実行するようになってから、風邪の腰痛や関節痛に悩まされることはなくなった。

それから間もなく、東大医学部講師という肩書のある高橋という人が、アリナミン有害説の本を出した。しかし私の風邪にアリナミンが卓効を示すことは確かなので、高橋説には従わなかった。

そのころ、恩師の故・刈田元司先生が風邪になられた。他人には、めったなことで薬をすすめるものでないことは知っていたが、このときは「アリナミンを飲むと楽ですよ」と先生に申し上げた。しばらくして刈田先生にお会いしたら、「アリナミンはよく効いたよ」と、わざわざお礼を言われた。アリナミンが効くのは私の風邪だけでないことを知った。

ドラマティックに効いた感じを持ったのはパリのオペラ座に行ったときである。私はオペラをあまり好まないが、家内は大好きだ。たまたま亭主に同伴してパリに住んでいた長女が、モーツァルトのオペラの切符を取ってくれたのである。

一月初めの寒いときだった。オペラを見ているうちに寒気がしてきた。肩も凝ってきた。それでも終わったあと、近くのレストランで遅い夕食をとった。体の調子はますます悪くなる。ホテルに戻ったのは真夜中ごろだった。さっそく一錠二十五ミリグラムのアリナミン三錠とバファリン（アスピリン）二錠を飲んで寝た。翌朝起きてみると、昨夜のことが嘘のようになんともない。すっかり治っているのである。

悪性のインフルエンザでなかったせいだろうが、とにかく明らかに風邪だったものが、アリナミンとバファリンを飲んで数時間眠った後に、完全に治ったことは確かである。異国にいたときの出来事だったので特に印象深いが、日本にいても同じである。アリナミンとバファリンで風邪は一日もすれば治ってしまう。

おかげで、大学紛争以後の約三十年間、風邪とか下痢とか、病気で休講したことは一度もない。例外は階段から落ちて救急車で運ばれたときの午前の授業だけである。今も腸はパンラクミンとエビオス、風邪はアリナミンとバファリンだけですぐに治ってしまう。子供のころからずっと悩まされてきた病気とは、本当に縁が切れたようだ。

　年をとり老化することは避けたいものである。しかしこれは必然だ。不老長寿の薬は、秦《しん》の始皇帝でさえ手に入れることができなかったのである。幸いなことに、老化を遅くするものはあるらしい。ビタミンEがよいと言われて久しいので、これは常識になっているだろう。問題は、合成されたビタミンEはまったく吸収されないことを知る人が少ないことである。

　ビタミンCやB群のような水溶性ビタミンは、天然のものでも合成のものでもかまわないそうだが、ビタミンAやEのような脂溶性ビタミンは今のところ天然のものに限る。ビタミンEは天然のものも合成品もトコフェロール（懐妊促進アルコール）で、どちらも分子式は$C_{29}H_{50}O_2$と同じだが、立体的構造では右手と左手の関係にあるらしい。天然のものは光学的に右旋《デクストロロータトリ》性であり、合成品は約半分が左旋《レボロータトリ》性なのである。合成品は中立であるから偏光性を示さない。

　肝臓に納まったビタミンEは、必要に応じて輸送体に結合して血中に出ていくが、これができるのは右旋性のもの、つまり天然のビタミンEだけである。左旋性のもの、つまり合成ビタミンEの約半分は、胆汁に溶けて腸に捨てられてしまう。

市販されているビタミンEの中にはまったく吸収されないものもあるそうだ。ビタミンB群とEとをいっしょにした錠剤もあるが、これに使われているEは合成品なので、効き目はそれだけ少ないということになる。

では、天然のビタミンEはどこから手に入れるか。錠剤となるビタミンEの供給源は、主として小麦胚芽である。だとすると、小麦を大量に扱うところがいちばん有利な立場になる。つまり製粉会社である。

そこで私は、日清製粉のビタミンEを取り寄せてみた。これは天然のものだけ、つまり右旋性のトコフェロールのみを使ってある。表示に嘘がなければの話であるが、皇后陛下のご実家の会社の製品表示に嘘があるとは思えない。大量の小麦を扱っているところだから、材料も豊富にあるだろう。そう考えて、私はもっぱら日清製粉のビタミンEを飲んでいる。

この会社のビタミンEは栄養補助食品の扱いとなっているので、「服用」という言葉を使わないで、「召し上がってください」という言い方をしている。こういう点も、好感が持てて気に入っている。

夫婦の寝室は別にする

年をとるということは肉体的に弱くなるということで、適応能力も下がることを意味する。年をとると暑さ寒さに弱くなるというのもそこからくるのだろう。別の言い方をすると、弱くなっているので、暑さ寒さに敏感になるということである。昔の西洋の富裕階級は、冬は避寒地に、夏は避暑地に行った。今は暑さ寒さも昔よりはずっと簡単に自宅でコントロールできるから問題は解決したようにみえるが、必ずしもそうではない。寒いときは部屋を暖ため、暑いときには涼しくすればよいという簡単な問題ではないのである。

特に老夫婦の場合は、〝お互いに〟暑さ寒さに敏感になっているから問題なのだ。亭主に適温と思われる温度が、女房には寒過ぎたり暑過ぎたりする。逆に女房にとっての適温が、亭主にとって寒過ぎたり暑過ぎたりするのである。若いころはお互いに適応力が高いからほとんど気にならなくても、年をとってくると我慢するのが難しくなってくるのだ。

それに、年をとってくると、夫婦の趣味の差や生活パターンの違いもはっきり分かれてくることが多い。床《とこ》に入ったらすぐ寝つく人、テレビを見たい人、本を読みたい人、明るいほうがよい人、真っ暗なほうがよい人など、夫婦の間でも差が出てくるのである。その差がお互いの癇《かん》にさわってきたりする。それを避ける方法はあるのだろうか。一つだけあ

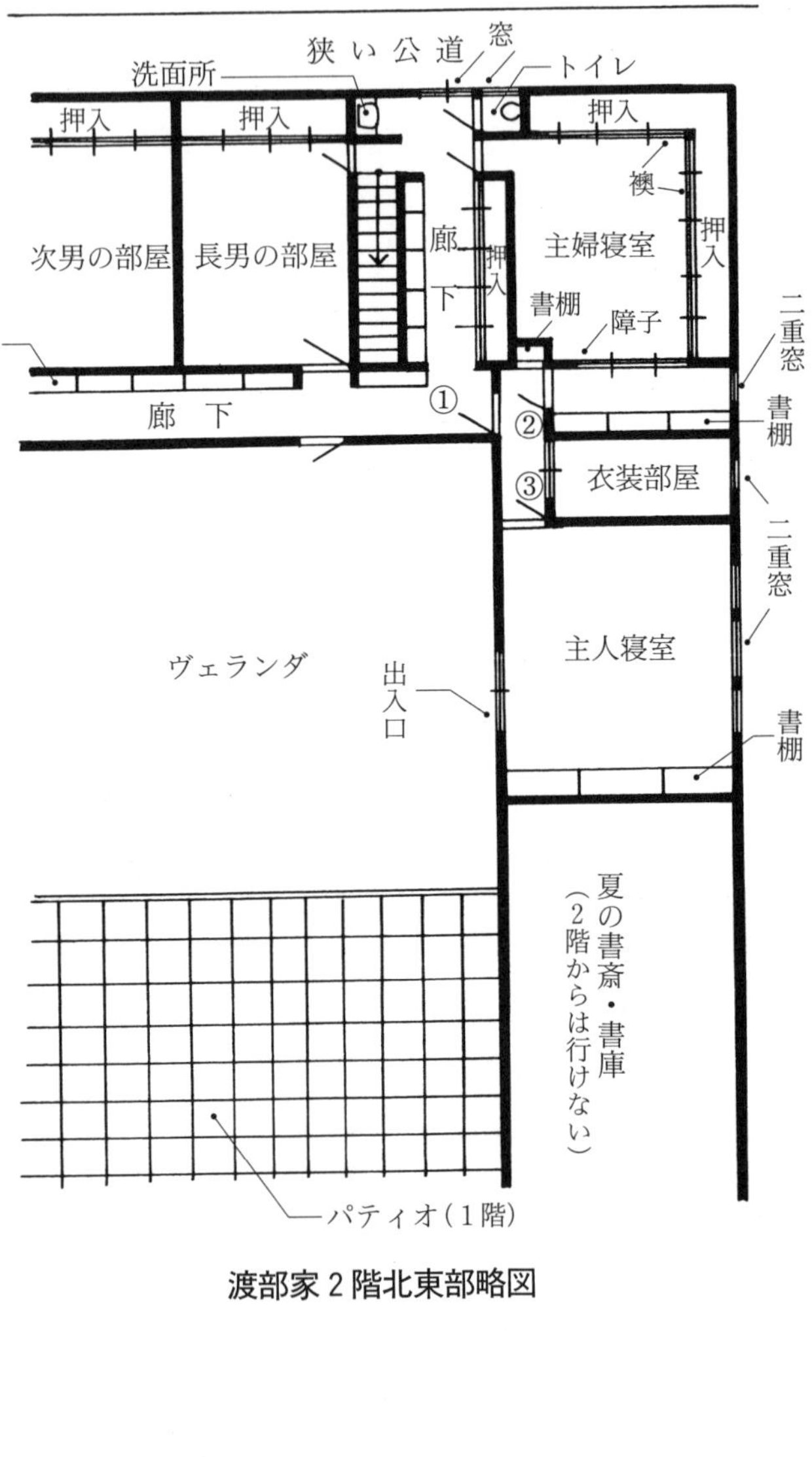
狭い公道
窓
洗面所
トイレ
押入
押入
押入
襖
押入
次男の部屋
長男の部屋
廊下
押入
主婦寝室
書棚
障子
書棚
二重窓
廊　下
①
②
③
書棚
衣装部屋
二重窓
主人寝室
ヴェランダ
出入口
書棚
夏の書斎・書庫
（2階からは行けない）
パティオ（1階）

渡部家2階北東部略図

る。寝室を別にするのである。

この問題に気づいたのは、私が還暦のころ、約十年ぐらい前である。家内にちょうどよいという室温が私には我慢ならなく暑いのである。また家内は枕元に小さい明かりが灯《とも》っていることを好む。私は真っ暗がよい。こんなことは、夫婦生活の最初の約三十年間にはほとんど意識に上らなかったことである。

このような差が大きくなったことについて、私はお互いの我儘《わがまま》が出てきたからだとは思わない。老化が進んできて、適応能力が下がってきているのだと解釈した。それで寝室を別にすることにしたら、お互いに具合がよくなった。あるとき、こんな話を作家の深田祐介氏に話したら、満幅《まんぷく》の同感を示された。深田氏もやはり室温に対する感じ方の差がいちばん大きい問題ではないか、と言っておられた。

夫婦は一単位という形を保ちながら寝室を別室にする——これを両立させるのはなかなか難しい。しかし、継ぎたし継ぎたし増改築をやっているうちに、家内がうまく解決した。略図の中のドア①を閉じると、これは板戸であるから、われわれ夫婦だけの空間となる。その中で、ドア②の内側は家内だけの寝室、ドア③のこちらは私の寝室である。夫婦の寝室が別々でありながらドア①の中では共通、という感覚に、私は大いに満足している。

私の記憶の中でも、父と母が同じ部屋で寝ていたということはない。ところが祖母の生家に夏休みに遊びに行くと、祖母の姉夫婦である老人夫婦と、その子供の若夫婦が、それぞれ「ヘヤ」と称する夫婦だけの個室を持っていて、そのことを奇妙に思ったことがある。考えてみると、昔はだいたい三世代が同じ屋根の下に住んでいた。しかも雪深いところでは、ひと晩大雪が降ると隠居所などを別棟にしていたら完全に埋まってしまうから問題外である。老夫婦、若夫婦、その子供たちは、囲炉裏《いろり》のある部屋を共同の居間にしていっしょに住んでいる。夫婦のためのプライヴァシーが必要なのだ。部屋というのは、「ヘ(隔)ヤ(屋)」だという語源説もある。同じ屋根の下の仕切られた空間という意味であろう。

事実、祖母の生家では「ヘヤ」に入ることは、同じ家の者でもできないことで、その夫婦だけの絶対隔離空間であった。私は祖母の生家ではみなからずいぶん可愛がってもらったが、どの夫婦の「ヘヤ」にも入れてもらったことはない。中を見たことがないから、どういう造りになっていたかも知らない。それは完全なプライヴァシー――そんな言葉は知らなかったが――の保たれた空間であった。

貧しさの標本みたいに言われている東北の山村でも、それだけの生活の知恵があった。だからこそ、家族制度が保たれたのだと言える。

今の私が直面している問題は、そこからさらに一歩踏みこんだプライヴァシーの問題である。祖母の時代の人々は、夫婦間で「ヘヤ」の温度に対する感じ方の差を問題にすることはなかった。火災を怖れて絶対に室内に火を入れなかったからである。もちろん、今のような電気やガスや石油の暖房器具は存在しなかったこともある。寒いときはそれこそ夫婦で暖ため合ったろうし、暑いときは誰はばかることなく夫婦で素《す》っぱだかになっていたのではないだろうか。それに長寿は今のようにふつうではないから、わりとはやく配偶者を失うことが多かったと思われる。

夫婦間で室内温度の感じ方の差が問題になるのは、個室に暖房が入り、夫婦とも高齢になるという社会になったからであろう。

体臭と鼾と夫婦の関係

嗅覚の問題も深刻である。

私の鼻は馬鹿になっているが、家内の鼻は優秀なセンサーのように敏感である。嗅覚が鋭いと、台所のガス洩れとか、腐りかかった食品を見分けるには便利であるが、共同生活者には迷惑なこともある。

家内によれば、私の体臭は年とともに私の父のものと似てきたそうである。確かに私は父と体質が似ているから体臭も似ているのかもしれない。年をとれば文字どおり老人臭くなるだろう。しかし私は腋臭《わきが》ではないし、風呂では束子《たわし》に石鹸をつけて体中をごしごし洗うし、散歩して帰れば必ずシャワーを浴びて洗う。老醜ならぬ老臭のほうは皮膚からはあまりないはずだ。その点は、風呂嫌いだった父とはだいぶ違う。しかし頭は毎日洗うわけでないし、鼻の具合はあまりよくない。口臭のひどいときもあるかもしれない。

特に鼻は、子供の時分から鼻の医者にかかっているがよくなったことは一度もない。ちょっとよくなっても、間もなく必ず前より悪くなってしまう。それで長い間医者には行かなかった。そのうち食物やビタミンの摂取状況が改善されたせいか、自然によくなってしまった。それを人間ドックで引っかかり、いじり始めたら急に悪くなった。別の名医と言われるところに行ったが、さらに悪くなっただけなので、このごろは医者には診せないことにしている。

鼻水のひどいときは、内科医にもらったスプレーを使うことにしているが、これを使うと一発で鼻水がとまる。しかし奥のほうでは鼻炎が残っているのだろう。自分には臭わないが、寝室をともにする者には臭うようである。そういえば、父もひどい鼻炎を起こしていた。などなど体臭はどうにもならない。

昔は部屋の通風換気がよかったから、つまり隙間だらけだったから、匂いに関しては大して気にならなかった。今の気密性の高い部屋では無視できない問題である。部屋の中で炭火を起こしてスキ焼きができた時代とは、家屋の構造がまるで違ってきているからだ。

さらに尾籠《びろう》な話になるが、放屁《おなら》の問題がある。「嫁の屁《へ》は　五臓六腑を　かけめぐり」というのは、昔のお嫁さんの話である。昔、男には、特に一家の主人には放屁の自由があった。またその弊害（屁害？）も家屋構造の故に少なかった。しかし、今はその放屁権もだんだん難しくなってきている。

寝室にいるときぐらいは放屁の自由を持ちたい、という憧憬（？）は男にも女にもあるはずである。寝返りするときなどに出ることもあろう。それを抑えこむのは体にもよくなさそうだし、精神的にもストレスになる。かといって、そのたびにトイレに行くのも面倒である。夫婦のような安定した男女関係では、お互いに放屁も許されるから「臭《くさ》い仲」と言うのだと落語で聞いた覚えがある。とはいえ、気密性の高い部屋では、夫婦も「臭い仲」ではおられなくなった。

特に女性が匂いに敏感なのには、いろいろな意味で根拠がある。

大学生のころに佐藤順太先生のお宅で雑談していたとき、「一般に嗅覚がすぐれている動物は、人間よりも下等です。人間の中では女のほうがずっと嗅覚が鋭いのは、男より動物に近いからではないでしょうか」と私が男性優位思想《メイル・ショーヴィニズム》を丸出しにしたようなことを言っ私の母は香料を扱う仕事をしていたが、犬のように敏感な嗅覚の持ち主だった。順太先生は破顔一笑されてこう言われた。

「うちでも、家内の鼻はいいよ。毎日、真剣に鼻を使い続けているから敏感にならざるをえないのだろう。いつも台所で、食べ物が悪くなりかけているかどうか嗅《か》いで判断しないとならないのだからね（当時は、一般家庭に電気冷蔵庫はない）。逆に鼻の鈍い女は、家族の食べ物に無関心なのかもしれないよ」

確かに冷蔵庫の普及した今日でも、主婦は毎日食べ物をクンクン嗅いでいる。

さらに、女性にとって、匂いがもたらす印象について、同情すべき点があるな、と感じたことがあった。だいぶ古い話になるが、家内と私の共通の知人の音楽家からこんな話を聞いたことがあるからである。

「○○先生のお宅のレッスンに上がったとき、トイレをお借りしたのです。それはちょうど××嬢が入った後でした。きっとお腹の具合が悪かったのでしょうね、ものすごく臭《くさ》かったんですよ。鼻が曲がるほどどころか、実際、涙が出たほどでした。××嬢はその後有名になって、舞台やテレビで見ることがあるのですが、まずあの物凄い涙が出るほどひどかった悪臭を連想してしまいまして……」

この話を聞いて家内も私も笑ってしまったのだが、笑い事ではすまなかった。その話を聞いてからというもの、家内も私も××嬢をテレビで見ると、最初に頭に浮かぶのが、その強烈な悪臭の話なのだから。まさか汲取り式の時代のことではなかったと思う。××嬢には気の毒なことに、きっと○○先生のお宅のトイレの換気装置が悪かったに違いない。

こうした匂いのことは、男の場合はなぜか忘れられやすい。しかし妙齢の才女ともなると、その手の連想は何年も何十年も続くから怖ろしい。なんでも近ごろは自分の匂いを病的に怖れて、精神科医のやっかいにならざるをえない女性も出てきたという。農家が裏庭で堆肥《たいひ》をつくり、畑に人糞《じんぷん》や人尿をまき、町中を肥樽《こえだる》が運搬されていたころにはなかった話である。

もうひとつ付け加えれば、鼾《いびき》の問題もある。特に男は年をとるにつれて鼾が大きくなる場合が少なくないようだ。自分にはわからないが、私も相当ひどいらしい。若いころは合宿をしても鼾について文句を言われたことはないが、五十過ぎあたりから甚しくなっているようだ。これも寝室をともにする者には苦痛の元になる。年をとって眠りが浅くなっているのに、隣でゴーゴーやられたのではたまらない。

室温に対する感じ方の差、体臭や放屁の問題、それに鼾の問題を考えるとき、年寄りになったら寝室は夫婦別にするというのが、お互いによいのではなかろうか。西洋でも、王様や貴族などは夫婦の寝室は別だったはずだし、日本でも将軍や大名などの閨《ねや》は夫婦別だった。大名でなくても、武家では妻が夫に素顔を見せてはいけなかったという。私が子供のころも、近所のお医者さんの奥さんは武家の出身だとかいうことで、いつでもきっちりと化粧をしていた。もちろん寝室も別だったのだろう。

そういうわけで、近ごろは洋画で中年以上の夫婦がダブル・ベッドの寝室一つで生活しているのを見ると、ひどくおぞましい感じがする。若い夫婦ならいざ知らず、「よくもまあ、二人とも我慢しているよ」と思ってしまうのだ。

欧米人夫婦でも、室内温度の差の感じ方はあるはずだし、体臭は日本人より強いと思うし、放屁もあるだろうし、しかも食べ物の関係からその悪臭の度合も強いだろうに――などなど、よけいなことを考えてしまう。毎晩ダブル・ベッドでは、長い間には離婚もしたくなるのではないか。寝顔が可愛いのは子供か若いうちだけだろう。

第九章

順ニ逆ッテ仙ニ入ル事

『知的生活』の著者ハマトンの忠告

年とともに老衰していく。これが「順」である。しかしこの「順」に逆《さか》らって不老不死の術《すべ》を修めた者がいる。これを「仙」という。これをまとめていうと、「逆順入仙《ぎゃくじゅんにゅうせん》」、あるいは書き下し文にして「順《ジュン》ニ逆《サカラ》ッテ仙《セン》ニ入《イ》ル」という。

この言葉を覚えたのは、幸田露伴の『努力論』の中からである。露伴は別に出典を示していなかったと思うが、しかるべき出典のある言葉であろう。露伴の『努力論』は学生時代からの座右の書であり、この言葉の存在はずっと知っていた。しかし、この言葉の言わんとするところを実感したのは、五十代の半ば過ぎ、六十歳に近くなったころである。

勤めていた大学にはサバティカル・イヤー(七年目ごとの一年間の有給休暇)制度が導入され、私がその第一回目に当たったのは、四十八歳ごろだった。私はその一年を、スペインで過ごそうかと考えていた。丸一年間、ラテン語ばかり読んで暮らそうと考えたからである。

ラテン語は大学二年のときから少しばかりやっていた。ドイツで書いた学位論文は中世のラテン文法書を扱ったものだったので、特定の分野のラテン語は読めるが、ラテン語一般のことになると話は別である。といっても、いわゆる古典ラテン文学についてやる気は初めからなかった。『知的生活』の著者P・G・ハマトンの忠告がきいていた。

少年ハマトンの保護者《ガーディアン》（彼の両親は死亡していた）は、彼をオックスフォードのベリオール・カレッジに入れるため、オックスフォードのテューターをしていた古典学者の家に彼を預けて特訓してもらった。ハマトンはイギリス国教会の規定する三十九ヵ条を誓うことを嫌って——当時のオックスフォードやケンブリッジに入るには、イギリス国教会の誓いをする必要があった——結局、進学しなかったが、ギリシャ・ラテンの古典学者の家に住んでいるうち、次のことを観察したのであった。

「ギリシャ語やラテン語を完全にマスターするには、一生の半分を使わなければならない。そして、それを忘れないようにするために残りの半分を使わねばならない。自分の先生はギリシャ・ラテンの古典なら引用自在であるが、英文学にもフランス文学にも、また美術にもまったく無知で関心もない。ギリシャ語やラテン語はある程度できたら満足すべきで、翻訳で読んでかまわない。原文がどうなっているか気になるときだけ、翻訳とつき合わせればよい。こうして救われる厖大《ぼうだい》な時間は、自分のもっとも好む分野にふり向けるべきだ」

この教訓には思い当たるところがあった。私はハマトンの忠告に従うことにした。五百巻ほどある『ロウブ・ギリシャ・ラテン古典対訳文庫』の一式をそろえて、これまでラテン語をやってきた。その点ではハマトンの知恵に感謝している。ひょっとしたらロウブの対訳文庫の発足のヒントも、ハマトンから出ているのではないかとも思う。ハマトンの『知的生活』は当時のベストセラーであり、半世紀以上にもわたるロングセラーでもあったから、知識階級の考え方にも影響するところが少なくなかったと思われる。

スペインで私がラテン語を読みたいと思ったのは、古典の文献ではない。ルネサンス以後のイギリスの学者や文人の書いたラテン語文献を読みたいと思ったのである。こういったものでは、翻訳のあるもののほうが例外である。ちなみに、トマス・モアの『ユートピア』などには英訳がある。

日本の状況と較べてみたらわかりやすいかもしれない。いわゆるシナ文学の古典は、四書五経に始まって、『史記』や『資治通鑑《しじつがん》』のような厖大《ぼうだい》なものも、また代表的詩人の作品も、たいてい訳されている。しかし日本の学者の書いた漢文は、平安朝以来多くあるが、訳されていないものも多い。日本人学者の書いた漢文の日記や、注釈などを読みたいと思ったら、相当の漢文の勉強が必要であろう。イギリスの学者も昔はラテン語で書くのが普通であった。しかしそれが英訳されている比率は、日本人の漢学者の漢文が訳されている比率よりずっと低い感じである。

私の知る限り、今のほとんどのイギリスの学者はそういうものをまず読まないし、また読めない。だから、自分で読むより仕方がない、と思ったのである。そのために、ラテン系の国であるスペインあたりで、朝から晩までそうしたものを読んだらよいだろうと思いついたわけである。

残念なことに、この計画は実現しなかった。客観情勢が変わって、スペインの代わりにエディンバラに行くことになったのである。ここでは新しい知的風景が眼前に展開するような体験ができた。それはそれで大変よかったのだが、ラテン語マスター計画のほうはそのままになってしまった。

それから七年経ってまたサバティカル・イヤーが来た。今度は学科の都合で半年だけ、つまり一学期だけが休みだった。もっともこれに春休みと夏休みが前後にくっついているから、七ヵ月以上の休暇になる。六月ごろに、友人の家族といっしょに郷里を旅行したことなど、特に楽しい記憶として残っている。初夏の郷里を見るのは、それこそ何十年ぶりだった。

ところが、その休暇が終わるころに愕然としたのだ。自分は格別なんの特別な計画もなく休暇に入ったことに気づいたからである。七年前の休暇の前には、「スペインでラテン語を」などと考えていたのに、今回の休暇については、多少の国内旅行と通常の読書・執筆などしか考えていなかった。五十歳になる前の自分と、六十歳になる前の自分とでは、十年たらずしか違っていないのに、将来に向けての研究計画に対しては臨む姿勢がまったく違っている。「われ老いたり」という実感が胸にせまってきた。

このとき頭に浮かんだのが、幸田露伴の「逆順入仙」という言葉であった。私が学生のときに露伴の『努力論』を読むことを強くおすすめくださったのは、故・神藤克彦教授であったが、こういうときにはつくづく「わが師の恩」を感ずる。

記憶力を向上させる「暗記法」

不老不死はもとより不可能な話である。しかし遅老遅死遅呆は「順に逆らう」ことによっていくらか実現できるのではあるまいか。こう考えて、七年前に決心したように、ラテン語習得の道に戻ろうと思ったのである。老化のもっとも困るところは「記憶力の低下」と「肉体の硬化」であるから、まずこの二点で「逆順」することにした。

肉体の硬化については、五十歳になるころに、故・佐橋滋氏（通産次官、余暇開発センター理事長）にすすめられた真向法《まっこうほう》（床にすわって左右に足を大きく広げて伸ばし、上半身を床につけるなど四種類の動作を繰り返す体操）をやり続けることにした。

これをやり始めた五十歳のころは、悲しくなるほど自分の体が硬くなっているのに驚いたものであるが、六十歳を過ぎるころには、股を開いてすわり、臍《へそ》から顎まで床につくようになった。今でも楽にできる。さらに直立してから両手を床にぴたりとつけることもできる。五十歳のころに全然できなかった肉体のポーズを、七十歳を前にしてなんの苦労もなくできるのはいい気分である。自分の息子や孫よりも肉体が柔軟だという実感は、年をとればとるほど嬉しい。こういった心理的効果がもたらす影響は、相当大きいのではなかろうか。

真向法を創始された方は、赤ん坊にできることが、大人になると体が硬くなってできなくなることに注目されたと聞く。確かに、赤ん坊の体は柔軟であり、老人は硬く、死ねばそれこそ死後硬直をする。鈴木・元東京都知事は八十歳でも真向法ができたというが、今はどうしておられるだろう。

ただ真向法は体を横に捻《ねじ》る運動がない。そこで、自己流で捻る運動と、ついでに三点倒立を加えている。捻りや逆立ちを加えたのは、ぎっくり腰の予防になるのではないかと思ったからだ。ぎっくり腰になった人は、どうも老化が急に進行する例が多いように思う。それに、ぎっくり腰をやった人の動作は、確実によぼよぼ老人のそれである。

肉体のほうは真向法を中心として、散歩を加えるだけでよしとした。ジョギングはやらない。ジョギングの元祖のフィックス氏がジョギングの最中に死んだりして警戒されるずっと前に、「自分の体によくなかった」と私は書いている（『クオリティ・ライフの発想』講談社学術文庫)。私の体にはジョギングは合わないのである。

問題は「記憶力の低下」である。ラテン語習得の道に戻ることにしたのは、記憶力低下に歯どめをかけようと思ったからである。

まず研究社の『大英和辞典』の巻末についている「〔英語から見て〕外国語〔ラテン語のものが中心〕の熟語・引用句集」の暗記を、足ならしとして始めた。これをコピーに取って持って歩く。暗記するのは読書に適さない乗物の中、タクシーなどに乗ったときに限った。電車なら本が読めるから、読書に使う。ひと区切り読んで暗誦できたら前に進む。その次の機会に、前に暗記した分をもう一度暗記し直す(たいてい忘れている)。それからまた前に進む。そんなことの繰り返しで間もなく全部暗記し終えた。

次に取りかかったのは、『イギリスの法律格言』(武市春男著、国元書房、昭和四十三年)という三百ページあまりの本である。格言集だから暗記に向いている。しかも、イギリスやアメリカの法律書や判決録から集められた格言の大部分はラテン語である。これに英訳がつき、さらに著者の邦訳が付されていた。この本の暗記には、第一回目は三、四年かかったと思うが、二回目はずっと短期間で終えることができた。

この本の暗記はたんにラテン語の勉強になっただけでなく、昔からのアングロ・サクソン国での法律思想の基となった名文句をまとめて知ることができたという実益があった。

このころ、グナイストの『イギリス法制史』の英訳版を手に入れて読んだのだが、そのとき『イギリスの法律格言』の暗記が大いに役立ったのである。

グナイストはベルリン大学のローマ法、アングロ・サクソン法制史の教授であり、伊藤博文にプロシア憲法の逐条講義《ちくじょう》をした人である。この逐条講義録は、あまりにも明治憲法の根幹部と似ているため一種の秘密文書とされ、世の中に出てきたのは日華事変が始まったあとの昭和十四（一九三九）年ごろのことだった。しかし、すぐに発禁になったようである。このグナイストの『イギリス法制史』は古代から近代に至るイギリス法制の通史として世界最初のものであり――イギリス人の書いたものはそれまでなかった――今日でもこれに比肩《ひけん》する類書はないとされている。

この本の脚注には、古い法令がラテン語のまま付けられている箇所が多い。その大部分をすらすら読んで理解することができたのは、『イギリスの法律格言』の暗記のおかげだと思っている。

そして今取り組んでいるのが、『ギリシヤ・ラテン引用語辞典』（田中秀央・落合太郎共編著、増補版第四刷、岩波書店、昭和二十九年）のラテン語部分の暗記である。

これは何しろ八百八十ページ以上にもなる大著なので、今は五百ページを超えたところである。ようやく峠《とうげ》を越した感じである。来年の誕生日までには、一回目の暗記を終えた

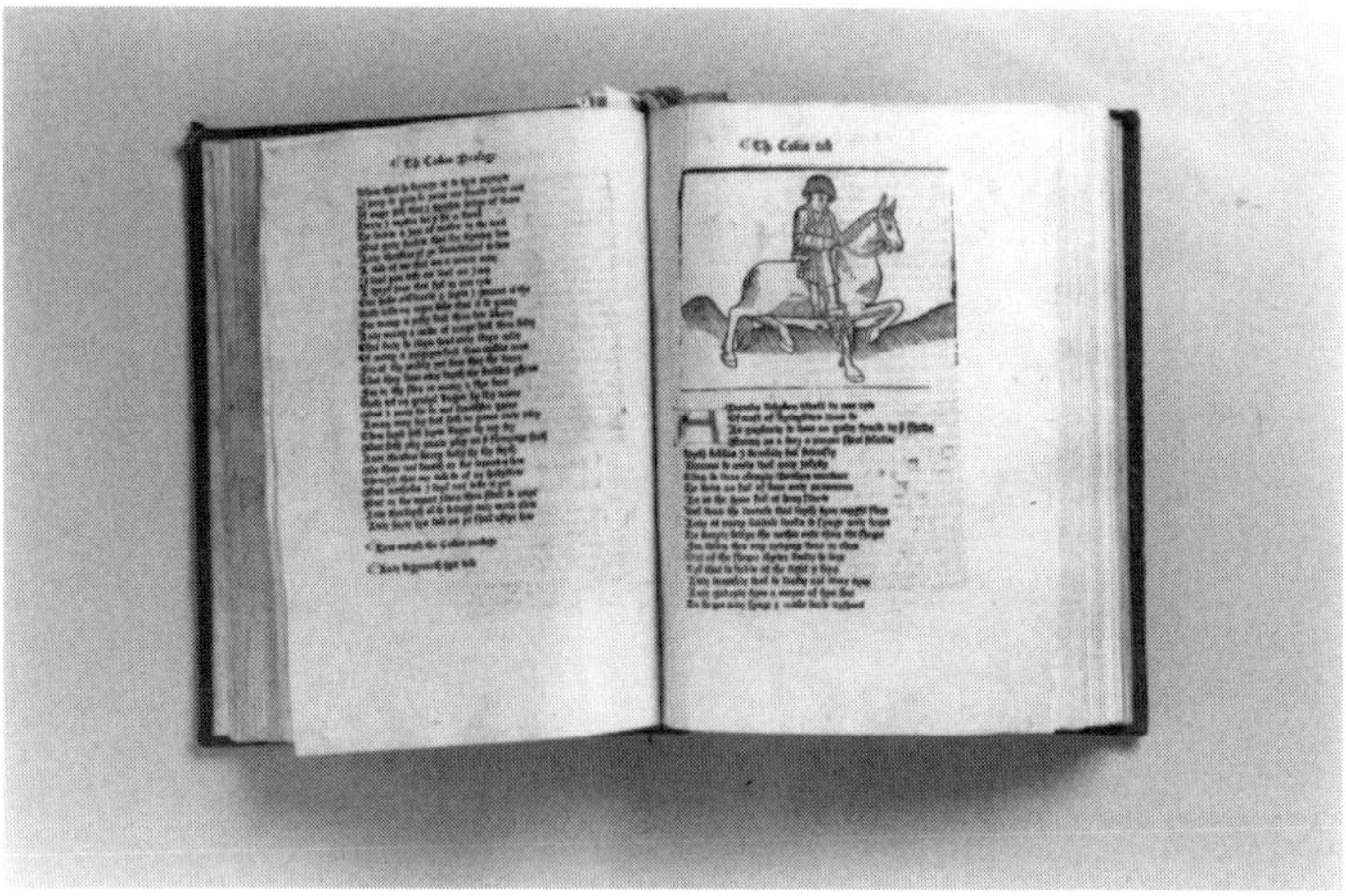

所蔵の洋書の中で一番古いチョーサー『カンタベリ物語』のキャクストン絵入初版本（1483年版）

いと思っている。一回目は、書かれているものをすべて暗記したものの、たんなる文学的名叙述など暗記する必要のないと思われるものもあった。それらを省けば、二回目に暗記するときには、うんとスピードが上がっているはずである。

このような具合で、還暦の二、三年前から十年ほど、「車に乗ったらラテン語暗記」を続けてきた。このごろは大学にもタクシーで行く。金はかかるが「ラテン語の個人教師に払う謝礼だ」と思うことにしている。

こうして十年も続けておれば、ラテン語を暗記するスピードが上がるのは当然のことにすぎない。しかし本当に重要なのは、その副産物というべきものであった。

六十歳からでも肉体と脳は鍛えられる

ラテン語を暗記すればラテン語の暗記力がつく。これは当たり前の話で、なんの不思議もない。ところが、特に勉強していない漢文やドイツ語の暗記力までついているのである。このことを偶然に発見して驚いてしまったのである。

三十代から四十代にかけて短歌と漢詩の朗詠を習ったことがある。絶句（四行）の詩は暗誦できたものだが、律詩（八行）になるとはなから暗誦はできないものと思っていたし、事実暗誦したものは一つもなかった。中学・高校・大学と漢文を学んだが、絶句でも暗誦しているものはほんの少ししかない。しかも乃木大将の「山川草木転荒涼《うたた》」といった非常に有名なものばかりだった。

ところが数年前のことである。本を整理していて、たまたま昔の朗詠用の詩集をぱらぱらめくっていたら、菅原道真（天神様）の七言律詩「秋思詩《しゅうしのし》」（正確には「九日後朝、同賦秋思　應制」）が目にとまった。二十五年も前に朗詠したことがあったが、暗誦はできず、テキストを見ながら詠んだものだった。それを今度はちょっと読んだだけなのに、ふと気づくと、どうも全部覚えているらしいのだ。紙に書いてみると、だいたい合っている。これはどうしたことだろうか。

「秋思詩」を読み返したのは二十数年ぶりで、しかも読んだといっても五分かそこら眺めたぐらいのことである。「俺はそんなに漢詩は覚えられなかったはずだ」と思って考えてみると、どうもラテン語の暗記を続けていたために、記憶力そのものが増しているらしいのだ。本当かな、と思って験《ため》してみて驚いた。

杜甫《とほ》の律詩「曲江」も、「登二岳陽楼一」でも、「春望」でも、きわめて短時間のうちに、つまり十分そこそこ睨《にら》むと、たいてい書けてしまうのだ。書き間違えたところや、思い出せなかったところをチェックしてもう一度書いてみると、まあ完全になる。「看」と「観」を間違ったりするのは、「発音が似ていて意味が同じだからしようがないな」と思ったりする。そして、翌日また書いてみると、まずは完璧に憶い出せるのである。

こんなことは、少年時代にも、青年時代にも、壮年期にも、なかったことだ。中学か高校で清少納言の『枕草子』を習ったとき、「香爐峰《こうろほう》の雪はいかに」と問われた彼女が、直ちに立って簾《すだれ》を撥《かかげ》たという話が出てきた。これは白居易の七言律詩を清少納言が知っていたという才女物語なのだが、そのころ、この律詩を暗記できるなどとは夢にも思わなかった。それが、今なら十分、せいぜい十五分も睨めば全部書けるのである。

韓愈《かんゆ》の藍關《らんかん》で作った律詩も、それを漢文の時間に習ったころに暗誦できたら、漢文の先生を驚嘆させることができたのに、と思うと残念である。重要なことは、私は別に漢文の勉強をしていたというわけではなく、ラテン語の暗記のおかげで、記憶力が増したらしいことである。

暗記力アップの効果はドイツ語にも現われた。ドイツで民謡《フォークスリート》を唄っていたときも、歌詞はたいてい一番まで覚えるぐらいで、あとはテキストを見ながら唄っていた。「ドナウ《ドナウ》・川の渦《ストルーデル》」も一番だけ覚えていたのであるが、改めて試してみると、簡単に六番までテキストを見ないで唄えることを発見した。ドイツ大使館の人も集まる大きな集まりの舞台で、テキストなしで唄うだけの心臓もできた。

また、ドイツにいたころ、ドイツ国歌は一番も覚えられなかったが、今やってみると三十分たらずで三番までちゃんと暗記して唄えた。特にラテン語の学生歌「ガウデアムス・イジトゥー」（さあ楽しまん）なども、ドイツにいたころは一番までお手上げだったが、今は苦労なしに七番までばっちり唄える。

これは私のクラスに出ている大学院生たちの持ち歌になっていて、少なくとも三番までは唄えるようにと彼らに言ってある。しかし一番でさえ覚えそこねたまま修士になった者もいる。七番まで覚えた者はまだないようだ。しかし、私は彼らを責めない。私だって大学院生のころは、彼ら同様、記憶力は悪かったのだから。

外を見るより、内なる自分の心を見る時間

幸田露伴の説く「逆順入仙」は嘘ではなかった。肉体を六十歳を過ぎてから三十代の若者より柔軟にすることもできるし、記憶力も青年時代よりもずっとよくすることができる。しかるべき栄養を摂りながら、無理をせずに鍛え続ければの話である。

三石は九十二歳のときに腕立て伏せを五十回できたという。彼が筋肉をシステマティックに鍛え始めたのは六十九歳のときというから凄い。もっともこれは三石だけの話ではない。アメリカには老人の柔道クラブがあって、老人の筋肉トレーニングもやっているため、若い者も驚くほど強い腕力老人がたくさんいるというのだ。年をとってからも、筋肉も脳も鍛えることができると三石は書き、それを実現してみせた。彼の三百冊以上の著作の多くは、六十歳以後のものだという。

脳を鍛える、と言えば、私にもこんな体験がある。

私は四十七歳のとき（昭和五十二年＝一九七七年）に生まれて初めて「口述による著述」をした。それが『知的風景の中の女性』（主婦の友社。現在は講談社学術文庫に『いまを生きる心の技術』と改題して収められている）という本であった。車で迎えに来てもらって、主婦の友社で昼休みを挟んで、朝十時ごろから夕方五時ごろまで口述する――これを三日間

続けてできた本である。この三日間は頭が拷問《ごうもん》をかけられたようで、終わったときには頭の中が空っぽになった感じがした。「口述など二度とやるものではないな」と思ったものである。

ところが対談で本をつくるなど、口述形式のものが多くなると、口述があまり気にならなくなったのである。たとえば、『かくて昭和史は甦《よみがえ》る』（クレスト社）を出した六十六歳のときは、正味八時間で三百六十四ページの本を一日で口述し終わっている。速記が上がってきてから、人名、地名、日時などをチェックしたり、多少加筆はするとしても、実質的に一日一冊三百ページぐらいの本ができることを、六十歳を過ぎてからこのほかにも何度か体験しているのである。明らかに四十代のころより、脳が丈夫になっている感じである。

一方、「年寄りの冷水《ひやみず》」ということもある。私も体験している。石原慎太郎氏と対談で本をつくることになったとき、肌寒い季節であったのに、冷水シャワーを浴びてから出かけたところ、鼻水が出てとまらなくなって、困ってしまったのである。若いころなら、冷水シャワーぐらいで鼻水がとまらなくて困るなどということはなかったのに情けない次第である。風邪になって寝こむようなことにはならなかったが、「これが本当の〝年寄りの冷水〟だな」と苦笑した。

この原稿を書いている間にも、小学校一年生からの養護組同級生で歯科医になっていた男が亡くなった、という知らせが入った。春にも死んだ小学校の同級生がいる。この男は運動万能であったのに。「逆順入仙」を目指していても、老人は簡単に逝《ゆ》くことがあるものである。私は専門の分野でまとめたいテーマや発展させたいテーマがまだまだいくらでも湧《わ》いてくる。それらを少しずつ片づけながら、書斎で本を前にしてポックリ逝ければ本望である。

カレルは『人間――この未知なるもの』の中で、人間の肉体や知力の外に、五官を超えた世界のあることを示している。

母方の伯母にはオカルトの天分があった。それで、戦前は警察の観察の下に置かれたこともある。もっとも私が物心ついたころは、ただただお人好しのお婆《ばあ》さんにすぎなかった。私にはオカルトの天分は伝わっていない。しかし、幼年、青年、壮年のころに、それぞれ一回ずつ、都合三回、オカルト的とも言いうる形で、近い未来を見たことがある。それは不思議に正確であったから、今もまざまざと覚えている。しかしそうした体験を最後にしてから二十五年以上も経っている。オカルト的な体験は期待しないほうがよいし、無闇に語るものでもあるまい。

孔子も「怪力乱神を語らず」と言っておられる。それはそれとして、これからはもっともっと観想的時間を多くしたいと思っている。

「観想的」は英語で言えばcontemplative《コンテンプラティヴ》で、これはとりもなおさずintellectual《インテレクチュアル》（知的）と同義の単語であった。こういう意味での知的生活、つまり外を見るより内なる自分の心を見、教えたり生産するよりも思惟《しい》の恍惚《こうこつ》を味わう時間を増やしたいものと願っている。外見的には本物の「恍惚の人」に見えてくるかもしれないが、プラトンのイデアの世界を見るとは、そういう状態である。そのことを谷崎潤一郎の『金と銀』が示唆していたことを思い出す。そして「入仙」するのだ。

元来、「仙」は「遷《せん》」の意味で、この世から遷《うつ》り去ること、つまり「死」の意味でもある。それで、「逆順入仙」という言葉も、「順ニ逆ッテモヤッパリ死ヌ」と解釈できないこともない。そうすると、幸田露伴もずいぶんと皮肉な両義性のある言葉を教えてくれたものだ、呵々《かか》。

〈**著者略歴**〉1930年山形県生まれ。53年上智大学文学部英文科卒業、55年同大学院西洋文化研究科修士課程修了。専攻は英語学。55〜58年ドイツ・ミュンスター大学、イギリス・オックスフォード大学に留学。ミュンスター大学よりDr. phil.(1958)、Dr. phil. h. c.(1994)を受ける。60年より母校で教鞭をとり、現在、上智大学文学部英文科教授。この間、フルブライト招聘教授としてアメリカの6つの大学で講義。現在、イギリス国学協会会長、日本財団理事などをつとめる。第1回正論大賞受賞。
〈**著書**〉専門書・論文のほか、『知的生活の方法』『腐敗の時代』『ドイツ参謀本部』『英語語源の素描』『「人間らしさ」の構造』『秘術としての文法』『自分の壁を破る人　破れない人』など多数。

N.D.C.914　318p　20cm

知《ち》的《てき》生活《せいかつ》を求《もと》めて

2000年1月11日　第1刷発行

著　者　渡部昇一《わたなべしょういち》
発行者　野間佐和子
発行所　株式会社　講談社
〒112-8001　東京都文京区音羽2-12-21
電　話　編集部　03-5395-3516
販売部　03-5395-3622
製作部　03-5395-3615
印刷所　大日本印刷株式会社
製本所　黒柳製本株式会社

定価はカバーに表示してあります。

ISBN4-06-209979-9　(学芸局)